i

为了人与书的相遇

骆以军

_著_

月球
姓氏

广西师范大学出版社

· 桂林 ·

目 录

火葬场

正因为我们不是双胞胎，所以我们分别记住了事情的不同部分。像硬币的两面，像拇趾不同大小的左脚和右脚，像第一次在理发店里披着白色罩袍发现镜里时钟数字皆颠倒……

有人来敲我的车窗，我蓦地从放躺的驾驶座上惊醒。睁开眼的那一瞬间，完全断了任何关于时间空间的细微丝绳，整个人漂浮在让人诧异的光亮里。之前便包围住的睡眠状况，除了引擎未熄火的持续抖动，雨刷每隔一阵便呼啦一下拖磨着布着雨丝的挡风玻璃，FM 音乐里一个男人女腔的主持人唠唠叨叨和来宾交换着俄国菜里一些咸奶油和马铃薯、鱼子酱这些料理材料的拣选……隐约还意识到，在我车子外边周围，来来去去买菜的阿婆们和小贩吆喝的嗡嗡声响……

我揉了很久的眼睛才清醒过来。裤裆里的那家伙因浸入深眠而杠得好硬。来人又敲了一阵车窗，原来是我哥。我要他上车。

"怎么睡那么死？"我哥坐上我旁边的座位，听不出感情地说，"我敲到手都痛了。那些菜贩都在看我。"

我们约在这个农会超市的门口碰面。昨夜两点，我哥先赶回去，他怕阿嬷清晨醒来找不着他。我则和我娘坐着小板凳，在灯光昏暗的佛龛前念经到天亮。

"九点半了，那边应该开门了。"我哥点了一根烟抽着，然后他把烟屁股丢到窗外。"怎么样？还好吧？"我哥说。

"还好。"我说，这时我已把车开上省道。窗外仍飘着雨丝，但眼前积水的道路却阳光灿烂。我好像还完全无法从那自黑夜延续过来的梦魇般的僵硬情境里彻底苏醒过来。

小玉的尸体，装箱在我的后行李厢里。

我记得在暗黑中，我娘一手托着小玉腰椎的位置，把她僵硬的身躯往箱底盘，一手努力地把她下颌到颈脖的部位往胸前压，并且柔声但慌乱地哄劝着："小玉，来，乖乖，妈妈弄舒服，来，听话。"仿佛她还活着似的。

但那纸箱实在太小，且那时小玉已死了八个钟头，尸体整个僵硬了。我娘甚至还把小玉的头颅硬往直伸的前肢侧边塞。我娘的动作在那极暗的亮度里恍惚如梦，也许她亦在那催眠的状况下，以为自己的手劲如许轻柔，她似乎想把小玉直挺挺的尸身团成像羊膜里婴孩那般蜷缩熟睡的模样。

"妈，我去楼上找个大点的纸箱。"我实在看不下去，便轻轻对我娘说。我很怕她在那种梦游状态下，把小玉的尸体拗断了。事实上在她翻弄小玉尸体的过程，我突然迫近地看见小玉的舌头，像一片没退冰冻硬的扇贝之类的，整片挂在微张的嘴边。我这才确定小玉真的是死了。

我从阁楼上找到一只装洗衣皂的纸箱，拿到楼下时，发现我娘在黑里，抚着小玉的尸体哭。

然后我和我娘，把那纸箱的箱底铺上厚厚一层印了往生咒的黄宣纸，垫一张毛巾被，然后把小玉的尸体从原先的那只箱里抽出，平躺进后来这个纸箱，再盖一层往生咒宣纸，最后封箱。我因为害怕从那尸身持续流出的污水，会留在我车子的行李厢，另外再用两个黑色大垃圾袋，把那纸箱整个密封包裹。

这整个帮小玉尸体装箱包裹的过程，只有我和我娘在那间微弱红光的佛堂里沉默地进行着。我心里有一个想法，即是我身旁这个老去的母亲，一定正感伤却柔弱地想着：这个儿子，在这一刻，又回到她身边了。

从我听到小玉死去的消息，赶回家，开了门，要另外那几只骚动的狗安静，然后再开饭厅的门，我娘和我哥我姐隐在香烟弥漫的氤氲里诵经，他们无声地转过头来看我。然后我加入他们一起诵经。小玉的尸体躺在通往浴室的门槛边，上面盖了一床薄被。然后我哥离开（趁天亮前赶回我阿嬷那儿），我姐满脸泪水地去睡。这后半夜，就只剩我和我娘在黑里，摇头晃脑半睡半醒地诵经。

我娘像唱诵那些经文的节奏一般地，低声对我回述小玉死亡的经过。她说，将近十点多吧，小玉突然从床铺站起，摇摇晃晃走进饭厅。"玉是不是要喝水？"我姐问她。然后小玉走进浴室，蹲了下来，"玉要尿尿了。"我娘和我姐便跟过去。但小玉似乎发现正光着身子在浴室里的我父亲，她抬头看了看他，又巍巍颤颤地退出了浴室。我娘她们急了起来，对我父亲吼："爸爸，玉要尿尿了，你先让一下吧。"

但一切都来不及了。在静止前的那一刻，像慢动作般，所有人的目光停在浴室磨石地砖上，发生的那几个停格的动作。

小玉蹲下。尿了一大汪的尿。然后试着要挣站起来。可是她却从侧边直直倒下。

我娘冲过去把她抱进怀里，小玉睁着眼，打了三个哆嗦，就没了鼻息。

我听我娘说着，心里老大不忍。我像个浪子一样把小玉捡了回来，丢给了这个家里的人，自己却鲜少踏进这家门一步。光影侵夺，小玉得孤单机灵地和这屋里的人建立交情。我那衰老的父亲、我那个性刚强的母亲、我嫁不出去而用极浓香水遮掩自己身上一股衰败气味的老姑娘姐姐……

她后来和他们处得融洽极了。但我知道她心里一定寂寞伤心，恨透了我。

没有人知道。我是说，我不敢告诉我娘他们，这个以猫犬之形，在我家混了十几个年头——当初抱她回来的年轻幺子，如今已是一个前额秃顶的中年男人——的那个小玉，那只狗，其实是我父亲在外头的女人。

我和我哥把车绕进一家保龄球馆和一家综合医院的小路，然后，像是某种流光回转或从另一叙事段落跳到另一叙事段落的不耐快转，摆动着雨刷的挡风玻璃前迷宫般地换着我们长大后便不再看过的景色：一丛竹林旁边是一株果实垂累的芭蕉、一户铁皮顶红砖房门外对着车吠的黑狗、一架用竹竿和竹叶覆搭成的车篷里头停了辆黑色奔驰、另一个垂直角窄弯扑鼻而上的是养猪人馊水的恶臭……

最后我们把车停在一个打了水泥的空地的铁架棚前，那铁架棚的橘红漆钢梁上用木板红漆写了个招牌"康宁企业社"。

"这里对吗？"我问我哥。这个搭筑在这一片省道旁无法变更地目[1]的荒瘠农地上的违建铁工厂，竟是我们小玉最终的送行之所？

我和我哥把装着小玉尸身的纸箱一前一后抬进那个铁架棚里。有一个穿着黑皮夹克理平头戴茶色墨镜老大模样的中年男人，从这个空旷屋里唯一的一张大办公桌后站起身招呼我们。

"刚过身？""欸。""怎知我们这边？""看杂志上的广告。""你们是从保龄球馆那边进来的？""嘿，有够难找的……"

我哥用闽南语和他交谈着。这些时候我总觉得他比我更能融入这个我们那衰老崩圮房子之外的世界。

我们跟着男人走进后间，同样极空旷的空间，摆着两台巨大的上了绿漆的机器，像是车床或我们小学时学校蒸便当间里挂满钟表般仪表的蒸汽锅炉。我猜那大概就是火化尸体的焚化炉吧。

一旁还有一张桌子布置成简单的神坛，供着地藏王菩萨。男人点了两炷香，要我们简单祭拜一番。然后要我们把纸箱外头的垃圾袋拆开。

"不能连箱子一起烧吗？"我想起我娘在暗黑中，低着头往小玉尸身周围填塞那些往生咒宣纸。

"不行吧。"男人拿了把美工刀给我们，然后费力将那台

1　地目：台湾惯用语，即土地使用方法。——编注，下同

绿色机器里一个石头平台像抽屉那样拉出。

我哥用刀子利落地割着胶带封死的垃圾袋和那只箱子。我突然有一种想掩耳尖叫的冲动。不能拆开！

会被发现的！

仿佛窸窣作响，一层一层剥开后，从那纸箱坍塌吐出的，会是一具秀发如乌云、白腴丰满的女体。

我记得光翳的最里层，胡乱在扭动时，总会在肘部、耳后、肩胛、臀部或大腿外侧，这些裸露身躯的突出部位，凉飕飕地感觉贴到一层延展度极强的薄膜。

我记得在那光雾里，女人裸身背着我坐在床沿，低头在专注弄着什么。女人腰际滑下尾臀处有一条腠肉，随着她的动作拉扯着。后来我发现她正在擦拭她胯间流出的精液。这使我愤怒且羞耻。

"我比起我爸如何？"突然残忍地问道。

记忆里女人哭了起来吗？还是突然变脸，像个母执辈训斥后生小子，虎着声要我快快把衣服穿上？（她究竟是我父亲的女人呵）

会被发现的。

女人说："有一天我死了，一定要从你家大门里抬出来。"

箱子拆开。我哥掩住鼻，"怎么那么快就臭成这样？"覆盖的经文纸整叠整叠被尸水给浸湿了。

那个男人戴上一副橡皮手套，把小玉的尸体搂抱放到那台机器的石头平台上（他真是专业）。非常讽刺地，刚刚被我和我哥无比庄重抬进来的，包装得漂漂亮亮的棺椁，此时被割拆成一堆沾了尸骨臭污水的破烂塑胶纸和牛皮纸碎片。我们碰都不敢碰。

小玉这时平躺在那块烙烧着之前尸灰污迹的石台上。我又看见她嘴角那像冷冻扇贝整片拖出的舌头。男人职业惯性地称赞着这尸体的头型真好，伊生前一定聪明过人。我哥谦虚地敷衍着。这时我又有一种想发狂尖叫的冲动。男人很费劲地将那平台推进绿色机器的肚膛里，把铁门关上，然后把一个船舱锁钮那样的圆铁盘旋紧，把高温焚烧的电门打开。

也许我的尖叫声被那机器的轰轰巨响盖住，脑海里出现的是一具华丽腴白的女体被烈焰吞噬的画面。我们回到外间那张办公桌，我哥点数钞票给那家伙。"贪财，贪财。"男人说。

男人说约半小时可以"烧干净"。我和我哥则跑到这座铁架棚屋地下间一处阳台上的金炉烧纸钱。那阳台凭着一条小溪的溪谷而建，奇怪的是这样远远眺望着那条灰绿色的小溪，我竟可以看见一整群苍白屠瘦的小螃蟹，像蟑螂那样欢欢躁躁地爬过堆满塑胶垃圾的浅滩，然后钻入水势湍急的溪流中。我甚至还看见其中一只落队停下，边舔着它那湿漉漉的瘦前肢。

金炉旁放着两只塑胶千辉打火机供人使用，我哥点着了一摞纸钱扔进炉里作火引子，就把其中一只放进口袋。

又来了。我心里想。

然后我们像外头混的人那样装腔作势地互相打烟，我哥用刚刚才偷来的打火机替我点烟。

我们在一些细微的小动作上讲究着：譬如打烟时，用手指轻弹烟盒使烟头滤嘴恰伸出两根，这样连烟盒递向对方时，被敬烟的一方要抽内侧的那根表示敬意。我哥替我点烟时，我注意到他用另一只手上来遮护蔽风，这样我必须圈着两只手掌护着嘴上呼噜吸着的烟，表示同等的礼貌。等到烟头的火头确定燃着了之后，要非常体贴细腻地用食指并着中指轻轻敲他点火的手，表示点着了可以了谢了……

我们两个那样静默地对着抽烟。这许多年过去，我娶妻、生子、身材发福、注意力涣散……慢慢朝着一个中年人的疲惫世界走去。我哥则因甲状腺亢进整个人清瘦看不出年纪，他的衣着却愈来愈无法遮掩地像个流浪汉。某些时候，我有一种我变成哥哥而他是我弟弟的错乱幻觉……

这时我哥突然开口说："所以说哪……"

我无法清楚完整地记下我哥那天全部的谈话，我记得他的大意是说：因为人类的寿命和动物的寿命是如此的不同——人嘛最少平均活个五六十岁，而一条狗的一生顶多活个十五六年，所以一个（有养狗习惯的）人的一生几乎总可以经历不同的三四代狗的一生（"这是件伤心事。"我哥他这么说）。可是可怕的是，你也不是无止境地替这些狗送终，大约第三代的狗送完了终，人的这一生也就差不多过到尽头了。

"我们家里，"我哥说，"上一只狗挂掉的时候，是几年前的事了？那时不是说发誓不再养狗了？"

是啊。我笑了起来。那怕已不止十年前的事了。我记得那只狗叫小花。它死的那天恰好是大年除夕，我记得我们是在屋外远远近近的鞭炮和蜂炮声中，一家人像圣母恸婴图那样环绕着，看着光晕的中央那只狗慢慢断气。我记得我哥并不在那幅画面中。他那时在小金门当兵。

我记得第二天一早，是我爸用个纸箱把狗尸装了，带着我和我姐，扛到河堤外面的一片苗圃林中，挖个坑把它埋了。后来一两年的大年初一，我还会和我姐带着香和年糕、橘子，到河堤外的那片林子里，找一个大约辨识的位置祭拜一番。

之后河堤被拆掉改建成环河快速道路，我们再找不到出口可以到那堤外的河滨，且原先的那片林地被铺上水泥变成驾驶训练场。我们就没再去过了。

那时我姐仍是个二十来岁、美如春花的年轻女孩。我还只是个高中生。

我娘还在更年期的模糊地界（那时还没有现今这些大打广告的什么超薄护垫什么蝶翼，所以总在厕所的纸篓里，时序纷乱地发现她和我姐那铁锈甜腥味的一大坨经血棉纸）。

我爸还未退休。

再前一只狗呢？我和我哥又像小时候那样专注地讨论一个共同的话题了。似乎那幢房子的空间线条、明亮度和气味，亦随着一只狗递换着另一只狗的身世倒带而快速改动着。

那只狗叫做萝卜。

我记得。

我记不很清楚了。我记得那是一只大白狐狸狗。

那又是另一个十几年前了。

那时我才刚小学吧？

对，萝卜跑掉的时候，我小学五年级了。

那时我们父亲卧房的纱门还没拆掉。他们卧房里还是放着那张大木床。还有那张老梳妆台。门内有一面大镜子的老衣柜。

我们捉迷藏常会躲进去。

那时饭厅上面还没加盖那间违建阁楼。菩萨香案也不是在饭厅。那时后面有一条防火巷，还没推出去，洗衣机和晾衣竿都在那里。厨房也是旧的，还有一个贮藏木棚，萝卜就睡在那木棚里。

在那样的画面里，我娘总是穿着浅色的连身洋装，在那种了杜鹃、桂花、木瓜树、铁树、九重葛和一个棚架金银花的院落里穿梭进出。那个年代的台北似乎不像后来如此雨季漫长，不像后来父亲扫起满园落叶堆在木莲树根处永远也化不成肥土，永远潮湿腐烂漫着一股似酒似醋的馊味。

你记得那时的院落里总是日光灿烂。你娘穿着白色、浅蓝色、粉黄色洋装，在那园里穿梭进出。你总记得那纱门拉开弹簧的延展声和摔上门后的砰然声响。你记得家里有一台红塑胶壳的电唱机。你娘曾经买了好几张类似《蓝色多瑙河》、《天鹅湖》之类的圆舞曲唱片，在那绿荫明亮的背景后面播放。

似乎在那个时间瀑布的上游（那时绝不知道后来的一切

是如此急转直下地崩跌垮落），景物悠长静美，年轻的母亲依她的想象，能力所及地把她的庄园假扮成上等人那样（像电影里演的）……

我记得有一次，我娘要我哥、我姐和我，各自把班上较要好的几个小朋友找来家里。我娘把一张我父亲练书法的长木条桌放在那院子中央，铺上红白间格的塑胶布桌巾，然后用那种粉红色塑胶免洗餐盘，盛了蛋沙拉、炸丸子、卤牛肉、豆干、海带、鸡翅，还有一些类似炸甜馒头、炸地瓜或番茄蛋炒饭这些廉价而易饱的淀粉食物……另外她指挥我们把西瓜、香瓜、香蕉切成小丁，和了一罐那种糖水综合水果罐头，再倒了黑松汽水、芬达橘子汽水和吉利果汽水这样乱搅盛在一个我们洗澡用的铝盆里（那铝盆的底部凹凸不平且尽是锈斑），要我穿着吊带裤西装打着啾啾小领带像个小主人把那盆混水端出去，告诉大家"这是鸡尾酒"。

这样的"把我们家打扮成上流社会"的妄想，不知是从何时起真正破灭，但我娘那时真是年轻呵。

我记得有一个画面是我带着萝卜在院子里玩，那时院子里堆了一整列的红砖，旁边像小山那样一堆沙土和一堆小石子。应该就是改建厨房和楼上加盖阁楼的那段时日吧。我记得那些黝黑精瘦的工人穿着短裤，赤膊赤脚，沉默无言地用扁担竹篓在我们院子来来去去挑沙子。那样的画面真的很像电影里那些美国南方的白人农庄主和他们的黑人农奴之间，那种轻微紧张又互相摸索对方语言试探善意的气氛。

我记得我娘总是穿着年轻的洋装，像个高贵甜美的女主人那样招呼着那些工人（我父亲好像从来不曾露面）。她会提一大铁壶的青草茶或冰仙草给他们祛暑。

我记得那一个午后，我和萝卜在院子里的沙堆旁玩，一位工人走来蹲在我们的身旁抽烟。他抽完一根又点了一根，但从头到尾没和我搭一句话，只是满眼血丝地盯着地上看（我记得他古铜色的肩臂和胸肌上，全是小粒小粒一颗颗冒出的汗珠）。最后，他站起身，用脚踢了撮沙土盖住他扔在地上的烟蒂，小声地问我："你妈妈，今年几岁？"

那是不是我第一回从我娘被洋装熨帖的后臀和小腿肚嗅到了性的气味？我记得那时我娘在大门口拉了条橡皮水管在冲水，水雾纷洒。我泪眼汪汪，老实地告诉那工人我妈今年三十六岁。沾着水泥味、烟草味和唾液臭味的大手摸了摸我的头，然后离开。我几乎要像身旁的大白狗那样呲牙裂齿充满敌意地对他低吼。

我娘今年六十三岁了。

橘红色的火焰在炉心里舔噬着小玉的皮毛血肉。她的肺囊像煮沸的焦糖那样一边起泡一边萎缩；她的胆囊像气球那样膨胀起来然后爆裂，原来里头塞满了烟；她的眼球和牙龈像焊烧保丽龙那样扭曲变黑；她的血管和体液原先从炸裂的腹腔流出，旋即被高温蒸发；她的肠子像串烧鹅肠先是油滋滋地被烤熟，然后愈来愈焦黄最后焦枯得像电缆线那么硬。如果那台焚化炉上有开一面圆窗镜，可以隔一段时间窥看小玉的尸体在高温焰中的变化，我想很可能就像一台放映机投影过久，胶卷在强光灯泡的高温前熔化变形，最后冒烟起火燃烧而把片子打在墙幕上的景象吧。

我哥说萝卜丢掉的那个下午，他发狂地在家附近的巷弄里喊着（路人们怕很困惑这个少年为何满脸泪水在街上奔跑喊着一种根茎类植物的名字吧），他把那一带的巷道全找遍了，天黑的时候才决定放弃，他说他怕回家被我爸揍，进门之前把那条被萝卜挣脱掉的狗项圈，链在自己的脖子上。

我不知道那算不算一个家族悲剧形式的一种暗喻：有一个关系着一段我们那个家极重要记忆的角色被弄丢了（似乎从萝卜丢掉之后，这个屋子的亮度就被愈调愈暗），只剩下我哥牵着他自己回来。

萝卜的上一只狗呢？

有一只叫巴克的大狼狗，养了很短的一段时间，后来得肺炎死了。

还有一只叫小白的狗。那是你很小的时候的事了。

我不记得了。

还有一张照片，是你光着屁股和小白在院子里冲凉。

后来呢？

我哥愣了一下。什么后来？

我是说那小白后来呢？

吃老鼠药死了。好像是。

我们这样对坐着抽烟。看着彼此的脸。光影侵夺。我几乎可以听见时间簌簌从我们渐渐灰黯的脸庞擦磨过去的声响。死了多少只狗呢？那些狗纷纷死去之后，这屋里的一切便再也支撑不住了。

我们那样坐着看对方的脸。心里同时升起一丝疑惑：**他是从何时起变成现在这个模样呢？**有一度我想着如果我们是双胞胎，事情会不会变得比较好呢？

也许我们可以是双胞胎。那么事情的回述可以不必那么复杂。我们不必缝凑着我们分别记得的那部分碎片。我们不必猜疑对方撒谎且在回忆自己的这部分时心虚对方正猜疑着自己。我们可以说：**我们。**第一人称观点。全知观点。

我哥说：事情是从什么时候开始变坏的呢？我也正想这样问。但他终究是我哥。他大我三岁。有一度他和我姓不同的姓。我在现场的部分他并不在场。而他记得的许多事情的细节是在我开始有记忆之前便全面张开的了。

小白之前呢？还养过其他的狗吗？

有。有一只叫丑巴的，是阿姨捡来的一只鬃毛小黑狗，来家里三天，拉了满院子稀屎，后来爸就把它送走了。（送走了？是坐车到很远的城市的另一端把它遗弃了，还是在后山把它活埋了？）.

我们终究是不同的。他如今已是个流浪汉了。**而我不是。**我们其实都知道原因。（是什么原因你们不是双胞胎？是什么原因你们变成现在这个烂模样？是什么原因最后所有的狗都死了？是什么原因你们必须假装是在这岛上出生，但其实你们本来就是出生于此？是什么原因这个家的第二代过了三十五岁，男的还全是处男，女的全是处女？）

因为一个烂笑话？因为我们那个流浪汉父亲兴之所至，每次版本都不同任意瞎掰的家族史起源？

于是，我们（难免带点夸耀和竞技气氛地）哀伤地在这火葬之地，在这空气充满骨灰浮飞而呼吸较艰窒的违建，在这送行之地，有形尸骸的终点，血肉化为齑粉的转换场，在这高温得让人眼泪失控的粗糙渡口……我和我哥，开始询问、串供、复原、回溯着我们（因为某种精子与滤泡的时差而遗憾未能成为一对双胞胎）差距甚大的记忆。整体的印象是：我哥的记忆段落总带着一种阴鸷受伤的情感，他总带着一种复仇者的理性亢奋在描叙着事件现场的细节。这使他的回忆片段带有一种推理剧桥段的沉闷气氛：好像有什么事曾经发生、好像有许多真相被粗暴地隐瞒，我父亲在他的回忆画面里，"好像总因犯了罪"而面有难色地阴暗着脸……或许因为这些年流浪汉的经历使然，我认为他常把父亲和那个"在一旁冷眼旁观的他自己"角色混淆了。他亦常技痒难耐地把他自己的流浪场景塞进他原先要描叙给我听的那个，父亲的场景……

至于我的记忆段落呢？也许正遗传了父亲好夸大吹嘘的性格，为了某种想将描述的画面在讲述中发光浮起的虚荣心——我总会被画面里某一种突然失去时间重力，一切静止悬浮的慢速状态所蛊惑……后来我发现，所有我现在记得的画面，都不是我"现在正在记得"，而是在更早以前的某一个瞬刻记得的，像记忆的中途转运站或变电所……我记得了那时记起的画面……我曾在小学四年级时，煞有其事地回忆起小学二年级之前的一些往事，而那些往事被留存下来，可能在我高中某一年，"突然想起"去回忆小学二年级的事，于是我记得的全只剩下小学四年级那次记得的，在那次拣选之外的，我竟然想不起其他任何一丝光蒙雾影的记忆了。

像是紧急刹车，一整队的人弓腰挥臂地摔跌进司机的椅背海绵垫里，一个填塞着一个，最后叠印成一个千手佛般的人形印子。

正因为我们不是双胞胎。

所以我们分别记住了事情的不同部分。像硬币的两面，像拇趾不同大小的左脚和右脚，像第一次在理发店里披着白色罩袍发现镜里时钟数字皆颠倒，像迷路的人在陌生的森林里另一棵树干上刻着和自己留下的相同记号……

像水蛭的光滑表面和它翻开剥露的脏体内腔。

譬如说像动物园吧，我哥说，他记得有一次，我爸带着他，还有熊叔叔，在圆山动物园（不是现在的木栅动物园）旁的一条长长的路上走着。我哥说，那是他很小的时候（可能我还没出生），所以他记不得那条"很长的路"，究竟是在河堤上呢，还是在一条两旁尽是晕黄灯泡小贩的市集？

不过他记得两件事：一是当时是白天，天边却诡异地悬着一轮大而惨淡的灰白月亮；一是他记得他们踩过的地面，全是那种干涸龟裂的一大片一大片泥地。

那种脚踩上去，像被那些硬邦邦裂片间隙缝轻轻吸吮陷落的新奇经验。

办公室

我记得很多年前那个盛夏午后，我和女人待在那个办公室里等我父亲。其他的人一个一个离去。我父亲始终没有回来。

我父亲带我走进那间办公室。

所有的人似乎都和他非常熟，我仿佛看见一屋子的人此起彼落地从他们的铝架办公桌位置站起身来，弄得四处都是桌脚椅脚和磨石地板嘎嘎擦碰的声音。"忱公！"他们这样热情地喊着："忱公！您回来了！""以为您都忘了我们。"

什么话。我听见父亲笑着说。许多双手伸出来，和父亲握着。

我跟在父亲身后，穿过这些人群。

忱公回来就好喽。忱公我们这可是受尽委屈哪。忱公您看您给评评理……几个人七嘴八舌地对父亲诉状着。好像是新来的校长怎样怎样。连"中正清寒奖学金"都敢污呢……新盖的大楼，盖到一半，钱给它扣住，现在钢筋都露在那儿淋雨……

这个王八蛋！……父亲低声咆哮着。我记得出门前，我娘还吩咐说："你今天去，把那些资料填填，该拿的东西拿回来就好了，别卷进去蹚那些人的是非，我看他们哪，也全是些惹事精……"

一个添了绿漆的铁电扇，在上面摇头晃脑地转着。我觉得那东西好像随时会掉下来，盯着它看，好像快转着的扇叶，里面有一缓慢逆转的漩涡，一波波地回送着。桌上一只一只的玻璃杯，里头盛着泡太久而像海藻一般柔软阔叶的茶叶水。有一个家伙站在盛热水的铁桶前，含了一大口杯里的茶叶水，然后哇刷一下吐在脚边的塑胶桶里。

我父亲带我走到一张桌前。

"您回来了。"一个女人的声音。不像所有的人那般夸张且激情。靠近这桌子附近的空气，有一种甜甜的香味。后来我看见桌上一个小碟里，放着两朵青白带苞的栀子花。

欸。我父亲的声音也轻柔起来。像是两人在说悄悄话一样。

这是大的那个还是老三？女人发现了我。

小的。我父亲说。甩头甩脑的，还没开窍。怎么不会叫阿姨？

阿姨。我说。

欸，乖。女人笑了起来。像爸爸。长得真好看。女人桌上的玻璃杯里泡着一朵一朵的菊花。你注意到女人长得比你娘好看，虽然她的头发蓬蓬鬆鬆的许多处都花白了。

你乖乖待在阿姨这边，别给我添乱子。我爹虎着声威吓我。

听到了没？轻轻在我头上凿了一记爆栗。

嗯。我说。不知为什么，我感觉我父亲的心情很好。他低着声和女人说话。我听不见他们说些什么。女人的前肘戴着一圈黑布缝的袖套，她低着头听父亲说，一边用右手轻轻扯着左手肘的袖套。

说什么呢？孩子在这边呢。女人说。

我父亲仍继续着要说什么，女人打断了他。好啦好啦，这么大个的人了，也不怕被人家笑。女人穿着套装的裙下，腿上敷着一层皂色的丝袜。她把一只脚并在另一脚后面，腿侧倚靠着她那张办公桌。你觉得这女人真是好看。

乖乖给我听阿姨的话，别乱跑。我父亲又换回威严的腔调对我说。嗯！我说。他又不像他爹。女人说。不知怎么，她这样说的时候，像很顽皮地和我爹撒娇似的。我心里突然酸酸楚楚地荡过一阵什么，在我家可没人敢这样顶我爹、这样和他说话咧。亏她还一头花花杂杂的白发咧。

我父亲走了之后，女人变得很严肃，她没怎么搭理我，鼓着腮帮直着眼不做声瞪着前面。她的笑容好像突然给收掉了似的。

我在心里想着：看吧！真面目露出来了吧。真是个双面人。

女人突然想起了我。笑容又出现了。呃，你想不想吃雪糕？

我想说不要谢谢阿姨。女人说：我们学校合作社的紫雪糕很有名哟。好松好软好好吃噢。里面包的是真的鲜奶噢。

你在这里等我。女人拉我到办公室旁的一张长条沙发坐下。我一下就回来哦。

那张沙发真是破旧得可以了，绿色的布面被人挖开一个个大小不一的洞。我用手指往里抠，抠出一块一块发硬的黄色海绵块。我还从另一个洞里抠出一个一块钱的铜板。

"吧——小弟弟，不能这样乱挖哦，破坏公物要被带去训导处哦。"一个非常瘦的老女人跑来坐在你身旁。"你爸爸没教你不能这样破坏东西吗？"

死八婆。你在心里低声咒骂。但我装作做错了事非常老实且忏悔的样子。"小胖子，你怎么长得这么肥嘟嘟？"那个老女人开始拧我的脸玩。我真恨死她了。"你今年几年级啦，是吃什么长这么肥肥的呀。啊，对了，"她突然想起了什么，高声问着另一边一个开着铁柜埋头找文件的老头，"老许，那个捐血车，今天来我们学校的捐血车，开走了没？"

那个老许没搭理她。老女人复拎起我的手臂，把短袖捞上去，用两只手指在那皮肤上轻轻搓着，"你这么胖，血一定很营养的啦。应该去捐一袋血的。"

"我不要捐血。"我说。

"要捐的要捐的，捐血一袋，救人一命。哪个病人得了你这个小胖子捐的血，一定突然觉得精神百倍。"老女人比着我手臂上被她搓得泛起鸡皮疙瘩的地方，"嘿，这么大一个针筒，从这边戳下去。咻——抽满满一袋的鲜血出来。"

"我才不要。"我说。然后我哭了起来。许多的人跑来围在你们面前。

怎么了呢？怎么了？

我怎么知道？老女人慌张地说，我怎么知道，我不过逗他玩玩儿，谁晓得他就这么爱哭。

这不是忱公的孩子么？有一个人这样问道。

是啊，好讨厌的小孩。你听见老女人恨恨地说。

时间在那里停住。

　　　　　　　　月球姓氏

你记得一股杏仁茶的甜涩香味飘过众人的头发暗袭过来。

你想是女人带紫雪糕回来了。

许多年后，我在天母一家叫家乐福的大型批发卖场，接过一位穿制服的高职女生递来的一小只塑胶壳杯子里盛的乳白稠液，"请试喝看看。"才恍然大悟：原来那股穿梭游荡在许多年前那个办公室里的，叫人眼睛发酸比奶兜子上的酸酪味还勾动最底层哀愁的甜腥味，就是这杏仁茶的气味。

后来我在第四台的一个旅游节目上，看到一集关于圣城耶路撒冷的报道。在距哭墙不到一英里处有一间叫做"耶和华的眼泪"的犹太教堂，这间教堂的壁廊拱顶，全是建筑成一种乖异的弧形。从外观看，整座教堂像是一枚泪滴。

于是你终于知道，那个下午关于那间办公室里所有人脸、光影、气味的乖异变形，乃源自你透过一泪滴状的窥孔在回望他们。

我曾在一篇一个幸存的犹太人回忆集中营的文章里惊骇地读到：那些纳粹把裸体的男人女人们赶进去的采光良好的毒气室里，就是一种杏仁核的甜糜香味。

你记得女人分开众人，拿着一支雪糕，蹲在你的面前。

怎么了？阿姨才去一下下啊。你看到她低着白花花头发的脑袋，专心地撕着雪糕纸。她身上的那股甜杏仁味，恬不知耻地从她的耳际下、套装的领口、她赶着去买雪糕而汗湿的两腋，以及她这样跪蹲在你面前而绷紧拉至大腿沿的窄裙底下……像不断自她身体一层一层剥下地将那气味挥散出来。

只有你一人闻见。

来。女人把撕开露出的雪糕凑近我的面前,你舔一口看看。
你真替她脸红。

"我不要去捐血。"我说。

全部的人都哄地笑了。

连那个老女人都笑了。好啦,没有人会拉你去捐血。女
人柔声说。阿姨跟你保证。然后我听见女人笑着轻声责备了
那老女人几句。倪大姐你也真是的。人家才多大一个孩子。

看忱公回来,说我们几个大人把他宝贝儿子弄哭成这样,
有人这样说。对啊,不要害人家小汤,待会忱公说你这女人
这样对我儿子。另一人说。

你们这样在孩子面前胡说八道。女人红着脸说。但我觉
得她并没有不高兴的意思。

"我爸不会回来了。"我对他们说。

那是许多年后的事了。我一直在努力回想着那支雪糕。
那种巧克力脆皮像地壳裂开牙龈陷入一种腻软的牛奶冰糕里。
固体的防卫撤守到第二层的固体快速溃散融化成稠液的乳汁。
你分不清那由齿端和舌尖联手在捣毁破坏的,一种被甜味和
冰触感分心的,其实本质上是进行一种对某一坚实结构的拆
解行为。你享受着那种施压后东西在你身体内融化的欢悦。

许多年后你压在女人的身上,被她悲鸣的剧烈颠搐带动,
却忍不住更将你的那根狠狠没入她的融化之穴,你更激切地

揉搓她的乳蒂和她一波波浪潮翻涌贴伏在你男根上的勃翘的小米粒。你把鼻子埋在她那一头白发里，用力吸着很久以前她就恬不知耻地让你闻见的甜杏仁茶味。你有几次觉得她会就这样在不停歇的抽搐狂欢中被你玩死。

除非当所有的乳状稠液都吮尽，你惊喜地发现那冰棍上刻着暗影的四个字："再送一支。"

我记得在那个盛夏午后，我和女人待在那个办公室里等我父亲。后来其他的人一个一个离去。我父亲始终没有回来。格子窗漫淹进来的灿烂光影也一寸寸地转暗。我记得那个绿色的电扇始终吊在屋顶颠颠晃晃地转着。即使到了后来天色已经很暗很暗，女人忘了把灯打开，剩下我们两个在黑暗里发呆时，我也是借着那断头台上没砍掉的脑袋般的电扇，才确定当时并没有停电，只是没开灯罢了。

我记得我和那个女人待在那个办公室里等我父亲。我父亲一直没来。我觉得我和女人在黑暗中的等待状态里慢慢相依为命起来。也许我娘她会找来学校吧？我哀伤地想。

你比较喜欢你娘还是阿姨？女人突然问我。

阿姨比较漂亮。我说。

贫嘴。黑暗里你可以听出她乐得很。跟你老子一个样。

你感觉到女人正一寸寸地老去。而你相反地正在抽身子。

你的阴囊正沉甸甸地下垂，且皱巴巴地肿胀着。你的上唇开始冒出一茎一茎的胡茬子。你的喉结突起。眉骨变得立体。胸脯像那些大人般变宽变厚。

女人远远地看着你走来，笑吟吟地。这是一条花径，两旁植着刻意修剪整理的茶花、七里香、桂花之类的灌木。女人站在曝白的日光下，她的上方恰完全没有任何枝叶的遮掩，这使她看上去白蒙蒙的，她眯着眼，看上去显得更老。

女人拉着你的袖角讲话。刚开始你觉得很不自在，后来你发觉这是她讲话的方式，她几乎就这样一直拉着你的袖角和你说话。她的声音很低微，且另一手总是拿一方白手绢捂着嘴，这使你一方面必须把头侧近她才能听清楚她说话的内容，一边心里隐隐又嘀咕着她怕不会有肺结核这一类的病菌吧？

女人一直叨叨念着她原以为她在这住了二十五年了，盼着有一天房东会把房子卖给她。没想到房东就这样突然叫她搬走。她拉拉我的袖口，问说我应该不会是个讨人嫌的房客吧？

我能说什么？我告诉她是我母亲要我来帮她搬的，看看有什么是要留的、打包的，有什么是要扔的。

统统扔掉吧。还有什么好留的？她叹口气说，都这样空等了二十来年了。

我很想告诉她我娘也等了二十几年。从我很小的时候，每个礼拜四，我父亲用一个大漱口钢杯在院子玄关口哗啦哗啦呸了一口水，就大声地说，我出门了，今天晚些回来。那样，我们便知道他今天是要坐五路公车，到火车站转公路局，上阳明山。父亲说是去兼两门课，"顺便看看山上的房子怎么样了。"我母亲总会阴沉着脸，也不忌讳在我们孩子面前说："还

　　　　　　　　　　月球姓氏

不就去看看那位去了。"

那是段很长很长的路，我从很小的时候就知道了。我记得有一次父亲带我上山，一路颠颠簸簸睡了又醒，醒了又睡。中间有一度我还尿急，昏昏沉沉地哭着闹。父亲很生气地巴了我脑袋一下，"出门前不是要你去上过了吗？"后来还是父亲赔着笑去和司机商量，车子仍旧开着上坡，司机把气阀前门打开，父亲拉着我，让我蹲在那有一粒粒小突起的铜板踩踏车梯上尿（不知为何我的记忆里大人要我像女生那样蹲在那低一截下去的踏脚板上尿）。且尿完了原来的座位被人占去，那司机还好心地让我坐在驾驶座旁排挡杆后一个像坟头隆起套着皮套的引擎座上继续睡。

你跟你父亲还真是像。女人说。

我记得很多年很多年以前，她就这么说过。

那股杏仁茶的甜香味又从暗处荡出来了。

你一直记得她是个很美很美的女人。但眼前却是一位口音让人几乎分辨不出来是绍兴或苏北一带的外省老太太。她穿着一件直缀的藏青旗袍、罩着一件针织镂白花的小背心，齐膝的肉色丝袜。满头银灿灿的白发。

不过你记得好多好多年前，她就是一头白发了。

说起来她也算是父亲的遗孀哪。

女人引你进了玄关。不脱鞋，她说。磨石子地板，光线仍是那么灿亮，空气却整个杀收地凉下来。

许多年后，你和一个老师傅闲聊，才知道磨石子地板当真是撒上整篓整篓的小石头，和着泥浆，硬生生用磨石子机压在细木条规矩的边框里磨，真的是把那些活蹦乱跳各有形状的石子，像火山灰废墟或核爆墙人形迹那样凝切成一个平坦的平面。

墙上挂了一幅字：

"困学昔惟王伯厚；日知近有顾亭林。"

署款是"八十五翁樊增祥"，你不晓得那是谁。

还有一幅小张晕着水渍烟熏的水墨，草草署了"溥儒"。

女人笑说着，那是假的。你爸这一生哪，一是附庸风雅，二是好打抱不平。六十几了还是那性子。

墙上还挂着一些奖状或年轻的父亲咧着嘴笑某某正在颁奖给他的照片。倒是没看到父亲和女人出游合照这一类的照片。也许是我来之前收起来了。

我问女人：这些也都不要了吗？

不要了不要了，女人说，人都不在了。我留这些东西干什么？字画你收好带回去，真的假的总是你父亲当初欢天喜地收回来的。

我和女人说了个父亲年轻时的笑话（我没说是我娘对我说的）。我说我们从前住哈密街的时候，有一次父亲和对门一个理发店的老板吵架，那是个本省人，两人叽叽呱呱吵不出个交集。父亲忿不过，撂下话来，叫那老板留着别走，便将着袖子冲回家去。人家以为他回去抄家伙了，不想他老兄捧了个相框出来，那是一幅一百多人排在板凳上逐级而上的黑白大合照，大概是第几期"革命实践研究院"结训的纪念照。

"喏！看到没？我可是跟'总统'照过的。"穿长袍光头坐第一排慈祥笑着的老先生当然一下就认出来了，但是后边花花糊糊的一百多个面孔模糊的人头，到底哪一个是我父亲？后来是理发店老板告罪回店里拿老花眼镜来帮着认真找。

女人听着听着，怔怔地看着我笑。

还有一次，我爸他啊……

女人突然说："我可不可以摸摸你的脸？"

像是有一滴水滴在寂凉空屋子地底的磨石老板，凝固的镜面开始破碎、散开。时光颠倒回溯。你又闻到那股甜杏仁茶的香味。你的鼻梁、你的眉头，同样翻翘上去的剑眉，两眉之间皱陷隆起刻痕。你听见她叹气说，真是老样子，连睡着时都拧着眉。你的颧骨、你的耳轮、你的耳垂。从后颈浮起一阵疙瘩。从没有女人这样细致地爱抚着你，那一刻觉得父亲真是幸福。

你的唇。

我不记得发生了什么事。但我像个孩子哀恸地坐在那空无一人的凉寂大厅里哭泣。女人不知何时悄悄离去。只剩下我和一屋子父亲的遗物。

父亲曾在另一个时间跨栏的那边，留下了这一大堆的垃圾。我怎么突然就想不起，从前在中华路的那边，不是有一段人行平交道吗？究竟是在哪边呢？你记得等平交道时，父亲会在骑楼向推着两个网丝辐轮白漆木板车的贩子买一杯甘蔗汁给你喝，"要加柠檬汁嘿，"父亲内行地说。一旁还有一些卖廉价皮鞋的店家不是？怎么这平交道之后就消失不见了？不是曾经读初中课本，有一个叫杨唤的诗人，老师还历历如绘地描述，他如何在穿越平交道的时候，一只脚的皮鞋后跟恰恰嵌进铁轨的凹槽里，众人在一旁喊着加油加油，但无论如何那只脚硬是拔不出来。（你听这故事时不禁疑惑着，这个笨蛋为何不把鞋脱了把脚挣出就好？）火车就在这戏剧性的一刻轰轰迎驶而来……

你脑海里总是留着这个画面：中华路的平交道，铁轨的凹槽塞着一只孤零零的黑皮鞋。

父亲总是这样一个翻身，攀过你记忆暂被某些老旧的警示声光讯号拦住的栅栏，然后在你还一把冷汗的瞬间被轰然暴冲过去的庞大火车给遮隐不见。

女人说把这屋子里的东西全丢了吧。我统统不要了。恰好我带了两大捆XXL超大尺寸的不透气黑塑胶垃圾袋。我叹了口气。父亲，这次又给你溜掉了。

于是我在这空无一人曾经是我父亲背叛我母亲和我们之后又辜负了另一个女人二十几年的他亲手筑搭又毁弃遁走的巢穴里，一袋一袋地打包着我陌生的父亲另一个面貌的过往。

我打开冰箱，一阵恶腥甜浊无以名状的浓烈臭味扑袭而上，像是打开了一座生物武器的毒菌培养柜。每一个铝锅、搪瓷盘、印花小碗、包了保鲜膜的小盆……里头不管是汤汤水水已凝成脂冻，或是已干缩发皱的牛腱子切片，全部覆着一层鲜里碧绿还洒上白斑的霉菌。

这个看上去清爽干净的女人，原来是这么在过日子。我把那一盘一盘已被低温毒菌附生而难辨原貌的食物扔进垃圾袋。这个恶癞的老女人。我在心里嫌恶地想。

突然有一盘东西在捧进垃圾袋一瞬，那缚住的保鲜膜扯裂开来，我先不经意地认定那是一条鱼——突然一个奇怪的念头闪过，我把垃圾袋口拉开，头伸远点观察那条鱼。

那是一条鲫鱼。应该说那是一道葱烧鲫鱼。一筷子都没动过，在冰箱里静静地白脂成冻、发臭、长蛆，然后变黑覆满青霉。

那是父亲每到宁浙馆子必点的一道菜。

于是我像在餐馆厨房后边翻搅馊水的流浪汉，欢快地拨开每一盘食物上姹紫嫣红的毒菇霉菌，努力辨识那些食物之前的名目来头。

那锅快锅里盛着的，像是泡着福尔马林的尸块的，不是父亲每次到中山堂对面一条暗巷里一家肮脏的上海馆子，一个凸头圆脸披条毛巾在项间的老外省跑堂，不用父亲开口，就吊着嗓子在菜单上记上"ㄢˊㄉㄨˇㄒㄧㄢˊ[1]——"吗？（后来有一次你带着妻去上海馆子，怯生生地向老板描述那种用金华火腿和三层肉和冬笋切块熬的浓汤，老板指指菜谱，你

---

1 ㄢˊㄉㄨˇㄒㄧㄢˊ：汉语注音符号，即 án dǔ xián。按：与大陆使用汉语拼音不同，台湾地区目前仍以注音符号为拼读工具。后文不另说明。

才知道那是写作"腌笃鲜"。)

那一盘像从臭水沟用长柄勺掏出来甩在路边（我们小时候隔一段时日，便有人来巷子里掏水沟）的烂叶渣，原来是一道荷叶粉蒸鸡，父亲到馆子点这道菜，必佐以"总统"七十华诞那年的纪念花雕。那碗像整人游戏调出来的如假包换的稀屎的，原本不是一道宁式鳝糊，就是锦绣排翅。那坨像硬屎橛子的，应该是芥兰牛肉，也有可能是佛山汾蹄。还有一些完全不可能猜出原状的，可能是油淋鸽、西芹蜇头、橙汁鸭……或是已变成一整钵浓痰般的银耳莲子汤。

我把它们全倒进了大黑色垃圾袋里。

那是最后一幅静止的画面。女人沾沾自喜自己的手艺（年轻的父亲应该灌了她不少迷汤吧？）静静等着父亲回来。固定的那个礼拜四，漫长地还得换车的公路局。你原来以为一切就停格凝止在那个画面。所有的食物都冰冻在冰箱里。

而父亲始终没有出现。

万万想不到，是食物在它们静止的框格里偷偷地变化。它们伸出触角，长出一些绒毛的绿色霉菌。在承受到一个边界点的时刻，一切皆自暴自弃地崩坏塌陷了。它们发臭、变黑、冒出污水。

我记得很多年前那个盛夏午后，我和女人待在那个办公室里等我父亲。其他的人一个一个离去。我父亲始终没有回来。我和女人在逐渐暗下来的屋子里变得相依为命。

我不记得光圈愈窄愈暗的蒙糊身影里，女人后来有没有起身将我搂进怀里，一些关键性的记忆片段的散落使我始终无法确定，搂抱中的我和我父亲的情妇，是怎样的一种对位关系？是一个一头白发却浑身仍弥散着年轻女子不可告人的情欲气息的女人，把一个宛如她不伦恋人缩小三分之一尺寸的模型孩儿，抱在她暗香袭人的裙胯上？还是一个有着胸肌胡茬、已慢慢记不起他父亲事迹的成年男子，哀伤地搂着一个柔弱无骨、身上遮掩不住死亡衰败气味的枯萎老妇？

暗影中曝光涌出的片段，是年轻女人白皙坚挺泛着粉红色疙瘩的被父亲辜负的乳房，还是黑瘪下垂看见一条条排肋的老妇？是稀落着可怜白毛的三角地带，还是压抑的、黑亮湿润的青春腿胯？

我在一袋一袋将这屋子里父亲（和女人）遗留下来的垃圾，扛着走下一趟一趟百来级的台阶时，脑子里努力想着那些错乱颠倒的画面。我把那一袋袋黑色的垃圾袋堆在公路边一辆漆着绿漆的垃圾回收车里。

我大概来回搬运了有一百趟吧。那些黑色的垃圾袋像里头睡了人的睡袋，驯顺地挨挤在那辆开口铁垃圾回收车的四周。每个袋子里都装着让你意想不到的东西。

有一个袋子里装着旧式捕蝇灯、绣了鸳鸯的椅垫、一个上发条会举起咖啡杯像喝咖啡的猫熊（我不理解我父亲买这玩意儿是干嘛？）、一本台北市政府发的市区电话簿，和一些养着单片叶子黄金葛的很脏的玻璃瓶。

有一个袋子塞了一床湿答答的棉被和一条很厚的红毯子

（上面有你父亲和女人欢爱的渍迹气味？）。

有很多个袋子装了从第一期到二百多期的《中央月刊》和《孔孟月刊》，有一个袋子里塞了一辆娃娃学步车（你再度惊疑他们为何会有这种东西），还有一些女人年轻时的衣服（大部分是一些皱成团的旗袍），一罐过了期的小瓶灭火器。

有一个袋子塞满各种坏掉的男鞋女鞋，有一个袋子装了一盏积满尘絮的藤编的床头灯。还有一个袋子是你从床底下搜出来一整摞黑白照片那种大奶奶美国女人的色情书刊，你犹豫再二，终因那书页的霉湿气味而决定整摞丢掉……

有一个袋子装着各种奶粉或怪里怪气的老人补品的铁罐、玻璃瓶，和那堆有着"总统"玉照的奖盘或印了"六十八年敬老节台北市长李登辉敬赠"的暖水瓶。

这就是父亲在这个故事里全部的行当了。你像个无情的败家子将它们一袋一袋地清理掏空，然后一袋一袋扛出去扔掉。你觉得脑袋里像是有一把削铅笔刀，非常漂亮地削着你脑壳外缘的木屑，露出里面脆弱的芯心。

最后一趟扛那一坨黑色垃圾袋的东西下去时，发现堆放在绿漆垃圾回收车旁所有的黑色垃圾袋都被人用刀划开，肠肚外流狼藉不堪散落出父亲和女人这一对过了气、毫不引人遐思的恋人的偷情物证（我把那一摞露馅而出、大奶奶金发裸女的发霉黄色书刊往其他的东西下面踢一踢）。

马路对面一对流浪汉老夫妇，老头赤膊就披着太空背心，老太太戴着顶养乐多阿姨的帽子。他们身上的尿臊味，隔着对街就传了过来。夫妇俩像摸彩中了特奖那样欢天喜地地把红毯子、坏掉的闷烧锅,各种破旧的男人西装和女人的衣服(这时我认出那些全是父亲和女人的东西),和其他各式各样我刚刚打包扛下来的东西,像吊饰花车那样垂绑塞挤在他们的一辆五十CC的破机车上。

我隔着街怔怔地望着他们,好想张口对他们大喊:

"喂!那些全是我父亲留给我的纪念品吧。"

对街的他们也发现我了,似乎立刻便判断出我是这些大垃圾袋的主人。老头直直地回望我,害羞地咧出一口金牙笑了。

"歹势啦,看这东西好好打算,不甘。谢谢啦!"

老妇人在他身后谦畏地弯腰鞠躬。

我咽了口口水,蠕了蠕嘴,想说些什么阿莎力[1]的话,却听见自己仿佛用着父亲的嗓音慢慢地说话。

小汤今天待我特别好。

一边用着瓷汤匙舀着碗里的豆腐脑。

瓷汤匙轻轻触碰着碗的内沿,喀喀脆响。

贫嘴。女人把脸低下去。轻轻用汤匙搅着她自己手里的那碗。

这是停格曝光前她的最后一句话。

1　阿莎力:闽南俗语,形容做人做事随和干脆、讲义气。

超级市场

我和我哥、我姐，还有这屋里其他人，我们以为
我们继续在动，其实我们早就蜡像般地停在那儿，
只有光影在变迁罢了。

我的哥哥告诉我他做了一个这样的梦：

他梦见他带着我去看一位老医生，那位医生先帮我把了把脉，说你弟弟抽太多烟了。然后又替他把脉，沉默了半晌，眨了眨眼睛，用闽南语对我哥哥说：

"啊，汝就要死呀啦。"

我哥哥告诉我这个梦境时，他的眼睛藏在有点脏污的眼镜镜片后面，像某种良善的两栖类的眼神，有些滑稽又有些困惑。但我的内心却哀伤不已。

总是把事情说得像马戏团或默片般充满机械性的怪诞和滑稽。在离开家住的许多年间，总是从哥哥那里听来一些奇怪的、关于家里发生事件的描述。

譬如说有一天我父亲拿着无线电话正和一个叫某某的朋友讲话，后来大概是听筒没电了，电话就断了。我父亲仍在大着嗓门和那具已没有人在另一边听的话筒说话（我父亲老年变得非常多话）。不多久，家里电话又响，我姐姐在里面接了分机，是那个某某打来的，气急败坏地说怎么你爸爸讲到一半电话就断啦？我找你爸爸。我姐姐对着客厅大喊说爸，某某叔叔找你。我爸却仍在客厅大声对空话筒说话，很生气地对里面吼：

"某某叔叔？我正在和他说电话啊。"

这是我哥告诉我的。

另外一件事，是有一天，我哥与我姐从街上的公教福利中心[1]，提了几袋卫生纸、油或速溶麦片这一类日常用品回家。当他们走进那条我们小时候无数次出入的巷子时，我哥一如他自青春期便养成的拾荒者癖好，看见巷子电线杆旁堆着一摞木材，顿时挠腮咂舌，流连不去。

我哥说我姐在他身旁担忧地说了一句：

"哥，你不要贼性不改好不好。"

我哥说他正想回头回嘴一句什么的时候，却发现我姐不见了。他说那一瞬间，只剩下他一人和巷子里来来去去的陌生路人，突然不确定之前真的是和我姐去公教中心买东西吗？

或者他其实本来并没有那样一个，四十岁的流浪汉，本来就不该跟在他身后，和他一道两手各提一大袋公教中心的便宜货的，妹妹。

那样一条空荡荡的巷子，和那一堆上好的、召唤着他把它们拾捡回去的木材。

我哥说我姐大概过了半小时后才狼狈地出现（我很奇怪我哥为何会站在那条家门口的巷子孤单等候了半小时）。

原来是当我姐刚说完"你不要贼性不改"这句话时，突

---

1 公教福利中心：也称"军公教福利中心"或"福利中心"，台湾上世纪七十年代由国民党当局设立、只对军公教人员开放的百货零售场所，价格较一般市面优惠。

然看见一个之前相亲后即没再打过电话的男人（即那次相亲失败了），从巷子里对着面走来。

于是我姐提着她手上的那两袋东西，掉头就跑。躲在外面马路边骑楼停摆的机车阵里，看着那男人愣头愣脑自巷子走出，招了辆计程车，走了。然后我姐才又跳针一般地跑回我哥的身后，把刚刚的状况跳略过去，接续至"我哥打算偷捡人家木材"的状况。

我想起在那条巷子里，就在我们家弄口的对冲，有一列三扇旧式公寓的红漆铁门。这种公寓铁门，通常中间通往整栋公寓二楼以上住户的楼梯间，门上挖了两列铝唇邮件投递孔，门旁是一串黑色的按钮和一具对讲机。我小时候这种公寓刚如春笋在我们那条巷子里冒出时，我和我哥哥总是恶戏地用整只手掌将那成排成串的黑色电铃钮按下，然后装作若无其事地走开。

而左右两侧的门，则是一楼的住户直接出入的门。我记得有一段时光，在那幢旧公寓的左手边那间，开了一家杂货店。

没什么特别值得详述的一家杂货店。全开的铁门，一进去就是堆叠到人高的，一个方盒一个方盒铺着碎谷秣的鸡蛋。另一面的墙，则是一箱箱深褐色的"公卖局"啤酒空瓶。你若要买米，老板会揭开一个用木板和砖头压住底塑胶大缸，用一种马粪纸的硬纸袋放在秤上，微微地把白米从勺子里撒下，调秤到极精准的刻度。

我们小的时候，总是被我娘召唤去，穿着四角大裤头和背心，到弄口，买一瓶酱油、一瓶豆腐乳、南侨水晶肥皂甚至通马桶的盐酸……有时是自己嘴馋，十元一张纸币，买一盒冰箱里的统一布丁。

杂货店的老板，是个客家人，穿着极体面清洁，瘦小个儿总是穿一身蓝灰色西装裤白衬衫。我们当面称他林叔叔，背后喊他林老板。"小三，去林老板那买一包香，还有一盒火柴。"（那是连千辉打火机都还没出现的年代呵！）这个林老板有三个子女，大姐长得像崔丽心[1]，在我们很小的时候她就是个留长发的大女生了。老二是个男孩，和我哥同年，大学和我哥是同一届的。老幺是个小女生。我记得我从小跑他们家买东西从不曾见过有一个念小学或初中的女孩。待我上了高中，有一天买东西，突然发现拿东西找零钱的是一个穿着黄衬衫制服的端丽女孩，便因别扭而之后宁愿绕远路至大街上的另一家杂货店买东西。

后来那间杂货店便关门了。

像诅咒一样被撤去了什么支撑物的时间景观。在那条巷子里，从弄口走出，总要向着站在店门口的，衣着整齐而有礼的杂货店老板或他有些腼腆的子女们打招呼。记忆里大家脸上都堆着笑。那时我哥仍正常地穿着高中制服戴着大盘帽，完全无法嗅出一丝他日后会变成流浪汉底气味。我姐正是美如春花的少女。那张脸犹未被一次又一次失败的相亲击毁而

1　崔丽心：台湾著名女主持人，形象清新甜美，被称为台湾第一代校园美女。

　　　　　　　　　　　　　　月球姓氏

躲进不堪的老小姐浓妆白粉之中。

那样来来去去地在那个弄口进出。

不知从何时开始，弄子底部的我们那个家，从哪一处细微如丝的支撑物开始塌毁。

我的哥哥告诉我他梦见一个老医生冲着他的鼻子喊："汝就要死呀啦。"我听了哀伤不已，但我哥哥把这个梦告诉我娘的时候，我娘令人诧异地笑出声来，我娘说：

"哎呀，一定是你阿嬷整天对着你这样说：我就要死去呀啦。整天听着听着，自然就做那样奇怪的梦。"

确实很奇怪。我阿嬷的晚年，是和我哥，两个人住在一幢屋子里。那是在郊区一整片山坡地盖的（土地权状全有问题）破烂社区里的一幢三层透天厝[1]。当初这批房子盖到一半，建商发生财务纠纷，跑了。原先是茶田山坡的几十栋房子全还未盖屋顶，裸着砖墙房基日曝雨淋了好几年，后来由债主接手，把房子继续盖完。所以这整个社区里的房子，每到梅雨季，屋壁的各角落便像顽癣一样大片大片地剥落下白垩粉的瘢块，底层的黑水泥还汪汪地冒出水来。也住在那社区里的水泥师傅说这一整批房子全没救了，全部癌症末期。

那幢房子是我娘在十几年前以极便宜的价钱买的（大约等于买一辆二手小型台湾车的价钱），空放了几年。后来我哥退伍，尝试应征了几家公司皆不很顺利，慢慢就变成后来的

---

1 透天厝：台湾特有的建筑型式，指占地小、独门独栋的住宅，常见于乡镇。

流浪汉模样窝进那栋屋子。

几年前，我阿嬷和她寄宿庙里的住持师父吵架，被那间庙轰了出来（我阿嬷是那间庙的掌厨，每天用那种像扫把一样大的长柄锅铲汤勺煮整间庙几十个光头和尚们的素斋），哭哭啼啼说要和我们住。我父亲那时也已是个老人了，想起年轻时曾和阿嬷在大龙峒共住六年的不愉快时光，发了好大一场脾气，抵死不愿我阿嬷搬进家里。

后来就变成我那流浪汉的哥哥，和我民国元年出生的老阿嬷，共住在那栋壁癌斑斑的房子里了。

我曾在某一个夏日午后，在未预先告知的状况下拜访我哥和我阿嬷共住的那幢房子。宛如闯进一个幻异迷离的世界。他们像两个借宿挂搭的同伴，互不侵犯对方领域地分占着楼上楼下的空间。

我阿嬷的卧室是在一楼厨房边原先放饭桌的角落，用三夹板隔出一个一坪大小的房间。我曾看见那些工人用一种大型订书机般的钉枪，三两下就把两面空心木板墙钉好。房间里的摆设和气味，完全和她在庙里寄宿时，分配给她们这种小老太婆的房间床铺一个样儿。我记得我小时候去过几次我阿嬷的庙里，她的房间就是那般阴暗，还有那些气味：玉兰花的气味、樟脑油的气味、明星花露水的气味、老人身上爽身粉的气味、檀香的气味……以及这些挥发性气味的下面，一种老人隐在暗处，恐惧自己发出的，与死亡极接近的一种臭味。

我阿嬷那时九十岁，站直了只及我的腰际。她那些从庙

　　　　　　　　　　　　　　　　月球姓氏

里赌气搬来的家当，那些木箱、衣橱和置物架，全令人不可置信地像特别定做的孩童尺寸。我记得我在小学四年级时，第一次发现自己竟和牵着我在街上走的阿嬷，头平着头一般高矮。

如今想来，我小的时候，就算三十年前吧，阿嬷就已是个老人了不是吗？

我记得那天我闯入他们的房子，发现一楼的饭桌椅背、铝窗边，挂满了一件一件，怎么说呢，尺寸上来说是童装的尺寸，可是从剪裁样式、布料花色，从那种宽袖口、窄领尖，那种黑底掐金丝龙团纹外褂，藏青内袄和同色袄裤，还有四处晾挂着，布料簇新形式古怪的旧式女人贴身内衬衣……又让你确定那是一整套（虽说很像古装戏道具）一个女人的衣物。

我记得我阿嬷那时午寐刚醒，有些腼腆地从她那间三夹板钉成的小卧室走出，我记得她脸红红地（因为被我窥看到她那些华丽的、极女性化的衣服？）说：

"哎，本来是趁天气这般好，搬我呰老嫁妆出来晾晾，结果一觉困去讲不记得收了。"

我记得阿嬷刚搬去和我哥住那阵，我哥总是苦着一脸滑稽的表情，说他每天起床下楼来，阿嬷就会哀鸣地对他说：

"中中啊（我哥的乳名），我就袜死去啊啦。要趁天晴把那些老嫁妆拿出来晒日。"

老嫁妆就是我阿嬷自己裁缝的，压箱底的寿衣。我不知道她从何时便替自己备下了这一整套，以她的积蓄，或一个旧式女人一生积压隐藏的华丽想象的梦幻衣裳。她大概没想到之后自己竟仍能活得如此之久。所以每隔一段日子，就得苦恼又欢喜地，把那一整批已有霉味，或遭虫蛀的古装道具们，拿出来透透风，晒晒太阳。

我哥哥，曾经在他出生到小学毕业前的那十来年里，顶着一个和我不一样的姓。

我记得我在很小的时候，曾经很天真地问过我娘："为什么哥哥的名字第一个字比较好写？"在我那时的认识里，我和我哥是"不同姓"的，我们的名字，从第一个字就不一样的写法。后来到我稍微懂事一点之后，我哥的姓便改回和我的姓一模一样（而不是我改成同他一样）。

我不知道大人是在什么时候把我哥的姓偷偷改换，印象中家里并没有为此事而有什么重大变化所引起骚动之记忆。也许是小孩子并不认为家里某个人的姓发生了变动，是件怎样值得记下的大事吧。

不过，原本我哥是同我娘姓张，我和我姐同我爸姓骆，我哥改同我们一起姓骆之后，家里就只剩下我娘，孤零零地一个人姓张了。

到我长大之后，偶尔才饶有兴味地想起：在我哥顶着和我不同姓而我喊他哥的那段童年时光里，他的内心，是经历着怎样的和这一家人的认同呢？

记忆中我爸确乎是较不疼我哥而较疼我。私下我娘的解释是因为我小时候长得极像我爸，嘴又甜，许是么子的关系。我哥从小眼皮就厚，不会察言观色（我看过我哥小时候的照片，确是像某种眉骨突起，半透明眼膜遮蔽住上半眼球，嵘螈之类的两栖类幼生期的模样）。且又是个破坏王：家里的皮沙发和墙上，被他用原子笔在上头画满了飞机坦克大炮，温度计里的水银或沙漏里的彩色沙粉，全被他打破取出。一些上发条的玩偶（如喝咖啡的猫熊或打鼓的苏格兰仪队兵）也被他拆得缺肢残骸……

不过我亦记得幼时和我哥、我姐发生剧烈争吵时，我（或我姐）有那么一两回，为了某种有效的攻击欲望，去碰了那个阴暗的按钮，对我哥说："反正你和我们是不同姓的。"我哥会迅速暗下脸来，有一回他甚至嚎啕痛哭……

至于我哥的姓氏，为何一开始是从我娘，又在十年后改为从我父亲？这其中有一段曲折的原委。这段姓氏变迁的过程，暗喻着我父亲作为一迁移漂鸟的第一代，以及我阿嬷作为无神主牌的养女世系，两个漂泊者对于各自出资的受精卵（我哥？），某种各自极度匮缺极度憧憬的姓氏幻念的强悍意志之对决。

我阿嬷是我娘的养母。且她自己亦是养女出身。我阿公早死，生前据说是个办桌师傅。后来我才知道，我阿嬷与我阿公并无婚契关系，亦即他们其实只是同居人。巧合的是他们两人恰都姓张，我阿嬷叫张燕，我阿公叫张金郎。所以我娘作为养女，某种香火传衍的契约关系（按我阿嬷的说法是：

神主牌有一炉香不会断），即她替我娘招赘一个女婿，传张家的香火，等于她的养母（她的契约）的香火和她的姘头（她早死但为之守情义的我阿公）的香火，可并作伙一起传。

我阿嬷的传香火拜神主牌的情义且不止于此，后来拜张姓祖先的是我阿姨，张姓神主牌是供在我阿姨家的神桌上。我家供的是周氏祖先的神主牌。

哪里又冒出这一系姓周的呢？原来我阿嬷的养母姓张，但她的生母姓周。说来我阿嬷也挺够意思的，她一个矮小的老太婆的身上，就背了这么多不同来源家族的传香火之炉。仿佛她一没安排好，其中哪一族的香火就绝了。

不幸的是，这样一个把传承如此繁复神主牌之信诺当做一生宗教般狂热去烦忧的女人，竟在她的身上，发生了不孕的悲剧（也许是我那个面目模糊，搞不清他究竟是我阿嬷的赘夫或姘夫的厨师阿公，精虫数目太稀薄也是可能的）。总之，她从和我阿公同姓而将来子孙可以作伙祭祀这件事上获得了灵感，分别从两个不同但都姓张的人家，领养了我娘和我阿姨。

我娘在她的生母家，排行老十，也是老幺。作为我阿嬷家的养女，却变成了长女。

所以在我哥姓张的那十年里，他并不知道自己顶着的那个姓氏，其实是来自三个不同渊源却恰好同姓的家族（我阿嬷的养母一系、我阿公一系、我娘的生父母一系），另外我们家还要供周姓的香火。

不幸的是我阿嬷这一切关于姓氏的接龙布局或契约承诺，

却被她的第一个养女（我娘），像噩梦一样地摧毁了。我娘竟然恋爱上了，并且执意非嫁给他不可，一个大她十二岁的外省仔（我爹）。

一个阿山[1]！

一个和那些穿着灰布军装开十轮卡车，把跑上马路的小女孩压得脑浆迸流却扬长而去的阿山士兵讲同一种话的男人。传说中他们总假装婚娶（他们可以从腰缠裤袋拿出一大把的袁大头或是满手指的金印戒作聘），然后把咱台湾吧姑娘卖去大陆作艺姐……

最可怕的是那个老芋仔[2]（我爸只小我阿嬷十来岁）平常不言不语坐在板凳傻笑，一旦提起入赘，马上呼地站起，颈项快抵到厝顶，横眉竖目，哇啦哇啦大声咆哮一些她听不懂的阿山国语[3]。

据说我阿嬷同我娘整整冷战了一年，最后终于在我父亲愿意让我娘生的第一个男孩姓张，拜我阿嬷身上背的一大串表情错愕被凑挤在一起的祖先之后，才松了口。

我想象着那些祖先互相客气地并挪着位置，让大家都可以挤进那一块小小的神主牌位里。他们并寒暄打屁："啊，你好你好，贵姓？""姓张。汝咧？""哇嘛姓张。""真巧。""是

---

1 阿山：台湾民间对从大陆来的外省人的称呼，源于"唐山"一词。
2 老芋仔：闽南语对国民党外省老军人的昵称，与以"番薯"自称的台湾本省人相对。
3 阿山国语：此处指与台湾本省人所惯用之闽南语相对的外省方言。

啊，真巧。啊这边这位？""我嘛姓张。""有缘，有缘。"……

他们挤在那儿，有点不安但又颇侥幸地看着神桌下，一个和他们同姓氏的男孩，孤零零地拈香祭拜着。

那个男孩，就是我哥。

但我爸却在我哥小学四年级那年，为了一件极琐碎的户籍资料更改或补登记，在户政事务所遇见一个昔日的学生在那儿当科员。攀谈叙旧之后，不知是怎样的一个过程（我爸说是那学生的热心难辞），最后就把我哥的姓氏，"改回来了"。（我爸的姓氏、我姐的姓氏、我的姓氏）

我不记得那一个傍晚，我爸可曾兴高采烈拎了一只南京板鸭，还切了一些牛肚牛腱回来加菜（当然还在巷口林老板的杂货店，赊了一瓶金门高粱）？我不记得那晚我爸有没有心情特别好，一家子围在矮桌晚餐，电饭锅里的白米饭腾着烟。我爸有没有帮我哥添饭，然后说："以后兄弟姐妹都同一个姓了。好？"

那时我们已从大龙峒搬至永和，不再和阿嬷住了。我阿嬷则跟阿姨他们住了几年（像诅咒一样，我阿姨竟也嫁给了一个不肯入赘的外省人。且我姨丈是个餐餐只吃馒头配辣椒的老陕，他的年纪比我爸还大，讲起话来，连我们都听不懂），后来母女俩不知为什么事大吵了几次后，赌气跑去一间庙里住。且继承了在她青春如花时即死去的丈夫（我阿公）的行业，成了那间庙的厨师。

所以我阿嬷可能从头到尾，根本不知道我哥他，早就不再姓她和那一堆杂牌军组成的张姓祖先们的姓了。

从我懂事以后，我阿嬷就是一个穿着黑色海青的矮小老太婆了。她变成了一个在一间我们永远记不得名字的遥远庙里灰扑扑的影子。我们隔几年总会坐老远的公车，到那间庙里去看她。按例我们总是绕过那些金碧辉煌的正殿和俗丽壁饰的长廊，到后间肮脏不堪的厨房才找得到她。她总是一个人孤单地拿着那比她要高的长柄勺子在烹煮着一大锅一大锅的素斋。也总有一些游魂般的老太婆，因牙床萎缩戴不上牙套而苦恼地坐在那厨房边的大圆桌抠她们瘪瘪的嘴。她们全都重听，看着我阿嬷一个人在灶炉间忙活着。但我阿嬷看上去比她们任何一个都要矮小。

我有时难过地想：现在真的只剩她自己一个人了。还有她身后那些躲躲闪闪、因为自家人丁不旺而挂搭过来的好几家张姓祖先。她费尽心思收养过来的两个和她一般姓张的女儿，后来都去替异族异姓的人传香火了。

我们是那样被设定了身世。

像一个不负责任的关于记忆工程的庞大建造计划，他们为了某种让计划周延的习惯（一如他们想事情的方式），为了让事情看去"像那么回事"，为了某种好大喜功的华丽意志（那时节他们的景况好得让他们无暇去忧烦一些细枝末节的悲观征候），他们造了整个拟真的城镇：他们造了汽车旅馆、露天电影院、酒吧、超级市场、加油站……甚至他们造了一条由这城镇伸展出去的公路，仿佛真的可以从那公路通往什么地方似的……

他们且凭着想象，建造了这个城镇里可供祭祀、冥想或忏悔的聚会场所。像电影里那些城镇的教堂，但他们不方便也把这类场所称为教堂，因为那样一来明眼人便会看穿这城镇的一切只是缺乏想象力地从那些电影里搬下来的。于是我们给这类冥思之处所取了个怪别扭的名字："纪念堂"。

我们就那样毫无怀疑地生活在那座虚拟之城里。我是指我和我哥。也许还有我姐，但我怀疑我姐亦是杜撰出来的。

我们那样被设定了身世。

我们在那里面学习语言和文字、历史和地理（他们特别绘制了一种有我们这个城镇及周边邻镇的地图，与比例尺差距甚大的世界地图含糊其辞地一并在课堂上教授），一些奇怪的礼仪（譬如他们要我们每天升旗）和律法（譬如交通规则或某些妨害清洁的罚款）……我们在那里面读完小学的六个年级，并且读完中学。我们在那里面经历了第一次勃起、看电影流泪、考试作弊或从一种赌博电动玩具赢得了大把零钱的经验，我们且从街角的花店买过生平第一束铁炮百合给青春期第一个偷偷喜欢的女孩……

因为我们记得那些细节，所以日后当我和我哥在核对比较记忆时，往往陷入更巨大的恐慌之中。

后来他们因某种我们永远无法知道的原因，放弃了这个庞大记忆工程的造镇计划。也许是他们消亡的速度远超过他们自己的想象。也许是他们那种从来不负责任不收烂摊子的性格使然。他们在一夕之间撤离遗弃了这个凭空搭建的城镇。

所有的那些人都撤走了。那些校长、警察、提菜篮的阿巴桑，那些快餐店里穿直条纹制服的工读女生，甚至我们从小被告诫远远绕开，那些霓虹灯迷离闪跳、气氛怪异的巷道里浓妆艳抹的阻街女郎……全部的人都撤走了。

只剩我哥和我。我们在一夕之间明白了我们从小长大的这个城镇，只是某个经费筹措发生困难而喊卡的一个异想天开的实验计划。

我们有时会忍不住寂寞，跑到空无一人的城镇街道上尖声大喊："王八蛋！"

我哥曾告诉我，他不止一次在南下北上的各型列车上遇见我们的父亲。他说后来我爸变得非常瘦，但他还是立刻认出他来。他说他的目光灼灼有神，似乎总在为了某件无法下决定的抉择困扰着。有几次他是站在列车连接处，那充满尿臊味的铝皮厕所边的橡皮门框处吸烟；有几次他非常引人注目地站在饮水茶桶的位置，若有所思地抽着那些折扁的纸杯；有一次他坐在密闭空调的车窗边，旁若无人地点起烟来。

我问我哥说为何他不上前去认我爸。我哥说他不敢。因为后来他发现，每次遇见我们父亲的那节车厢，总会坐着一位衣着高贵的女性。也许父亲就是正陷入不知如何（或要不要）上前和那女人搭讪的苦恼困顿吧？

难道这就是我爸遗弃我们而消失不见的原因？我对那个

女人的形貌好奇极了。但我哥对女人的描述一向含糊笼统。他说她穿着"高雅得不得了"的服装，但他不记得是红色系或蓝绿色系。女人的年龄很难判定，可能在三四十岁之谱，不过可能要更大些，"因为她化了浓妆"。但之后在描叙女人韵味"在风尘气息中又有一丝淡淡的高雅"时，我哥又坚持这个可能就是我们父亲失踪之谜的女人"不施脂粉"。女人的五官极深，所以可能有原住民血统，不过皮肤很白，且又染了发，所以也可能是来台湾旅行的日本婆仔……

我不记得是从何时起，我们这个家族，就开始在我父亲偶然动念迁移至此的这个地方，在一幢有着一具坏掉停摆的钟具的屋子里，静止不动。我和我哥、我姐，还有这屋里其他人，我们以为我们继续在动，其实我们早就蜡像般地停在那儿，只有光影在迁移变化罢了。

我记得在我很小的时候，曾经和我哥疯魔般地跑去附近一家新开业的百货公司地下楼的超市偷东西。一开始我们只敢互相把风，装作若无其事地在那些货物架旁的甬道踅晃。然后待那一区域净空无人时，便把架上那些对我们来说无比陌生新奇的零食就地拆开分食：包括那种铁盒子装的裹着白糖霜的日本水果糖；一整排像焊在一起的金块的美国巧克力但颜色却是我们从不曾见过的乳黄色；我们且将那些不同于巷口杂货铺放在玻璃柜上的糖仔罐里一元两元零卖，而是密封于包装袋里的豆干蜜饯牛肉干扯开，贪婪奢侈地往嘴里塞；后来我们甚至大胆到从家庭五金用品区的货架拿开罐器，然后跑去罐头区的货架，把那种贵得不得了上面全是英文的进口水蜜桃罐头打开，然后汤水淋漓用手抓着那一瓣瓣金黄色的甜软物事，兄弟俩泪眼汪汪地分食。

我后来怀疑我哥成年后之所以变成流浪汉，必然与那一段兄弟二人徜徉在取之不尽充满惊奇且毋须付出代价的超市货物架之间的少年时光，有某种神秘的关联。

有一次我忍不住拉了我姐加入。那次我哥并不在场，我像个慷慨好客的农庄主人，在那一整列塞满就我们那年纪不可能想象的梦幻零食的柜架间，炫耀示范着那些"可以就手拆开就吃"的宝贝，在那样灯光明亮、地板光洁，且皮肤嘶嘶感受着上等人才能经历的强劲冷气，推着有轮子的金属菜篮车（假装我们是顾客），欢快地招待并向我姐推荐哪样哪样的东西是我和我哥口碑一致认为值得一试的。

我记得我姐一开始严词训斥了我一顿，后来她看我如入无人之境地任意拆食着那些她做梦也无法想象的美好零食，遂脸色惨白地低声念着："真的可以这样吗？""被抓到我不管你哦。"后来她在我极力保证下试了一片青芒果干，然后又拆了一包她最爱吃的陈皮梅，我且掐破一盒以我们那年代除了我们父亲住院别人送来探病、否则想也别想的巨峰葡萄之保鲜膜……后来我姐嘴里塞满应接不暇我从柜架上任意拆开抽出递给她的黄金美食，仍是嗯嗯唔唔地叨念着："给妈知道你们就要被打死了。"

结果我姐回去还是把这事告诉了我娘。那天晚上我和我哥被叫跪在祖宗牌位前打得半死，我印象中那是我娘极罕见地发如此大之脾气。我已弄不清背叛者究竟算是我还是我姐？但我记得整个过程跪在我一旁的我哥那个阴暗的侧脸，从头到尾他没和我说一句话。

后来我哥再也没拉我作伙去那家超市了。奇怪的是，没人替我做主我竟也不敢自己落单行动，甚至连走进那光洁空旷空间的兴味都没了（那实在不是一个适合十岁左右孩童去流连玩耍的地方呵）。

但我知道我哥仍独自一人溜进去偷，他一直在偷，不再让我知道了，这件事一直持续到许多年之后。

　　　　　　　　　　　　　月球姓氏

动物园

他认得那种空茫黑邃，即使整个族群都被你豢养
而后杀戮殆尽，亦驯良无怨尤，只是生命力在其
中逐渐流失的眼神。

他们用一台轮车推一只犀牛进来。之前那只犀牛已被修饰得惟妙惟肖，犀牛皮早经过数十道手续的柔化及防腐处理（虽然我并不清楚他们那个年代是使用何种防腐药剂），这只犀牛在被电击毙的二十四小时之内，已经有五个工作人员熟练地将它的内脏、肚肠掏空，在环撑着躯干轮廓的脊椎和胸肋骨没有因腐败涨水的腔内杂秽涨缩变形之前，即作好细部辅助钢架，内部防腐涂剂处理，把犀牛的咽道、肛门和尿道孔缝好，最后填塞进大量的木屑。

一只犀牛的肚腹容量确乎超乎他们想象得大。那都是直接从后山订来在产地就刨好的上等木料呵。

他们处理得非常熟练，毕竟在这一个礼拜里，他们已掏过了数十种不论草食或肉食的大型动物的腔肚子。

一开始他们还试图把那些狒狒或眼镜猴的内脏浸泡在盛满福尔马林的大玻璃皿中，想也许日后对教学或医学实验有什么帮助吧？但很快他们便放弃了。整个动物园里七横八竖着各种才刚刚死去的动物尸体。

他们必须在它们开始腐败之前，便将这些尸体制成标本。

所以后来他们把那些长颈鹿、斑马、蹬羚、美洲豹……的肠胃肝胆，全和在一起丢在一个个大塑胶桶里。像餐馆外面的鸡鸭宰体的下水。只是这一大桶一大桶泡在血水中的灰绿色内脏，本身就像某种包裹着食物的透明生物，有的会自动在桶中冒出一响气泡，或像叹息那样悬浮着轻轻翻个身。

当然事实上这些动物早都死了。这是一个堆满了动物尸体的动物园。

清晨的时候，动物们看见一个戴着飞行帽（就是帽檐挂着一副胶壳防风镜耳垂两端有两团毛毡耳罩的皮帽），穿着雨靴留着络腮胡的奇怪家伙，背着一具巨大的黑铁箱（那是一个我亦无法交代清楚，那个时代日本军方使用的高压电池），左右手各抓着一根长长的细铁管。动物们以为那是一种新的喂食器，便兴奋地呜呜乱吼。究竟这是战争的末期，动物园里几乎已不再开放游客参观了，园方的喂食也常掺水。据说那些原本要喂食肉食性猛兽的肉类罐头根本在点货后的办公室里就被那些园工当做眷属配给给分光了。更别提那些原该给狒狒吃的香蕉、大象吃的马铃薯或是孔雀和鸵鸟吃的米糠……

所以这些不幸生在战争时期物质匮乏而吃不饱的动物，看见一个拿着两根细长铁管表情暧昧的奇怪人类，都本能地咽着口水：它们没想到那是一个一万伏特高压电的阴电极和阳电极。络腮胡戴飞行帽的家伙把那两根细铁棍伸进栅笼里，一只台湾黑熊伸着巨爪去拉扯那铁棍。一阵皮毛烧焦的臭味，那只黑熊便保持一手上举一手抱肚，好像突然想起自己胃疼那样的姿势直挺挺地倒下了。

那是一个星期前，盟军开始空袭台湾时，园方接到台北厅警察署的示意，担心动物因空袭出笼伤人，所以决定将肉食性及较残暴或较大型的动物给电死。

　　他混在他们中间，在这些巨大僵硬的动物尸体之间穿梭。每一具尸体都伸长了前肢无助地摆出一副未完成的木乃伊态势。就像是站在空难坠机的现场，满地堆满了灭火化学剂的泡沫，断肢残骸的人的头颅和手脚，还有一箱箱本来应该在机场入境大厅领行李处，一群人卡位挨挤等着从一个咔咔运转的环形履带上吐出的托运行李。好像散落四处的每一具尸体都等着你为他们做什么，但因景观的过于庞大，使人有一种即使在其中东挪西搞，也是白忙一场的虚无感觉。

　　"小心滑倒。"有一个戴着口罩的人吼了他一句。遍地积血，他学他们穿着胶鞋，从一具尸体移位到另一具尸体之间，用像滑冰那样的姿势，两手摊开保持平衡，另一脚呈四十五度朝后一蹬，就在那湿漉漉的积血上流畅地滑动着。

　　他恰好停在一只侧躺的长颈鹿的两根鹿茸的上端，他觉得那只长颈鹿似乎上翻着一只（他只看得到侧躺上方的这一面）黑溜溜的眼睛瞪着他，因为如此近距离，使他发现长颈鹿的脸庞和眼珠竟如此之巨大。

　　它还活着！他在心底惊恐地大叫着，其实它并没有发出声来。他怕被这四周忙碌穿梭的人们认出来，最主要是他发现他们操着一种和他截然不同的语言（那要几十年后，他才知道那是那个年代，老一辈的台湾人交谈时，喜欢夹着几句日文专有名词的台语），其实他不晓得真正让他陌生畏敬的，是他们之间交谈时，那种压低的声音，多用短句且感情内敛的表达气氛。这和他习惯的那一帮人的说话方式大相径庭。

他尽量不开口（如果能也弄来一个口罩就好了）。那只长颈鹿似乎从鼻孔喷出水气，使得在它面颊下方的积血（别的动物正在解剖所流出的）出现一小朵一小朵的涟漪。不可能啊。难道是电力伏特不够，将这大家伙电得半昏不死的，还是这只是他的幻觉？他曾在屠宰场看过被宰杀到一半，躺倒在自己血泊中一口一口喷着白烟的牛只。他认得那种空茫黑邃，即使整个族群都被你豢养而后杀戮殆尽，亦驯良无怨尤，只是生命力在其中逐渐流失的眼神。

这长颈鹿的眼睛，则像神物一般巨大地靠近着他。

他发现在这个临时作为电击毕命的动物们的标本制作场里（原来大约是剁碎搅拌各种动物饲料的大厨房吧），所有的人都惟一人的命令是从，就是那个戴着飞行帽留着络腮胡的怪家伙。

他赖着那个刚刚大吼他"小心"的家伙，想如此或可多探听一些讯息。他从裤袋里掏出一包皱扁的烟，小心地递上去一根。

"老兄，请借问一下……"

唉，同时瞥见烟袋上一个圆标志，切半的上半圆隶书写着"乐"，下半圆写着"园"。侧边还千篇一律印着"增产报国，反共抗俄"。这不露馅了吗？[1]

还好那家伙没注意到他手中的细节，但倒是从他的口音

1　这里指的是"乐园香烟"，为国民党当局迁台后所发行的著名军烟品牌。

听出来了。"老兄？还老乡咧。汝是史拜（奸细）哦？大陆来吔对姆？派汝这款吔来。算汝命大，大人伊拢走了了啦。汝看全日全阵拢是米国吔 F6F，全台湾ㄅㄞˋ落看[1]有一千吨吔炸弹。汝看有一架咱皇军第三速成飞行队莫？"

他的心突然柔软温存下来。

"我是来找我爸爸吔。"居然勉强说出生硬的河洛话[2]。在他的那个年代，他们说这是母语。在他的年代。他的头突然又像削铅笔那样刺痛起来。在他的年代有一个广告。一个穿着很怂的西装外套裤脚过短打赤脚的大陆客，在港口被警察抓到，"偷渡客哦？"那偷渡客有备而来，耍媟地笑着："我怎么会是偷渡客咧？我会唱'国歌'。还会唱'茑萝'——当窝们同在一起……"

结果因认不出广告中"全台湾最受欢迎的汽水"是黑松汽水而被抓起来。他记得父亲看了这个广告，在电视机前响亮地笑着，他心里哀伤地想着。星移斗转，时光回溯。在他父亲初到这地方的年代，语言的隔膜仍如此理所当然。一切缓慢、狐疑而友善。是因为那场大屠杀吗？还是持续十几二十年的恐怖大搜捕？

时光回溯的初始，仍停在电击棍阴极阳极伸向那驯良害

1　ㄅㄞˋ落看：闽南语，丢下大约。

2　河洛话：此处指闽南语。台湾习惯将从闽南迁居台湾、祖籍在中原河洛的人称为"河洛人"或"河洛郎"，故名。

羞的笼中动物的那一瞬。一切是多么容易哪。不需要如此大动刀镂地剖腹截肢，用沾满黏稠血液的橡皮手套扶正因汗水而滑下的眼镜框。

他记得结婚之初，他的岳父为他讷讷断续讲不完整一个河洛话长句很不以为然。后来他发愤很是读了一些"台湾踏查"，什么"台湾的冥婚与过房之原始意义"、"顶郊下郊械斗始末"、"某某地建醮祭典"，什么"淡水河沿岸兴衰"，一些今昔老街地名的更替或是台湾艺姐的资料或一些老阿嬷的口述历史。他在闲聊时和丘父提起这些，他岳父诧异但看不出喜怒地嗯了声："哦？汝去叨位[1]看这一大堆有的没的？"但总是忍不住被诱引倒出"是啊……彼呫时代……"的回忆细节和掌故。

若是初初到来的那段岁月……他沉恸地想着……

他记得父亲初来岛上的日记，有一日这样记着：

> 阴，起身早，盥洗毕，至屋后，溜达一周，四周之香蕉树，为狂风摧折甚多。
>
> 夜来酒醉，甚好睡。
>
> 昨日为薛先生生辰；秉埜忙菜忙了一天（秉埜为南京大富贵菜馆小开）。晚间，我代为请客，请来马志远、杨志巩二先生，开动之后，大家开始狂嚼不已。

1　叨位：闽南语，哪里。

秉堃恶作剧，把下女喊来劝酒，我被央吃了一碗半"威士忌"。阿金（校舍下女）把阿桂（我们的下女）拉来分敬马、杨、徐、薛诸人的酒。后阿桂醉了，夜来和亦醉倒的秉堃对吐，使人发噱。

我认识了热带女性的热情和浪漫。

这刺激我的直觉的事物呀！不是正确的理论、生动的著作，或牵醒我的奋斗，而是撑破肚皮的香蕉、橘子、椰子，和那使我迷惘、憎厌的，血红了嘴唇的下女。

我呵！浑噩噩地度过这疲敝后的青春。

忘了大难当头，和白发的母亲。

三十八·十一·二七

醉后、灯下。

"找老爸找到动物园来嘞？骗令祖公。汝这憨史拜。来，搁敬我哺一支，我呷汝讲一个秘密。"

为什么找到圆山动物园？他讷讷地替那家伙复点上一根烟。

因为一张照片。他父亲白发猎猎，觑眯着眼，穿着一件破夹克（因为是黑白照故分辨不出夹克的颜色），身后一堵墙，像一个收票亭和回转门之间，后面被遮断的三个大字写着"圆山动——"，应该就是动物园了，他分不清那是哪一年的照片了。

资料上写着：一九一四年，日人大江氏在此地兴建一民营动物园，次年，台北厅为纪念日皇大正即位，收买大江的动物园。

他记得所有人的笑脸都溶解在假日金黄色的光里，他父亲的、他母亲的、他哥哥的、他姐姐的。

他记得他哥哥跑到臭烘烘的大象围栏前说："我是大象哥哥。"他姐姐说："我是孔雀姐姐。"

他母亲那天穿着白色的洋装，一手按着逆风纷乱的头发，一边顾着他手中的蛋卷冰淇淋不要掉到衣服上。

"弟弟呢？你要挑谁呢？"他母亲那时真年轻美丽。

也记得那天他穿着一件小吊带裤，还有一双有卡通松鼠的凉鞋。他大声地说："我是蛋弟弟。"

全部的人都笑他："动物园里又没有蛋呀。"

"反正我是蛋弟弟。"他撇嘴赌气起来。

他哥哥说："有啦，动物园有鸵鸟蛋、鳄鱼蛋、恐龙蛋。他是鳄鱼蛋弟弟好了。"

"才不是！"他口齿不清地哭了起来，"我是蛋弟弟。"

冰淇淋果然整坨掉在他的领口和胸前。他更悲恸地大嚎。

"好啦好啦，蛋弟弟就蛋弟弟，老大你不要在那作弄弟弟。"他母亲不耐烦地说，蹲下来拧着眉用手帕擦他衣服上的奶渍。"早知道就把你放阿嬷家，不带你出来了。"后一句是对他说的。

他父亲呢？印象里他父亲从头到尾没说一句话，那样心不在焉地微笑跟在他们身旁。

和照片里的一千零一个表情一样。他父亲总是那样不耐烦地笑着。他在这娶妻、生子。二十四岁逃到这岛上。撑了十四年才又另外成家。可是就抹不去脸上那种对自己莫名命运的讪诮。

"我呷汝讲喔，"那人掀着鼻翼深深吸了一口烟，"几天前，日本天皇派了敕使来台湾，是为了啥米？就在这对面，看到莫？明治桥彼端地大国魂命神社，新起了一座较大地。敕使拢来啊喔，讲有一个真正盛大地典礼，昨日，一架咱皇军自己地屠龙战斗机，讲自己没阵没动摔落在神社上，该座神社整间拢给火烧了了啦。拢讲这是一件凶兆，讲日本国要输啊啦。"

他记得他阿嬷说过，终战前米国飞机天天来轰炸。有人来不及逃泅进淡水河里，空袭警报结束被人拉起来，可怜目眶空无目瞅去给鱼吃掉了。她说那时她犹是一查某囡仔[1]，有一回大家说空袭喽全部往田边挖的土洞钻，就她一人来不及钻进去。一霎间整片天地旷野只有伊一人。远远看见米国飞机在对岸轰炸台北桥，扔炸弹像停在空中清畚箕，整篓整篓的炸弹清下来。

"汝咁有看过这个人？"他拿出照片，问这个时光折纸游戏里因为记忆对折才能和他面对面的家伙。

结果尽是从口袋掏出上面印了"新台币五元"和"拥护领袖，反共复国"的"爱国奖券"；印了"效忠领袖服务三军支持前线光复大陆"的台湾省统一发票；印了"反共抗俄"的电报稿纸；和印了"匪谍自首既往不咎"楼上日场票的戏

---

1 查某囡仔：闽南语，小女孩。"查某"意为女人。

院票根，居然还有一张硬卡印了青天白日徽的"战士授田凭据"……

"汝真正是史拜咧！"那人的声音大声起来，他感觉到仰躺在血泊中的完整的或不完整的大型动物仿佛楼阁橱柜的尸体之间，所有戴口罩穿白色工作服的人们都停下动作，看向他们这边。那人却突然变脸不再好商量了。

"讲，汝是从叨位来咃？"

"这个男人，我认识。"戴着飞行帽留着络腮胡的男人说，近距离看，你才发现他根本不折不扣是个老人，他抬起头，满含深意地看了你一眼，"他是你的父亲？"

登上那些阶梯，中空的木板夹层扣扣作响，两边斜上去的白粉墙上，贴了一排赁租房子的广告或是家教的自荐宣传。因为壁癌，所以那些薄纸的广告单便贴不很牢，随着剥落的石灰粉层掉下。

住到这种地方来了。他心里有一点人事竟全非的感慨。

不知道是哪些流浪汉或夜归的落单客，会觑着没人，闪进这骑楼边的楼梯间撒尿，使得这像井一样狭仄着上升的老旧公寓楼梯间，捂着一股闷尿臊。

他们问他："怎么还把狗带来了？"

他从爬满小紫花九重葛的木格窗望出去，发现他的狗坐在街对面的人行道上，吐着舌头一脸无辜的样子。

他想：我这不是难得穿得称头些来办事，这家伙怎么又跟来了。后来他想起那狗是他小时候的狗。

他小时候，有一次走在跟他一样的小朋友路队里，经过他家附近的一个马路口，突然发现他的狗失魂落魄地坐在一座消防栓旁边，跟着这一群穿着小学制服戴着小黄帽的孩子等过马路。

它竟没认出我来。

他心里想着。这是他第一次在"外面"和他的狗对峙。他记得那时这条狗便已是条老狗了。后来那狗发现了他（他们面对面眼睛对了焦），摇着尾巴扑上身撒欢儿。这个小朋友组成的路队马上就溃散了。他们尖叫着摸它，扯它的毛，玩它的尾巴。

等到他凯旋地把那狗带回去，家里只有他父亲一人在家。

他父亲露出惊讶的样子：哦？怎么跟你回来了？

他父亲淡淡地解释了两句：我还发愁呢，门一开就蹿了出去。怎么会跟你一道回来的。

于是他编了一个天大的华丽谎言。他说那狗跑去他的学校找他。没错，就是他读的小学。要走两站公车的路程。而且是跑到他的教室，造成很大的骚动。老师停止上课，小朋友们抢着拿食物喂食，大家都说这简直是灵犬莱西……他说着说着竟也相信起自己说的这一切。他说后来他们先把它绑在校工的宿舍，然后继续上课，直到放学……

而他父亲竟也相信他所说的，他父亲有点啧啧称奇的模样。这是他第一次眼睛眨都不眨用谎言和他父亲对决。他知道他父亲在骗他。那狗一定是他们都不在时，他父亲为一点小事暴怒而赶出去的。如果没有侥幸在半路遇上他，他父亲一定就轻描淡写地把真相扭曲成"那狗自己耍坏跑走了"。那是他第一次暧昧朦胧地触碰到一个微妙的东西：他父亲也需要说谎。他父亲痛恨这条狗，是全家皆知的。这狗是他父亲的一个旧时期当"立委"的老师给的。这个老师，父亲在他面前总是唯诺恭谨，背后却大骂其势利鬼老头。那狗来他们家时已是条老狗了。不知怎地就是对他父亲戒狐戒疑。他父亲趁大家不在时把狗轰出去，这是他的恐惧边界里可以想象的事，但他何必要骗他呢？

另一件事是，他的谎言居然把他父亲征服了。他的谎言替那条狗掺上了一些神犬的传奇色彩，也许他父亲比较会对之刮目相看吧？

"所以说，你也弄不清楚，他要消失前跑进转角最后说的那句话。"他们之中的其中一个说。

是啊。他怅怅地回答。看向窗外，整个街景被白日曝光成一种光的颗粒如沙崩落的不确定构图，他发现那条狗不见了。

他向他们供述：是啊，昨天不知为什么他闯入了他们的聚会。他试图描述那个房间里垂晃着的一盏有斗笠灯罩的灯泡，所有人的脸都影影绰绰；他注意到壁上有一只壁虎在咀嚼青苔，所以他猜想那是一处位于人家浴厕下方的地下室，可能水管的暗管漏了；他还注意到他们用一些学校的课室桌椅排列得像一间教室，他建议他们可以锁定一些小学体育馆地下室去查……

但他们之中的一个又打断了他的话。他告诉他，这些细节的推理，毋须他为他们操心。他们比较关心的，是他最后和他说了哪些话？他说那些话的时候，大概是一个什么神情？或是一个什么气氛？他告诉他这很重要，希望他细细回想。

他承认：就像一出你本来分明经历其中的场景（不是记得，是"正在"里面发生着事情），突然一泡尿憋醒，你发现那是一场梦。于是，那遁入黑暗空无里的场景，像被有效率拆卸的布景道具，不，像是漏雨的铁皮屋内你抢救不及摊在桌上被水渍晕糊处处的手绘地图，不，应该更像是被一群横强的同学抢去，大口瓜分掉的棉花糖……

整个完整的画面，就这样七零八落地掉光了。

他突然灵光一闪，想起他父亲曾经忧悒地对他说："那时不逃走就好了。"

什么？他们非常激动地围近他。他这么说了？他们问他。他真的这么说的？

他很诧异他们如此激亢。"他"是他父亲吗？还是他父亲年轻时的革命导师，他们那条狗本来的主人？

那老人过世前不久他父亲带他去官邸见他。说是官邸，其实不过是复兴南路那些初初时髦兴起的清粥小菜店骑楼上的一间破公寓。老人的儿女雇了一个菲佣料理老夫妇俩。老夫人得了老年痴呆症，像个早产的婴儿缩在客厅转角的轮椅上。她的皮肤像煮烂透明的洋菜蒟蒻冻一样沉积不了任何色斑。菲佣玛丽亚煮了一碗糊糊透明的稠粥喂她。他不知怎么便觉得像一碗果冻坐在杯里一匙匙吃着自己。

那时已距全岛沸腾要老贼们下台那一阵又好几年了。老人又显得意气风发好发议论起来。他父亲那时已是个老人了。但那老人更要老。老人的脸上不知羞耻地布满了一块一块黑斑。老人偻着背吐痰，像一只有袋囊的禽鸟。然后继续大声地说话。他父亲也大声地说话。他听见他们自顾自地说着各自得意的景况，大骂一些他认得的人、他不认得的人。他听见老人讲起言菊朋、程砚秋、谭鑫培、俞振飞这些名字，就噎着痰猛击轮椅扶手。而他父亲则说着自己退休后到法院当荣誉调解人。他记得小时候有一年过年，他父母带他来给"公公、婆婆"拜年，老夫人笑眯眯地塞了一个红包给他。然后大人们模糊地拍手笑着说"拍照、拍照"，他记得那狗那时便已非常非常老了，它趴在一个大圆蛋糕盒的纸盖子里打呼噜。而那一屋子的大人（他父亲和那些南京一道逃出来的叔叔），都像照片上年轻时的蒋经国，穿着长袖西式衬衫，袖口挽折起来，非常有朝气地露着白牙笑着。后来照片冲洗出来，他被他父亲揍了一顿，因为照片上的他，傍在大人的腿边、手背在身后，脸上表情却一眼睁着敷衍一眼尖滑地眯着傻笑着，一看就是背后的手指正探进红包袋里数有几张钞票的表情。这样悄悄地躲在大人的脚下世界，以为无人注意，不料最后竟被定格凝冻下犯案瞬刻的表情，也许就是他和那一屋子后来消失或变成老人的流亡者之间，充满暗喻性的特写关系吧。

他记得那天他父亲和他父亲的老师，两个暮阳残景的老人，互相听不见对方说话而咆哮了许久之后（他们各自跌进各自的回忆），他才随着父亲告辞退出书房（老人犹留在里面兀自挥拳发表演说）。经过甬道旁的轮椅，他父亲弯下身，对轮椅上那个透明的腔肠动物说：

"师母，我们要告辞回去了。"

她睁开了眼，困惑抱歉地笑着，而后竟然认出他们来。

她说："小花在你们家还住得习惯吧？"

小花就是那条花狗。他父亲像是受到了很大惊吓，他像一个年轻的副官那样打腰杆挺直，大声地回答："报告师母，小花它死了有十多年喽。"

老夫人则像是问了人家寡妇什么时候生娃这一类不该问的问题，优雅而害羞地赧笑了一阵，然后给自己找理由那样地，捏捏自己前臂一撮透明见骨的皱皮。

"也是呀，你看我都这么老了。它也该死了喽。"

他记得那天他随他父亲走出官邸，玛丽亚参不透这几个老人之间的相濡以沫，事不关己地关上门。他父亲闷不吭声地往楼下走，他跟了几层，他父亲突然想起什么没拿停下步来，所以他变成站在高他父亲几阶的楼梯面上。他觉得他父亲逆着光看了看他，或是看了看他身后那更高上去深仄的楼梯，顿了顿脚说：“算了。”

然后他父亲又说了一句：“如果那时不糊里糊涂跟着逃走就好了。”

废墟

我从来不曾在这些房子变成废墟之前进去过一次……我不知道壁上的挂钟停掉之前，那里面的人们在干些什么？

在我的脑海里，总是浮现着那一栋房子。

老式的、灰黑色瓦片的、木造的、黄梅天的傍晚便会有大批的白蚁恍惚着瞳焦在黄灯泡下扇翅飞舞的，在院落里必然种上一株老鸡蛋花，立了一盏雾玻璃四方灯罩生铁灯杆的公园灯……这样的一栋老日式房子。

官邸、老糖厂宿舍、紫藤庐、温州街、临沂街、博爱路底植物园后面出来有宪兵站岗的小巷，铜山街围着细石子拌水泥的高巍外墙……

我拼凑着那些隐匿在曲折巷弄里所有可能的关于一栋老房子的印象。

总有一些太太在榻榻米的房间里打麻将，你不晓得她们是搬张小几并折着肉色丝袜的双腿坐在地板上打，还是拉了四张椅子凑着一张上海花樟木方桌在打。

纱门外的玄关齐整地放着一双一双太太们的鞋。

总会有一间房的书桌上放着一盛了水的便当盒，里头浮着一张张从信封上剪下的邮票。水会将邮票和牛皮纸之间的浆糊泡湿泡软，然后它们会漂离分开。

总会有一台唱机和一些敷着一层薄薄玻璃纸封套的唱片，那种中心贴着红底曲目外缘有一圈圈纹轨的黑色硬塑胶圆盘。

就像墙上总会挂着数十人和"蒋总统"合照排排列列只

见一颗颗小人的相框。必然挂着姚苏蓉[1]或谁谁谁明眸皓齿笑睇远方的明星月历。

我从来不曾在这些房子变成废墟之前进去过一次……

我不知道壁上的挂钟停掉之前，那里面的人们在干些什么？

"真正活生生事物的逝去。"

总是有一些装腔作势，像黑白默片沙沙叠频地播放。空袭警报响，皮影戏偶一样的人群摆着没有肘关节的手。

曾经有那样一栋房子。

那栋房子的主人，是一对老夫妻，还有一个叫小花的小女婴。

我曾在那栋房子里，度过了童年里的某一段时光。那对老夫妻的先生姓月，我父亲总要我喊月伯伯，月妈妈。长大以后我曾想过，为什么他们姓月呢？难道不是姓乐吗？或是姓越？总之那个年代，我父亲的朋友们总不乏一些怪姓：有一个叔叔姓昝的，还有一个叔叔姓战，有一个阿姨姓师（不是施），还有姓上官姓诸葛的，那个时代你不觉得怪，诸葛亮不就姓诸葛么，还有一个武侠女星叫上官灵凤的。但是待长大之后，这些顶了怪里怪气的姓的人（或是他们的第二代），就统统从我生命的周遭消失不见了。

在我的记忆里，那对老夫妻（月伯伯、月妈妈）非常非

1　姚苏蓉：上世纪六十年代末港台地区家喻户晓的流行歌后。

常之老。那时我父亲还是个挺拔的四十岁的壮年男子，那个月伯伯便已秃了头，耳际上沿的一小丛发也是斑斑灰白。他总是推着一辆前头装了一枚椭圆铜壳的笨重脚踏车，前头的车篮装着女婴小花（是他们的女儿吗），到我们家来接我。

那样的清晨，我其实还稀里糊涂睡着，我听话地扒完母亲熬的清粥，便乖乖承应着我父亲送至大门口的叮咛："要听月伯伯月妈妈的话呀。"然后便跨坐在那佝偻老人的背后（他的汗衫有一股老兵的汗馊味）。那月伯伯之后还会骑着脚踏车绕至巷子里的另一户人家，接一个每次出门皆蹬腿甩臂哭闹不已、叫做小鸡的女孩。那女孩坐在月伯伯前座车杆上卡上去的一张小藤椅，我们便一道被载去月伯伯的那栋老房子。我想那应算是最早期的幼儿园娃娃车的接送规模了。

后来我父亲也变成一个老人了，有一次我竟然在我家的巷子里，匆匆一瞥一个褪了色的老人，亦是骑着一辆那个年代的笨重老脚踏车，前头车篮盛着一个流鼻涕脏兮兮两个眸子黑白分明的女娃。我几乎要惊呼失声喊：月——但想想那绝不可能，我已是一年过三十之人，那月姓老人岂有仍在世上（且数十年不变地骑着他的脚踏车）之理？且那女娃总不可能仍停滞在我童年记忆的形貌呵！

那时我家的巷道两侧已像峡谷建了密不见光的整排公寓，事实上从那些公寓灰败生锈的铁窗窗花，和污渍晦暗的瓷砖色泽便可看出：连这些当年赶时髦将那些日式庭园木造老屋一栋栋拆掉改建的公寓，也全都老了。

老人不再像三十年前的那个月伯伯，歪歪斜斜地载着我和小鸡和那叫小花的女婴，的铃的铃地穿过那些从人家院子里伸出的鸡蛋花榕树橡树或南洋杉的浓疏叶荫。

在我印象中的童年时光，总是非常习惯地在那样昏睡梦游般的缓慢动作下，眛着光在一些人脸模糊的高大大人手中交换着。细雨霏霏的早晨，我母亲替我揩去脸上沾的豆汁，轻声叮嘱着什么，然后把我交付给一对陌生的老人。或是在一栋建筑物旁人潮来往推着绿纱门进出的福利社，帮我买一个三色甜筒，拂着在我头上乱飞的苍蝇，要我"乖乖听阿姨的话"，便惶惶急急地离开。

后来大人们总爱复诵着一个我小时候闹的笑话（我自己并不记得了）：有一段日子我被寄放在大龙峒的阿嬷家，我印象里阿嬷总是用汤匙舀一勺稀饭进老太婆黑洞洞的嘴里，再塞进整颗带着薄皮的盐炒花生或是一条酱瓜，咀嚼搅拌（在她的嘴里用她的假牙和舌头）之后，再吐回汤匙里，然后把那一口，我不知该如何形容（糜粥？花生酱？馊水？）的东西伸到我面前，笑眯眯地哄诱着，"乖乖紧呷，呷下去才会大汉。"

我至今仍将一口闽南语说得蹩脚无比，实在无法想象那样的时光，一对语言不通的老人和小孩是如何对话（我阿嬷不会说国语）？大人回溯的那个笑话，是有一个下午，我阿嬷在灶脚忙，我一个小人儿，歪歪斜斜地走到她身边，扯扯她的衣角，说：

"ㄚㄇㄚ，ㄨㄛｉㄠㄏㄨㄟㄑㄩㄩㄥㄏㄜㄌㄜ。"

我阿嬷照例听不懂这外省小孩呀呀呜呜地说些什么，她便慈祥地笑着敷衍："好，好。"

而那个小孩以为他将正常发音的平上去入取掉，便是他想象中的阿嬷平常在说的闽南语了，像我们后来游戏里模仿着外星人说话：

"阿嬷，我要回去永和了。"

后来这阿嬷又忙忙搞搞了一阵，突然一个念头哎呀不对，冲出客厅，寂静空荡没有半个人影，我阿嬷赶紧换上衣袄，趄趄趔趔（她绑过小脚）一路喊唤："噢仙喔，噢仙喔。"[1]最后在孔庙前的公车亭看见那小孩俨然一回事跟在一堆灰扑扑的大人身边等公车。

以我现在散枝零架的方式，试图搭建起那栋早已被隐没在浓雾里的老屋子全景，可以说是近乎愚蠢的念头。那是完全无声的——甚至连沙沙播放的默片都不符的，一张一张残段不相连如同散落的、周围嵌着硬纸卡的幻灯片底片般的特写……

也许是一棵落叶如巨灵神巴掌大的老面包树，绿苔覆满的粗树干傍倚在那屋子边角的木片隔扇气窗；也许是有一次我和那个叫做小鸡的女孩，在互相斗殴的过程，我将她眉毛以上的额头啃下一片头皮，她亦将我的肚腰肉鲜血淋漓地咬下一块；或是近距离的，月妈妈那张老妇人胖圆圆的，因为

过于白皙而细细浮现淡色血管的一张脸；或是月伯伯在冬雾的早晨，站在单薄的阳光里，就着院子里一个大陶水缸打了一铝脸盆的水，然后在那水盆里把毛巾，赤着老人家瘦骨嶙峋的上身胳膊，抹脚抹身子，嘴里一边哆嗦地呵着白烟。

像有一团故事噎在那间回忆里拼组不完全的屋子里。我，一个叫小鸡的女孩，一个可能是军人出身的老人和他的老妻子，还有一个叫小花的女婴，除了每天早晨在月伯伯的脚踏车前的菜篮和那小花打照面，我几乎完全没有近距离在那屋子里端详她的记忆。她像是被藏匿在那屋子黯黑不见光的最里间。她是个血友病的不幸婴孩吗？或是她是月伯伯和月妈妈的孩子吗？还是他们的孙女？

另外的疑惑则环绕着月伯伯和月妈妈这一对穷光杆和穷军眷气质的老夫妻，为何居住在那一幢偌大的应当是有头脸的人住的日式洋房里？他们如果是有钱人，应该就不会还靠替别人带孩子赚那几个钱了。

还有，我父亲和这月伯伯是什么关系？他们其实是那个白色恐怖年代里，一个政治思想犯和另一个跟监窥探的特务？像那个熊和猎犬在森林里殊死对决的晦涩小说，最后对峙的两造和所有有关的人都颓颓老去。我记得我小时候有几回不经意推开我父母房间的纱门，他们正黯着脸低声讨论，一看见我则马上噤声住口，像防着我听去些什么……

全岛大地震后的那一个月里，整个北台湾陷入南电北送中断的限电黑暗里。有一天我父亲从永和的老家打电话给我。

"我快要死了……"他哭着说。连我都听得出，电话那头是一片没有电的、空气整个滞塞住了的黑暗。

那时候才想起，我已经有多少年不曾回去那个度过了整个童年时期的老房子了。我有些诧异老去的父亲对于断电如此敏感，我不是早已习惯于他像只盲了的老河獭，整天缩在那时间早在其内崩坏的老房子里，无视天光一寸寸挪移而僵蛰在屋子里的某一处固定角落……

我试着安慰了他几句，后来他又像个孩子专注地跌入回忆的欢悦里。他说他还是个小孩儿的时候，我祖父总要他拎着一只空酒瓶，到洲上的小杂货铺沽酒。"老把子耶，"他说我祖父总这样唤他。他说那小杂货铺就像今天的 7-Eleven，什么东西都有。那店家会用一把竹削的长柄酒提，伸进人高的酒瓮里，四两半斤一斤，要沽多少他就用不一样大小的酒提。顺便买几块香豆干臭豆干回去，他说我祖父刀法之好，可以把那崩牙硬的豆干，切得薄薄一片一片，片片分毫不差；然后把一手掌的花生搓着，轻轻一吹，胖白的花生仁就躺在那些薄屑中，把花生拌上切薄的香豆干，淋上香油酱油芫荽……就像我从小到大听过上千万次的版本，"金圣叹说有火腿的味道"。

那天我父亲在电话里提起了好多人，有些是我从不曾听他说过的，他说有个杨人凤，是个老道，也常和我祖父混在一起喝白酒。

端午节他会拿些端符给我祖母，上头画着张天师诛五毒。

他说这杨人凤是有功夫的，不知怎么做了道士，"懒作当和尚，好吃当道士"。他说七八月间洲上准备秋收，按例建醮搭戏台，放焰口折纸莲灯⋯⋯这杨人凤带着他的徒弟们就在江边显本事——他可以把一只学校伙房大锅饭锅盖那样大的铙钹，刷郎一下扔上半天高，那玩意儿在上头转着打花儿就不下来，最后落下来他可以稳稳用另一只铙钹恰恰接住。那玩意儿我扛过，最少三十来斤重⋯⋯后来这家伙被长江戍守南京的国民党海军试炮给误击中腿，死掉了。

我很骇异我父亲那晚在停电中的电话里，一则一则说给我听的人物。我怕再也探听不到任何线索那样地，突然打断他的话问他："爸，从前有个月伯伯，他是干什么的？"

我父亲在电话那端沉默了半晌，然后说：

"月？他来台湾以后，他这一辈子就废了。"

我告诉我父亲我不懂他的意思，我父亲则告诉我，那月伯伯是山东人，月妈妈后来是上吊自杀的，得了癌，照钴六十照得光头凸齿的，想不开，就在院子里的老梅下上了吊。

"不过他之前在干校时，也整死了好多人。"

挂了电话回到屋里，我对着黑里床上的妻哭了起来。

"爸说不定今晚就会挂掉。"

那个夜里梦见我陪着我父亲巡视一间校舍，那三四十叠榻榻米的大通铺上，躺卧横放着一只只不知是冬眠还是搁浅受伤的海豹。我记得梦中那海豹宛如流浪汉胡须扎立的尖嘴还奄奄吐着白烟（是很冷的天吧），我父亲吩咐我往那些海豹带着异味的黑色身躯上泼水，让它们保持最起码的潮湿和清醒（一睡过去就再也无法醒过来喽）。但我分明看见那黑色鳍翼的下方，结了一层薄冰。每次泼水下去，在看不出细节的黑色皮肤上，总会像分泌出什么般激起一阵轻微的痛苦痉挛……

　　第二天打电话回去，我父亲精神奕奕地转述报上看来的，救难人员挖掘倒塌楼房废墟时发生的一些小轶闻。譬如虎林街整栋一至八楼塌陷被挤压成只有两层深的地底，在震灾后已动用重机械怪手开挖的第六天，奇迹地从不可能塞进人（挖出的尸体都是压扁的）的瓦砾堆里，跑出一个蓬头垢面的生还者，那个人根本是自己挖通道爬出来的。救难队随后在他的引领下，挖掘救出他的哥哥。

　　这对劫后余生的张姓兄弟，随后在医院的记者包围下，回忆说不过数天前，他们还听见在他们上方的楼层，有人微弱拍打地板求救的声音。虽然有专家指出黑暗中的被困者，往往时间感迥异于外头历着光影变迁的我们，不过救难人员仍旧兴奋地在那对生还兄弟受困处上方一层方位，作细部挖掘。结果竟然真的挖出一位妇人的完整尸体，且在那妇人尸体的身旁，找到一只花瓶，花瓶里塞了一封遗书，应是那位受困者在漫漫等待而生命逐渐流失的空当，自知救援无望而留下的。妇人的家属为着救难队的人员搜索犬和生命探测仪在那一大片瓦砾堆上不抱希望地来回搜寻，而他们的母亲却在那些靴子下面，在错失的时间夹缝里，像慢动作那样地死去，感到悲恸不已。

这些故事，我在当天不同的报纸上都曾看到，但是我父亲接下来描述的细节，真的令人又惊又疑，完全是夸张乖诞到匪夷所思的地步。

关于月伯伯和他们的那幢老房子。

事实上那些房子早在我们惊觉想起，努力再从记忆的暗房角落找寻那一两张散落未被销毁的底片，在这之前，之前的十年二十年三十年，就没有人有任何异议地从这个地表上给拆除消失了。

我模糊地记得，在永和老家匝绕曲折的巷弄里，在变成如今这些有着电动车库金属门的公寓，那些塞在弄底楼房底层的家庭理发店或小型便利超商，那些和电力公司的电杆电线缠绑在一起的繁枝蔓爬的第四台黑线和偷接线强波器，以及那些生了锈的掐花白漆铁窗里伸出来的可怜兮兮的迎春花开运竹盆栽……

在这一切头重脚轻堆放而上的暗色调峡谷存在之前（它们像是创世记之初便在那儿了），有一段像快速翻过的一本书里的空页的时光：我记得那时走过这些巷弄，两旁尽是空袭废墟或地震残垣般一格格方整的瓦砾堆。

可能只剩犹带着一扇木门的半堵墙，孤零零地立在墙基已被摧毁殆尽的空旷石砖中；可能会看见在拆折的木头梁架间，一架废弃的钢琴……在我还是小孩子的时候，我常带着我家的狗，在这些废墟里游走冒险，那是一个奇怪的时间景观：废墟的旁边，是那个年代穿着整齐正经在他们轨道上行走的大人，他们视若无睹地疾走过那些巷弄；可是不过隔着一两公尺，在框格这边的废墟里，有和我一样在冒险的小孩，在断宇残垣间搜寻弃物的流浪汉……

后来便完全不见了。像把散落一地的积木终于很紧凑地塞挤进一个不容有空隙的小木盒。我从来没有问过与我年纪相仿的一辈人，可曾有那个背着水壶，像探险队在磨石碎块、黑瓦塌倒、园树翻起的幻异空间里，翻拣破唱片套、铁柜里的文件、破锅盆水壶，甚至拆卸电视映像管的童年经验……

虽然那是极快翻过的一页空白……

那像从强酸槽里捞起的已成溶蚀残骸的金属框角，你试着将其延伸还原。我不止一次挪借着那些残缺的场景：譬如在一个梦里，我愤怒异常地在一处街角屋檐下的小面摊，满口秽言地痛骂一对没有任何理由即和我绝交断了音讯的友人夫妻，后来仔细回想那面摊的场景，是我小时候我父母应酬外出即塞二十元让我去叫一碗榨菜肉丝面加卤蛋，而小学毕业那年即拆掉改建如今是巷口一间窗明几净眼镜行的小面摊；或是有一次和一个小我十来岁的女孩聊起，我幼时曾被一辆五路公车迎头撞上竟奇迹地毫发无伤，却无论如何也无法向困惑的她描述清楚那撞上我的公车，是一种前头引擎盖突出像一只黄色座头鲸的老式车种（并且她也听不懂为何在我的故事里会出现"倒在地上，有一个穿着制服胸前挂个银口哨的车掌小姐，下车蹲在我身边问小弟弟你还好吗"这样的人物场景）；在PUB和小辈们玩"什么是全世界最恶心的气味"时，没有人听得懂你凭空画符那种，从前每隔一阵子，就有一队人员在清晨拿着长柄漏勺从水沟里捞起的，灰灰糊糊摔在巷子两边的水沟渣……

　　于是我们这些"废墟人"，可以从一只断折的老樟木供桌腿上的云纹雕花，想见那一圈及腰高的半倒砖墙，原先是怎样讲究的正厅点着红色长明灯挂八仙绣彩供着祖先牌位的神厅，一个怀着恨意的同性恋少年，被他那受到惊吓而震怒的父亲罚跪其中的画面；可以从一盏那个年代极少见的铜箍垂穗玻璃罩立灯，想见一种晦暗的光照下，一个满脸疲色的中年军官，凭窗而立，背对着立灯下沙发上懒仰修着指甲的穿旗袍女人，他们之间，像用极高级的小刀削着一块软木塞，那样空滑流畅却存在某种阻塞感的简短对话；或是可以由一具被烟熏黑的白铁镂空花捕鼠笼，想见在一个叫人发狂的月夜里，一个叫老向的老广，中特奖那样地抓了一窝嫩粉红色、透明晶亮的初生幼鼠。他如何在黑暗中吞着口水，一只一只提着那闭眼吱吱乱叫的荧光物事，像注记盖章后哄促着它们列队进入一般，蘸了一小碟柠檬汁后，即扔进他那伸直张大的黑喉咙里……

　　这样地，月妈妈那张因照钻六十过多，而像一幅干燥花般水分吸干而皱褶遍布的白色的脸，竟渐次浮现。

　　　　　　　　　　　　　　　　　　月球姓氏

那样近距离特写，在年幼的我面前用一种扯挣的剧烈动作梳头，一边像毫无反弹力道那样，从头皮上满手抓下一整把的黑亮头发……有没有曾经像要试探一个孩子对惊悚画面的承受极限，冲着我眯眯笑着，然后手掏进嘴里，像摘嫩笋尖那样从牙床上剥下一颗颗黄板牙……

我倒是记得有一个黄昏，父亲来那幢老房子接我，月伯伯那天不在，父亲便与那月妈妈攀谈起来。

我记得月妈妈用那种你不可能想象日后她会上吊自杀的、爽朗的男人腔调爽快地笑着。然后她压抑了声音，问我父亲：

"他们要老月把将军除掉，怎么办？"

我记得我父亲说："是这个（他比着大拇指）的意思还是这个（他比着小指头）的意思？"那月妈妈伸出小指头。我父亲说："不要理他，此时此地，风波亭的故事，难道还要重演吗？"

我记得那一个夜晚。

那夜的月光非常亮，记忆中我和月伯伯像是站在一个打了几百盏探照灯的棒球场中央，但其实我们确实是站在几十年前那栋犹未拆除的老房子里。我无法记清楚更多细节性的场景，但我记得那晚他们院子里一株倚墙的昙花开满又谢了，我记得空气里那股妖邪恍惚的香气。

还有那一颗一颗像刚洗过头就垂着发被砍下绑成一串的女人头的昙花花苞。

我不记得那个晚上发生的事是在月妈妈上吊之前还是之后，但我可以确定的是：那个晚上，在那个院子里，不，在那整幢的老房子里，就我和月伯伯两个人。月妈妈、小花还有那个死对头女孩小鸡，所有这些女人家都不在场。

　　（那是一个只属于男人之间的神秘仪式吗？）

　　我亦不明白为何那个晚上我的父亲会把我放置在这个老人的家？我记得我坐在月伯伯的脚边，他拿着一面画了仁丹广告的竹骨贴纸面扇子赶着蚊子。然后是有更多无法以那时的语汇交代清楚的，对一个极复杂的世界的描述欲望，他满面忧愁地看着我。

　　（他那时对我说了些什么？为何我只记得一张老人的忧伤的脸？）

　　也许是漫不经心地问我小朔长大以后要做什么。也许他其实并没有对我说话。但我确乎有一个印象即是那晚在发生以下我所描述的事情之前，我是乖乖地和那老人并坐在一片光华像贴满银箔纸的庭院台阶，听着他说了好一会儿的话。

　　他到底说了些什么？

　　后来我发现你一直以为时间是朝前流淌，其实不然，时间是倒着走的，而且像是早期那种粗糙的动画，背景是蜡笔画好固定的街景（有屋檐的房子、路灯和电线杆、杂货铺的招牌、美容院的三色法国国旗螺旋灯、邮筒和邮筒旁单车上的邮差、水果铺上累累的水果，还有固定姿势交头接耳的胖妇人们……），动画的时间流动感只在于前景那个皮影戏偶般孤零零人物的连续动作，他们会摇晃着背景的蜡笔画，弄成好像整条街很活络在骚动变化着的样子……（或者像棒球卡通的外野看台，那些异动画卡的圆馒头和镁光灯，配上哗哗轰轰的嘈杂罐头人声。）

我发现这样只有前景的人在倒着走，所有的背景都只是抖摇着画卡的停止在那儿的蜡笔书，这样的时间幻戏对那些老人真是不公平。

就像我父亲的另一个怪姓氏的朋友揭伯伯，有一段时间他宣称他迷上了钓鱼。他向我父亲借了一大笔钱买了一套进口的钓具。我记得那大概是我念初二升初三的暑假吧，每个星期天的傍晚，这个揭伯伯便会背着他的钓具，裤管还卷着，来按我家门铃。

我们小孩开了门，他便从一只铅筒里拎出一尾活蹦乱跳的鱼，说："刚钓起来的，给你妈加菜。"不等我爸出来，便急匆匆走了。

这样在那一段日子里的每个星期天，晚餐桌上都会多了一道鲜鱼料理。我们总是在日光灯下，一家人沉默无声专心地用筷子挟着那鱼肉吃。

直到有一个礼拜天，我父亲吃着，突然把筷子一并拍在桌上，说："老揭这个神经病！这些鱼他妈全是他去市场买的，我就不信中正桥下的黑水沟可以钓出这么肥的鲳鱼！"

许多年后，我凑巧读到一位前辈翻译的，一八六六年英国生物学家柯灵乌的《基隆河纪行》有这样一段话，记述着他雇一艘舢板船逆溯淡水河而上，第一晚泊靠在现今圆山附近基隆河一处河湾。

> ……是夜，星光明亮，我们睡在舢板中，露水湿重，喀喀的蛙鸣与嘶叫的虫声划破寂静的夜晚。河面时有大鱼翻跃，小船上溯；远方彻夜有踏水车的汩汩声。河水非常清洁可尝，甚至在这涨潮时……

我看了胸口一紧，原来最初真的是抓得到鱼呵。只是老揭和我父亲那一整批人全跑错时间出场了。

在那个月光如水银倾泻的夜里，我和月伯伯坐在那栋被那个静止年代支架住拖延它崩坏的老屋庭院，我记得月伯伯对我说了好一会儿话（可惜我完全不记得内容了），最后他突然像下定决心那样对我说："是时候了。"

也许他说的是"再不……就来不及了"或是"不管了……顾不得那许多了"这一类表示着某种时间促迫感的简短话语。我似乎是因一桩不得不快快了结的行动且恰好在场，而成为他无奈挑选的唯一目睹者。

接下来的画面在我往后成长的许多时刻里像梦呓般常被我重复播放：那月伯伯像喝醉酒一般颠颠跄跄牵着我到园子中央一株面包树下，他的脸迎着月光像一张敷满银粉的脸，他拿起原先倚在树边的一支十字镐开始刨土，他刨啊刨啊刨了一个半人深的坑，然后他把十字镐扔了，自己跳进那个土坑里用手扒。在我以那个年纪的小孩所能反应地开始浮上一层恐惧（他要埋了我？还是埋了他自己？）之际，浑身是黑土的月伯伯从那土堆里挖出一只草绳绑住泥锈的铁盒子。

他把那只草绿底漆上面另用白漆喷了部队番号的铁盒吃力地拖到院子中央，把烂草绳和湿泥巴拨开，把锈卡住的盒盖半拽半扯地拉掉，就着月光，那里头是一具漆上深湛如墨的藻绿色迫击炮炮基。我到许多年以后才想通那必定是月伯伯当初从部队军械库里偷出来的。我完全不明白这个老军人偷了这样一个东西然后若无其事地埋藏在自己的院子里有什么特别的意义，张大了口的小炮膛旁边放了一枚漆黄漆但腰带一圈黑条的炮弹，在我的记忆里，那像一只奄奄一息的荧光乌贼或冷冻柜里端出来的活体器官一样有着微弱的生命。

月伯伯把原先覆在那炮弹上的一张纸符还是什么的薄纸揉成一团，塞进自己的裤袋。严肃地看了我一眼。下一个瞬间他把炮弹装进炮膛，变魔术般不知用什么手法点的火，在闷雷震地的巨响炸开时，他才想起什么似的张着嘴对我吼着，我想是要我用手捂住耳朵吧，但我那时已什么都听不见了……

许多年后我才明白那晚月伯伯在我面前打的是一发烟火弹，我试图去向日后许许多多和我上床的女人描述那样一个夜晚，一个六岁不到的小孩，如此近距离仰面看着一朵银色的烟火在他头上爆开，像漫天星子皆陨落，所有流动的光焰像深海的鱼群款款地朝同一个方向的暗黑游窜而去，辉煌不足以形容。

似乎是在放烟火的次日，乃至之后，我再没见过月伯伯及那一屋子相关的人。我不明白这个老人在那一个夜里，把他埋藏多年的一枚军火，毫无意义地在一个孩子面前奢侈地打掉，是在隐晦地表述什么？

也许有这一段记忆。

在一个天光浮晃的白日里，我父亲站在我身旁看我拿着蜡笔画画，然后他若有所思地问我：

"昨天晚上干什么去了？蒋公死了你知不知道？"

我记得我像那无数个到废墟鬼混再摸回家，面不改色说谎的童年时光，用尽量无邪可爱的语调对他说：

"昨晚月伯伯放了乖乖好大一家伙的冲天炮给我看。"

医院

最初的时候……

他在医院大门被一个士兵拦下。

"证件！"那个军人对他说。

他告诉对方他是来探病的。"来这里的每一个人不是探病的就是被探的。"他把手中提的一袋鸡精给那个不通人情的家伙看，最后还是拗不过把证件押给了他。

"看门狗。"一转身，他便忿忿不平地轻咒着。

他登上一台像运载牛只宰体的巨大电梯，另外还有一个吊着点滴瓶坐在轮椅上的伤兵。电梯发出很大的声响晃动着，到了五楼，他对那轮椅上的人说："借过。"但那人恍若无闻，他又问了两次，最后在电梯门快合上前，把那家伙的轮椅推开，硬给挣了出来。

电梯门合上了。最后一刻他直直地和那瘫坐在轮椅上的家伙对望着。有一瞬间他想冲上楼梯间看那家伙在哪一层楼停下，他要堵他揍他一顿。他原先还想这家伙是不是死了呢！

然后他看见有一群女人跪伏在左边转角走廊一扇门的前面，她们满脸泪水，嘴里嗡嗡有声轻唱着一种像咒文的歌谣。奇怪的是，此时他竟像可以透视这栋建筑的白漆水泥墙一般，他看见一些穿着白衣罩衫戴着白色手术帽口罩的人，在强光里推着轮椅上一些截肢或皮肤灼伤而全身裹满纱布的军人。他们原是一群搭乘一辆运送黄磷和甘油的军卡车上的菜鸟。卡车在公路上爆胎，这一些年轻军人便在车身翻覆后，全身附着绿色的焰火和浓烟哀嚎着在公路中央乱跑。

他倏地想起他是来探望他干爹的。他干爹得了食道癌，据说现在整个食道已经被切掉了，医生把他的胃直接提吊到胸腔，等于食物一过了咽喉就直接掉进胃袋。他觉得和他父亲有关的这些老人，全像《山海经》里某一些背弃家园而迁移的族类，在不断迁移后的生命终点，终于暗喻般地变成鸟、鱼或是猴子之类的动物。

他在一间六人病房找到他干爹。那个老人像婴孩一样拳抓手指凑缩在脸侧那样睡着。这究竟是一间军医院，病房的窗是木框装了绿纱窗，可以望见外面擎天高的一株一株椰子树在风里细细摇摆。

上回他是随他父亲一道来的。那次他的父亲惹了笑话。

照例他父亲心不在焉地询问了病情，"能怎么样呢……"鼻腔插着喂食器和抽痰器的干爹苦笑地歪咧了嘴，他父亲便自顾自地教训起这个胃袋被吊在两个肺中间的病人（不知为什么，他听到这样架接体腔内的管道，有一些类乎洗手台坏了把马桶吊上来代替的恐怖感）。

"所以说要运动……"他父亲说，然后他父亲便开始在这一间六个床位皆躺着癌症末期插着喉管的老荣民的空旷病房内表演起来。

转体、引体上举、扭膝、扭臀、弯背屈体、颈部运动。像是时光迢迢走到了终站，唯一残兵败将的幸存者，诧异地

　　　　　　　　　　　　　月球姓氏

向七零八落倒在一边艰难呼吸的伙伴打气。看哪，我在这儿动着呢！他父亲颠着一百二十公斤的胖大身躯，像个落单的胖娃儿，自顾自在已失去生命色泽的枯萎老人面前炫耀着"生命"的滑稽情状。

他觉得非常丢脸……

他在他干爹的床位旁坐了下来，他很惊讶老人变成这样一张脸。其实他跟这个干爹一点也不熟。他记得小时候，有一回他父亲带他去这干爹在中坜的家。大人们在舍不得开灯而黑洞洞的房里聊着，他则和一群小鬼，像旅鼠那样扶着一个楼梯爬上一座巨大的水塔，然后他们一个一个地往下跳。轮到他的时候，他不敢跳，下面的人好小好遥远地张臂劝诱他："跳啦，一点都不痛。"后面的人也催促着："跳啦，呒懒教[1]。"后来他究竟跳是没跳？他仿佛悬在光雾的高处，看着远处一个巨大的水塔黑影，然后是一些小黑点，成串地自后端爬上那怪物的头顶，然后一小点一小点，像一粒粒漏撒的豆儿自顶端迸咚掉下。

后来他干爹醒了，他看了他一眼，说："噢，你来了。"然后又闭上了眼，过了一会儿，复睁开眼说："难怪。"

他干爹告诉他刚才他做了个梦。"你爸爸……"他干爹说，他梦见在一处医院（仔细想想，不就是这间医院么），他拿着

1　呒懒教：此处意为"没胆量"。"懒教"，闽南语，指男性生殖器。

一把榔头（却是像双手持长剑那种姿势）严阵以待地面对一堵墙（就是一楼批价领药那边那堵贴满绿瓷砖底墙）。他脑海里正闪过"为何要这么紧张地面对这面墙"的念头，马上就明白自己苟死赖活过一生，不正是为了这一刻吗？

于是下一个画面是石破砖裂，从墙里迸出一个男人。"原来就是你爸爸。"他干爹说。奇怪的是裂墙而出那一瞬，他觉得对方是穿戴青铜翼盔锁子甲持青铜大盾和长柄铁枪，骑着一匹戴眼罩鬃毛如火焰般底大马跨跃崩跌出来。但直到了面前，他才发觉那人和自己一般，掌着一把锤墙钉用的生铁榔头。

于是这两个相识近四分之三世纪的老人，在梦里以各自的榔头击打对方的后脑勺。他的干爹像是为无法重现描摹那同时锤击到后脑的可能角度而苦恼。如果不是同时击打到，那必然有一人会先栽倒下去而无法敲到对方。而他们是同时将榔头锤击在对方柔若无物的后脑软骨。他们同时听见对方脑壳喀喇裂开的脆响和自虚无灵魂深处发出的那一声悲鸣……

他听得毛骨悚然。这两个老人之间，究竟埋藏着怎样的深仇大恨，竟然会从其中一人的意识底层，挖出这样一个二人的脑袋上插着一柄深埋进去的榔头底画面。他记得他小时候（不确定是跳水塔那一次，或是另外一次），同样是去他干爹家，天黑了大人起身拎了衣服和主人硬塞给客人的土产还是什么要回去，偏偏他和那些孩子玩到兴起，哭闹着不肯离开。

一开始大人们停顿在一种善意的尴尬里。"啊？这么舍不得走哇，那把你留在干爹家喽。"

他父母半哄半佯装着要走，并说着一些漂亮的场面话，"这孩子真是"，"他奇怪就只恋他干爹干妈"，女人们拉着手继续讲话，他父亲和干爹则放大了嗓门像唱戏收尾那样重复着一些无意义的诀别句子："好喽，叫凤兰去草药店问问看，你吃一两个礼拜看着。""好，黄老师那儿，你一定要帮我转达。""好了好了，快进去了，外边风大。"……

他仍然不识趣地哭闹着。他父亲突然一个巴掌往他脑门轰下，"你哭什么孝子！"把眼泪打成了唾液、唾液打成了胆汁。然后把他难看地拎起挟在腋下，"走了"。如今回忆起来那里面一定有一些僵硬的什么在互相伤害着。或者那伤害更早之前就发生了。

九一年他父亲回南京探亲，全洲上的人家涌挤到他大哥家来看。一些老先生老太太都自称是他父亲的小辈，泪潸潸地拄拐来叙旧、拍照。据说他父亲的元配也混在人群里来看热闹。"这个二百五，我看她脑子都有问题了，她也跑来看得挺有趣的，不——要脸，他妈的德行。"他父亲回来后，光着膀子在摊开的行李箱前大骂。说是四九年冬就撂下两个小的嫁到江北一个低阶的共干家去了。等于是他父亲前脚才跨出院逃难，她后门就跑去嫁人了。他父亲对此非常耿耿于怀，回去那次见着那个男的是个独眼龙，回来后看到家里养的那只白了一个眼珠子的小黑狗，忍不住就是一脚踹下去。

同样是那次回去，他父亲发现他干爹的元配，被洲上人敬称为朱老太太的女人，铄铄有神，等于守了四十几年的活寡，替他干爹那一房撑持得枝叶繁茂。两个老人在他们那边的家祠相见，他父亲一进门便要那老嫂子安坐由他扑身在地一拜。"这是为我那兄弟拜的。"这戏剧化的一幕，他父亲回来后的那一阵，时不时拿出来沾沾自喜地回味一番。似乎历史的琐细暗巷里，他父亲终于等到了这一停格底打灯时刻，一个扑倒一个叩首（一旁挤满的老人小辈都含泪叹息哪）。仿佛如此这般才偿付了时光负欠的什么：他干爹负欠那老嫂子的，他大妈负欠他父亲的，或是他干爹负欠他父亲或其实谁也不欠谁的……

但是有一天他父亲突然生了一个心眼："那个建东在南京那个老的，实在也是莫名其妙。那回我去探望她，欸，我这么给她跪下去，她居然……稳稳地坐在上首受我一拜。神头鬼脸的！你说这个建东给他跪是欠她这一辈子，她凭什么受我的拜，我还算她叔辈咧，所以我说他们这一家都不是个东西！"愈想愈是生气。

现在他坐在他干爹的床边，他干爹非常馋地要他开一罐鸡精来尝尝。他突然觉得坐在这间刷着白粉漆的偌大病房，和眼前植物般皮包骨愣愣坐着的六个老人，一起听着静默中癌细胞沙沙啮食着他们体内脏器的声音。他确乎有一种，身体最里面最幽微的某些欲望，像细茎蕨草窸窣长出的幻觉。

我不会是眼前这个老人的亲生儿子吧？他在心里哀伤地想着，他向他干爹解释着他父亲抽不出空来看他的理由，他母亲没办法来的原因，说着说着他自己都厌烦起来。

他干爹倒是认真在听着，一边歪歪着老人动过手术黄纱布渍疤底下露出的，像老外那样淡粉红色的后颈皮肤。

他干爹说："我和你爸爸，这一辈子，从来没有吵过一次架。"

他却记得他父亲说过，这朱建东呵你干爹，一个字，孬。那时候金门要打炮战了，他挂少尉排长被调去火线，夜里跑来宿舍哭得一鼻子眼泪鼻涕的，"我看不下去了，摘下腕上的金表，那是铁力士的，一只要一两金子的。我告诉他，你王八蛋戴着这表去金门，然后再好好活着把它戴回来还我。结果炮战结束，他老兄喜滋滋地升了中尉回来，表却不见了。"他父亲说："你熊叔叔说，这建东那一年在金门，是全连上最阔的，每个礼拜上八三幺[1]。王八蛋，我看他早就把我那表拿去当了。"

他父亲且说，你干爹结婚时，我和你妈妈拼死打了两个死会[2]，凑了五千块给他。那时候五千块多大？永和这个房子一共才五万块钱买下，我一个月薪水八百块。后来我才知道，你汪伯伯（他一直不知道这个"汪伯伯"的全名怎么写。他总是听见他父亲说：ㄊㄧㄝˇㄆㄟˊ兄。难道这人的名字叫做"汪铁赔"吗？）也包了五千块，且另外还借了一万块给他。说好是借的噢，结果那个ㄊㄧㄝˇㄆㄟˊ很苦恼地跑来找我，说

1　八三幺：金门著名的"军中茶室"。

2　死会：标会术语，已经得标的为"死会"，尚未得标的即为"活会"。标会作为一种民间融资行为，在二十世纪五十到八十年代的台湾非常普遍。

建东好像弄错了,我那一万块是借给他的,他好像不打算还了。我就去找他说欸建东啊,人家ㄊㄧㄝˇㄊㄟˊ那一万块是借你的噢,你还是要还人家噢。你猜这王八蛋怎么说?他很潇洒叼一根烟,回我一句:"喔,这个啊,我们凤兰小姐自有安排。"

他总是弄不清楚这几个老人之间的陈年芝麻烂账。

在光线被拉长细尘轻轻飘浮的窗洞,最初的故事,不是他们几个全改了名,朱建东、熊建坤、赵建云、刘建农……名的第二字全从建字,有结拜异姓兄弟的意思。然后像《里见八犬传》那样几个弟兄各有特殊技艺,一伙人在逃亡的途中,每遇难关,总有一人挺身而出,以其乖异的才能帮大伙化险为夷吗……

他记得他从小就耳熟能详的逃亡神话:怎样怎样一群人逃到了南京城门口,有共军的守城士兵在把守,没有关防出不了城,那个巧手善雕的赵伯伯,就用一块洗衣肥皂削了平,仿着雕了一块关防大印,由父亲用公文笔法写了张路条,用一条烟换了盒朱砂印泥,盖了那惟妙惟肖的肥皂关印,一行人才得通关……

还有怎样怎样一行人逃到了码头,船票也弄到了,正准备登船。一只眼弱视萎缩而装了一只玻璃眼珠的熊叔叔,突然看见船上那些肥头大耳的国民党官僚,全被一些小鬼模样的东西用铁链缚着,一问其他人,结果只见胖官僚不见小鬼和铁链,父亲心知有异,便要大伙把船票半送半卖给旁人。后来证实那条船出了江,径自往北行,开到青岛去了。说一船的将官统统被枪毙了。

那样在逃亡中机巧诡诈，才保住几条光棍性命的迁移故事，远远看去几个人变成小人儿在光影曚暖的地平线上手牵手歪歪趺趺地跑着。

他一直到初中毕业前，还每年年初二，跟着他父亲参加一个叫"南京旅台同乡会"的新春团拜活动。他记得有一年在"老银翼"，有一年在济南路口的侨福楼，有一年在中华路南站的"国军英雄馆"地下楼……

他母亲总会去巷口美容院烫一头上大卷子的蓬松鬈发，画极浓的眼影和腮红，穿那种康乐队[1]女主唱才会穿的紫缎镶金线的开衩旗袍。初时他陌生极了，不解母亲为何作此装扮。后来到了会场，发现全部的太太都作此打扮。且这些珠光宝气的太太，总在开席前嗑着瓜子炫耀着彼此儿子女儿的在校成绩。而宴席最后的那几道菜（也许是一条醋溜黄鱼，也许是盅鸡汤），便架胳膊卡位地向同桌人宣示她打算要打包这道菜了。而那些带着一家妻小的×建×和另一个×建×，则是红着脸粗着脖子拿着绍兴酒用晚辈听不懂的家乡话在大声吆喝着……后来他便不愿意去了。

他父亲说，这熊叔叔最坏，其实不是熊叔叔坏，是他娶

---

1 康乐队：昔日台湾军中的文艺演出单位，成员都是挂有军衔的军官或现役军人。他们经常巡回岛内各处眷村进行表演，提供居民日常消遣娱乐。

了个老婆坏。

他父亲说，有一回过年，你赵伯伯带着赵婶婶还有几个孩子来台北玩。说好了在你熊叔叔家过夜的。结果王八蛋，那个女人好像才第一天就当着客人面和你熊叔叔洒锅泼盆地吵。你熊叔叔打电话来，跟你妈说，嫂子，不行欸，我这儿不能让建云他们住了，看你们那儿能不能挤挤？你妈真是个镇定的人，还交代他说别让你赵伯伯知道。马上当天订了我们竹林路上那时还没倒的"竹元庄大旅舍"。说你就说是你大哥说建云他们来台北无论如何该来我们这里住一晚，要他们把行李带过来。

你赵伯伯是个闷葫芦，他父亲说，那晚来了，失魂落魄地拎了十几盒的太阳饼，大概本来盘算着来台北顺道探望一些长官朋友的。他来了什么也没提。我们还以为他们不知道怎么回事。结果是后来你赵伯伯车祸，出殡那晚，你赵婶婶告诉我们，根本那次他们等于是被扫地出门。你熊叔叔那个老婆，几乎是当着面轰客人走。赵婶婶说，那次你赵伯伯上了公车，好半晌不讲话，平日里一个温吞吞的好好先生，足足铁青了脸怕有一刻钟，然后才想起什么似的对她说：

"这个熊建坤，断了。"

唉。他父亲说，你赵伯伯这个人。
可惜那一双巧手，结果也只能在一所中学里当工艺教师。

"你妈妈是个好女人，"他干爹说，"你爸爸也是。我这一生，也就这一个大哥，这一个大嫂。"

你还不知道他们背后怎么说你呢。他在心里想。

赵伯伯骑机车在自家巷口被一台小发财[1]拦腰撞死的那一天，他父亲接了电话。喂，我是。

什么？就没听到声息，原来一个一百八十公分的大汉，直梆梆昏厥在客厅话筒旁。

说是整个人被撞得歪斜难辨，却犹是睁着暴突的双眼不肯瞑上，直到他父亲和母亲赶去台中，柔着声对着尸体哄了些好话，那赵伯伯才乖顺地任他父亲将眼皮合上，且登时七窍汪漫出紫黑色的血。

后来还听他父亲郁闷地怨叹过几回：这个建云，在家乡就是个公子哥儿，疼他那位太太，疼得不像话了。每回天暗下或快打雷了，他就急不愣蹬从学校赶回家去，说他太太怕打雷。那回也是，赶回去，天色一下又晴了，连个屁响也没，想起一堂工艺课仍上到一半，又急匆匆赶出去。在巷口就给撞了。

赵伯伯过世后那半年，有几次放学回家，会看见戴着孝的赵婶婶坐在客厅，拿着手帕拭泪。

而他父亲用一种压抑着怒意的促仄声调，像在跟她分析什么事情。而赵婶婶看到他用钥匙开门进来，又会破涕为笑，

1　小发财：台湾对商用小货车的惯称。

拉着他的手问功课怎么样，常常他回答着话，那赵婶婶便又红着眼哭了起来。

晚间他听他父亲和母亲在讨论着，好像是为了赵伯伯身后的宿舍和抚恤金。不知从哪儿冒出了个赵伯伯的堂弟，证件资料也都齐，闹嚷嚷说要上法院分遗产。还有学校里一个刘老师，生前和孤僻的赵伯伯算是难得的朋友，手头还有未亡人的两个活会，原是说要帮她母子打这场官司，后来又一个李老师的太太打电话说：赵太太啊你要防着小刘一点这人有名的滑、有名的好色……

赵婶婶是他父亲这一挂兄弟的眷属里，真正的美人。

后来那个刘老师又打电话来家里告状，请父亲评评理，说那赵婶婶后面的娘家很不单纯，他也担心这女人太年轻，把建云留给他们孤儿寡母那一星点儿钱，全给娘家一下就挥发了（这刘老师是化学老师吗？）。

最后赵婶婶也就不来家里了，不记得过了多久，他母亲低声告诉他："你赵婶婶要改嫁了。"

他愣愣问了一句：那家华呢？他们还姓赵吗？家华是赵伯伯和赵婶婶的儿子。他隐约记得有这样一个印象：他父亲把客厅门关上，但他们仍然听见隔着门板他父亲对着电话咆哮：

"……不管了……这事到此为止……我算是没对不起建云了……"

他干爹说想要小解，要按铃叫护士。他说我来吧。他干爹执意不肯，他说哎你怎么把我当外人哩，我是你干儿子吧。这话好像突兀冒起的什么赤辣辣的告白，使得说话的和听话的都是一惊。他干爹乖驯地顺从了，但嘴里仍在咕哝着什么。

　　他拿一个原先搁在墙沿床头几脚的宽口橡皮夜壶，凑在他干爹的裤裆下。他干爹解着医院病人穿的浅蓝直条纹睡裤，红着脸说了声"惭愧"，老人挣尿的时候他尽量放自然地撇头四处张望。但一瞬略过的印象仍似乎看见了老人那灰白毛丛中的那话儿，竟然大得让他错愕，像只累累喉结的火鸡。完全看不出来！这个奄奄一息的老人。

　　他干爹抖着尿，一边说："最初的时候，咱们这几弟兄，都以为那赵婶婶和你爹是一对儿。谁想到后来他把她介绍给你赵伯伯。"

　　最初的时候……

　　他记得那个下午。

　　院子里氤氲着白色的蒸气，他父亲从贮藏室里搬出一只两人抱的四叠铝蒸笼。器底的一个个小圆洞沿全爬了白色的铝瘢。他父亲满头大汗在一只炭炉前吹火。蒸笼里放着一枚枚他母亲自己和面粉还未发的白馒头。他母亲带着他姐姐在后头塑胶篷搭的厨房搓珍珠丸子。瓦斯炉上炖着他母亲从食谱上自家揣摩的佛跳墙。临时撑起的大圆桌上凌乱地堆放着还没杀的鱼，一盒让它们吐沙的河蛤，各种切了一半的大萝卜、芋头、大葱和辣椒。还有一袋用一种比牛皮纸要硬些缘口还沾着些谷糠的沙灰色纸袋的生鸡蛋。那时候他母亲还没有吃素，卷起袖子来硬就是可以办一桌酒席。

院子里有一只名叫"萝卜"的大白狐狸狗，被远远近近天际冲天炮的爆裂声吓得黏在他父亲脚边。

（那时那条狗还活着哩。）

"别碍事。"他父亲喝着狗，但他竟也听出他父亲声音里有一种年节喜庆的兴奋。

"爸爸，"他母亲在厨房里喊唤着，"你要不要先去旅社那边看看，看被子够不够、房间水龙头有没有坏。林老板那个人，我怕他看建云一个愣子，欺负人家。"

"欸。"他父亲说。站起身，用肩上的毛巾抹着满脸煤灰。突然转头问他："要不要跟爸爸去看赵伯伯去？"

"竹元庄大旅舍"其实就在他们家巷口，里头一个院子浓荫密布种了好几棵大椰子树，日本味道的庭园，假桥流水小凉亭，然后立了一盏一盏玻璃罩灯。他在怀里藏了盒水鸳鸯，兴奋忐忑不已，平日放学经过这旅舍，同路队的小朋友都说这家旅舍的园子里有吊死鬼。他不知道要不要告诉他父亲。

他父亲和柜台后面一个戴黑塑胶框眼镜的老头大声寒暄着，记忆里的画面总有一种曝光不足的暗褐底色。他记得那仿罗马式的磨石子圆柱柱顶全是明显的龟裂缝隙。

老头带他们父子到赵伯伯的房间，房门是开着。他发现他干爹也在里面，两个男人站在黑魆魆的暗影角落抽烟。他父亲说了一句："闹新房喽。"赵婶婶提着一只银色壶盖银色壶底的塑胶壳热水瓶从浴室出来，穿了一身嫩黄色的日本洋装，脸红红的，非常美丽。赵婶婶和他干爹不约而同跑来拧他的脸颊，"怎么样，有没有考第一名啊？"然后他干爹塞了一个红包给他，要他别给他哥哥姐姐知道。后来他才知道，他干爹一样给他哥哥姐姐一人一个红包，也要他们不要给他知道。

整个房间的人，就是赵伯伯的脸，如今无论如何也想不分明。那仿佛是早早就黯灭在亮度很弱的房间阴影里的一张脸，白白的、摇摇晃晃明灭不定的，吹一口气就萎掉熄掉被忘掉的一张脸。

那赵婶婶蹲下在他面前，距离靠得很近，他才看清楚她化了妆，还搽了口红，她身上有一种花露水加肥皂的香味。

她说："你要不要带我们家华去附近走走？"

他看看他父亲，他父亲不置可否，那就是答应了。

他和那个叫做家华的男孩，穿过那霉湿颓败的旅舍大厅，柜台后面的老头眼神空洞地望了他们一眼。他们像跃石过河跳着庭院铺在泥土地上的不规则状的大理石板，他低声告诉那个穿吊带裤苏格兰绒格子衬衫的干净男孩：

"这个院子里有吊死鬼。"

那男孩面不改色，睫毛的暗影覆盖在鼻翼上。他记得许多年后，他在另一个谁谁谁叔叔儿子的婚礼上，又再见到这个男孩，那时他们已算是陌生人了。而赵婶婶也改嫁了好多年，变成一个轮廓刻削化浓妆的老妇。他记得那时他也是这样一张面无表情的脸。

"刚刚我也有看到，一男一女对不对？"家华那时这样回答他。他有种被对方挫折的微妙欢欣，似乎也狐疑地相信起那家伙的版本。他倔强地微笑看着家华，指边厢防火巷一丛比他们高出一倍的棕榈树，"说是在这里吊死的。"

那家华回说："那男的一定太胖，吊到一半就绳子断掉摔下来摔死的，因为他的舌头只拖到下巴。我有看到那女的舌头拖到肚脐这边。"

于是两个孩子，一个拼凑着虚妄中听说的传闻，一个虚构着他根本没看见的景观，这样对决着。

于是他们走进那丛棕榈后面的防火巷，原来那里被这间旅舍当做置放杂物的处所。一叠一叠破绽露絮的榻榻米垫，一架一架叠放在一起的断腿桌椅，一盏非常巨大的琳琅饰满水晶坠子的吊灯，一些发霉的扫帚拖把，真正让他们怵然心惊的是一张仿佛盯着他们看的裱了框的外国女人画像。那女人是背对画面，坐在一张床的床沿，头戴浴帽，裸着上半身回头望着画面外的他们。

"肥女人。"那个家华忿怒地骂了一声。之前他们都被暗黑里这幅画给吓得轻叹了一声。

"吊死鬼要用火攻。"

他不记得最后是谁下达这道指令，那个下午的画面，变成快转无声的默片。他掏出口袋的火柴，交给家华，他们点燃了其中一片榻榻米，只擦了那一根火柴，两人便手插口袋若无其事地离开现场。

他带家华回到他家（为了制造不在场证明么？），他母亲问他说你爸他们呢。他说他知道赵伯伯他们在抽烟，叫他先带家华回来。那男孩柔声说骆妈妈好。他母亲说欸好乖家华。他记得他母亲埋怨了他父亲几句。然后他便带家华在院子里。他故示大方地提议他们可以用他怀里那盒水鸳鸯去炸他家那只叫萝卜的大白狐狸狗。

时间仿佛凝结冻止一般。

像任何事都没有发生……

许久许久许久以后，他们听见由远而近的消防车的鸣笛，巷子里似乎人声鼎沸，有人在大声喊着什么。

他和家华跟着绑着围裙穿拖鞋的他母亲奔到巷口。一台台像红色巨兽的消防车挤在那狭小的马路上，那是他第一次如此近距离看见那些簇新红漆像模型放大的真实消防车。路边挤满了穿背心的、扶老携幼的评头论足的街坊男女。

他发现他和家华在人群中手牵着手。

那火焰已冲得有两层楼高，但只是烧着旅舍侧墙这一边邻靠的民宅。隔着昏昧中挤满了戴盔穿靴的消防队员的庭院，他看见他父亲和干爹和赵伯伯三人各自叼着烟，在旅舍门廊较高起的平台那边，手插在口袋一副无可奈何的模样。他没看到赵妈妈。火光映着他父亲和干爹他们的脸，他们一脸茫然，像喝醉了酒那样被供在戏台上瞪着台下的观众。

那一刻他觉得他和这家华是如此相亲，宛如兄弟一般，而隔着那片有一半变成火场在记忆中已是断井颓垣的庭院那头，他们的父亲，像鬼魂一样底陌生且遥迢。

中正纪念堂

在那一整片沟壑起伏，阵形难窥其秘的空阔旷野的中央，是一座搭盖到一半，钢梁裸露巨石块堆叠而上的，像太空基地一样怪异、高耸的巨大建筑。

那一切像《聊斋》里的狐神花鬼一般，太阳出来了，偌大的建筑、歌舞笙箫的排场，衣带鬓影觥筹交错或是一些主仆、父女、女童老妇、官爷暨清客们……这些在一夜间流转回旋的人际关系，全轰然一下在白光里蒸腾消失。

你不知道那些建筑、那些街道以及在那些街道上和你擦身而过的那些人都到哪去了？因为他们真的统统都不见了，所以你便相信那一切都是假的，像是临时搭建的一个巨大片场，那些摊贩，在巷道走动脸色漠然的行人，那个在堆满纸箱的木板车旁吸烟的老人，那些跨坐在停放机车上哈啦等人的男孩女孩，甚至还有穿梭在这些人物道具之间的邮差……你后来世故地想：也不是不可能有人愿意花一个人二百元请上千个临时演员来虚拟这个场面。他们煞有其事地在你四周走位，"生活"，等你穿过这条街，导演喊卡，所有的人便收工回家。

譬如我曾经载过一个女孩的便车。那女孩叫张庭，是 W 的女人小惠的朋友。我之所以知道那女孩叫张庭，是因为那次便车，听见小惠和那女孩在后座有一句没一句地："张庭，后来那个洪老师又有打电话来，问我们怎么就没再去了，好恐怖耶。""张庭那你男朋友后来有没有跟你道歉？"（我认识的一百个女人里有一百个会在和她的女伴一起搭你便车时，若无其事地询问起她女伴的男友近况，或是问候你的妻子的近况,让你和她的女伴,知道你们彼此都是他妈"死会"就是了。)
"张庭,怎么办?我最近变好胖噢。"……

那个张庭则是在一旁心不在焉地应着:"是啊。""欸哟,
不会啦。""你别理他嘛。"一边对着小圆镜补妆,然后突然挤
出一个好礼貌的笑脸(你从后视镜看到的)。"喂,那个谁……
对不起我不知道你的名字,反正你是小惠的朋友嘛……我可
不可以把车窗打开,抽根烟?好闷噢。"你当然非常绅士地说
可以可以,对不起我这辆破车,没有电动车窗,得要麻烦你
自己把窗摇下……

然后过了新生北路高架,那个女孩用招呼计程车司机的
优雅口吻,对不起前面信义路那边左转,欸开到新生南路那
边右转,没有,再往前开,到前面红绿灯那里靠边停……我
是在对面,可是和平东路这边禁止回转没关系啦,我过个马
路就好了……真的吗?会不会害你麻烦呀……哎,真是……
小心噢,常常有警察躲在那天桥上偷拍违规回转的车噢……

我记得车停在一片拼装铁皮搭成的修车场前,那个张庭
又客气地说了一声谢谢你喽,小惠你要再打电话给我哟,然后
砰一声关上后车门。我记得我们停在车上,看着她穿着窄皮
裙高跟鞋的背影(她的腿真好看),穿过一个布告栏,然后穿
过一座社区篮球场,消失在一片高高矮矮的屋檐墙廊之间……

那是我唯一一次和这个叫张庭的女人遭遇(或短暂地说
了几句话)。

那时 W 在追小惠,小惠长我们三岁,有个男友还要切不

切地拖着。那个男人是个烂人，在新竹另外搞了个小马子，每个月还上山到小惠住处打一次炮，平时则完全不见人影。

那时我和 W 都非常为小惠义愤填膺。我们都还是处男，常到小惠的宿舍泡茶聊天，听她用双鱼座女人那种颓废泥淖的腔调自怨自艾。后来小惠的经济陷入绝境，就是这个张庭拉她去后火车站批一些仿外国名牌的皮包，在南京东路鸿源百货旁边的人行道上摆地摊。我和 W 是穷学生，只能借口去那附近一家叫"影庐"的 MTV 店看一些法国电影或日本新导演的片子，看完后则赖在小惠的地摊旁帮她吆喝卖皮包。

那个晚上，张庭的地摊搭在小惠的地摊旁，小惠说张庭是空姐，没飞外国的时候就来一起摆。可是一个晚上就看见张庭在那人群来往的骑楼里唱作俱佳地表演，她把小惠的客人全拉去了她的摊子上。我和 W 非常气愤地看着不成材的小惠缩在骑楼角落的暗影里，整个晚上挪挪搞搞地把她铺在那张塑胶片上的假名牌皮包换位置排整齐……

我记得后来张庭搭我便车时，在后座和小惠说她那晚卖了七个还是八个皮包，而小惠则咕哝着唉我一个都没卖掉怎么办呢张庭……

后来有一次我在小惠房里喝醉睡倒时，W 终于上了小惠。事后他告诉我那一次的性体验："很湿，很暖，很紧，像用嘴巴紧紧含住一样，跟打手枪绝对不同的感受……"W 还告诉我小惠在兴奋的时候，乳头拉得好长好长，吓死人是你想象不出有那种延展度的长……

我亦曾经暗自愁沮，同样是两个袜子有骚臭味的单身汉，同样以我们童话故事的腔调哀怜的落难公主，为何最后轻解罗衫以那华丽丰腴女体犒赏的是 W，而不是我呢？

在我刻意疏远了这一对关系改变的朋友许多年后，有一次无意间和 W 在难得只有我们两人的酒叙中，不知怎么提起张庭这个人。W 对我说：你知道吗？小惠说，她那时就一直觉得，我和你的关系，就像她和张庭一样。

什么意思？我记得那时我恍如夜间行车，被对面车道的远光强灯曝灼得睁不开眼。因为我是外省人，而 W 和小惠一样是本省人？我和张庭一样语言溜利外场漂亮，处处占尽便宜，而 W 和小惠，则像被一层果冻般的透明胶块隔在语言的另一边，他们害羞、怯懦、心思幽微而闭俗。

那是我第一次巍巍颤颤感受到自己从一张什么椅子上被人踢下来，而两手乱摸想抓住什么便不致摔倒。我开始哀伤地看待我父亲被从计程车上赶下来这件事，而不是当做笑话说给我视为同族的 W 听（我对 W 说："你知道多好笑吗？我爸昨天被人家从计程车上赶下来，因为他不会说闽南语。"）后来我父亲的闽南语已经说得非常轮转[1]了，事实上他已经说得比我要好了。但还是常被人从计程车上赶下来，他一开口人家就认出他来了。他总是纳闷着人家是从哪一点认出他是老芋仔？他总是问我："儿啊，我这不变成为好好搭一趟车而

---

1 轮转：闽南语，流利。

学闽南语吗？他们怎么就是嗅得出来？"

　　这也是我想问 W 的（或是问小惠的）。她们是怎么嗅出来的？她们怎么找得出来我和张庭之间的共同性？我记得那女孩脸上扑了厚粉化了浓妆（她是空姐嘛），我记得她满脸疲色可一嘴客套话熟练之极招呼到小惠、W 和我一个不漏。她好像和小惠是姐妹淘，但你分明嗅得出由她那边散放的疏离倨傲，她不断感激我载她这一趟便车，但你就是觉得她是纤尊降贵临幸你才搭你这破车。我记得她的背影穿过了修车场旁的破篮球架，是转过了一处破木板钉成的违建矮房和从那瓦片屋顶穿出的一株树影。但你就是朦胧地觉得，这个高贵势利的女孩，正穿巷绕弄走进去的神秘地方，一定是一处极高级昂贵有钱人住的高级小区吧。

　　后来有一阵子我和一位空姐交往，那个空姐是我小学班上一个长得很甜美的女孩。她有一个固定的男友。我总是在她不飞而男友又叫不出来的空隙里，像个塞垫那样陪她吃饭，并且晕眩地听她说一个接一个空姐之间流传的黄色笑话。

　　有一次我开车带她上阳明山看夜景。这个空姐一路又说了好几个关于洗衣店还是洗衣机的黄色笑话。后来我们看着夜景看着看着，我发现我的手伸在她的衬衫里解开她的胸罩钉扣。

　　女孩喘着气突然问我，你认不认识一个叫张庭的？

　　张庭？

　　少来了。装得真像，女孩背对着我，重新扎她后脑勺的马尾辫，并整一整她的衬衫。那种时候，你清楚地知道，有些女孩是从小就注定要当空姐的。她们身上总是有一种长期置身在空调里的干燥剂气息，她们总是可以在一个窄小的空间里，有效率地补妆，把衣服整理好，然后把所有东西有条不紊地收拾进一个有轮子有拉手的小行李箱里……

我告诉那个空姐我真的不认识张庭。喔。后来我想起来了。我说，我想起来了，她也是你们空姐嘛！那是我一个朋友的马子的朋友，搭过我一次便车。

真的？女孩真的就补起妆来。没骗我？

真的。我说，到底怎么了？

那个张庭哦，女孩冷笑说，有一次和我排同一班。提起你（当然她还提了其他一大堆的男人名字），说得好像跟你多熟哦。我心里就一直偷笑，这个男的，我昨天才和他吃过饭，而且她说了一大堆你的事，好多都说错了……

许多年后，我操着流利的闽南语，一边敷衍着应答着那个"建国党"的计程车司机干谯着民进党，一边告诉他信义路左转新生南路右转（相同的路线是否使你想起载张庭的那晚）……欹头前靠边就好，勿免勿免转过去，这边拢有警察呣人摄相，我自己走过去就好啦……那个运将他乡遇故知骂得醋爽，义气地说嗨，警察、警察拢要抓去关啦，无惊！

便嘎叽一个回转停在七号公园的人行道旁。我浑浑噩噩地下车（这不正是当初张庭下车的地方），是啊新生南路和和平东路交叉口，几年前张庭在夜间里穿过那铁厂搭成的修车场，那个公告栏，那个社区篮球场，那一间一间破瓦颓垣的眷村违建，暗影里窄巷间随意停放的三辆摊贩车，没有招牌的家庭理发店，那些两百元找来的临时演员伪扮成的平头白发老人和邋遢的小孩，他们一脸茫然地瞪着你⋯⋯

从前有一个叫张庭的女孩，她是个空姐。她在一个夜里搭你的便车，下车后踩着高跟鞋走进一个破铁皮屋挨挤的违建区里。她熟门熟户地穿过那些低矮的屋檐和围篱，然后开门走进其中一间差不多破烂的铁皮屋里。三坪大的空间挤满了电视冰箱铝办公桌电扇和吉他空酒瓶，墙上则挂满"总统"玉照奖状和很多不同年份的月历及吊着塑胶袋装的鞋子（？）。她的老爸她妈还有她三个烫了米粉头的哥哥正在看电视，没有人回头看她⋯⋯

许多年后我在一个白日里来到她当初下车的地点，发觉那是一处数十公顷的森林公园。那个临时搭建的片场完全不见了！你在那些柳荫步道间，和那些戴头盔护具滑直排溜冰鞋的小孩和推着婴儿车的少妇错身而过，忍不住想抓住其中一人来问：这是你们收了多少钱的临时演员费来表演的另一幕外景？

那些人到哪去了？我发狂地想着：张庭到哪去了？

另一次是更多年之前，大约是我初一或初二吧？有一个周日的午后，我母亲要我自己搭公车到后火车站或圆环一带的一家老旧眼镜行取配好的眼镜（我不记得为何母亲要带我千里迢迢坐公车过桥到一个老旧小区里去配眼镜？是否那时永和尚没有眼镜行？我记得现在在竹林路中兴街口转角那家橱窗明亮颇具规模的眼镜公司，在中兴街拓宽之前，那里只是一间停了辆破板车搭着帆布篷用木板搭叠的小面摊，我记得我们称呼那老兵老板为"面店老板"，我们小时候父母去吃喜酒时，就叫我们小孩去那面摊一人一碗二十块钱榨菜肉丝面加卤蛋）。

那时我们仍使用黏了学生照六十格用票夹剪票的公车票（那些公车票放在男孩子的学生衬衫口袋里常常不是被洗衣机洗烂，就是被汗渍腌得晕糊潜软）。我不记得那时公车联营化[1]了没？天哪，那条路线的公车，就是我那个年纪对桥另一头的城市，唯一能缀连成完整动线的连环画面的播放空间。另一条路线的公车，我们简直熟得不能再熟。我记得每个星期六早晨，我和我哥哥便拖着菜篮车，一路坐过桥，民众活动中心、广播站、师专附小、北一女，然后弯进博爱路……我母亲有时会在YAMAHA的骑楼前朝车上张望，若是看见我们，她便会上车来。随我们再坐两站，过邮政总局绕个回弯到中华路北站。我们在那儿下车，和我们母亲拉着菜篮车到**如今已消失不见的中央市场**去买一整礼拜的菜。我记得我小时候就是在那个广阔无边的市场里，看见穿制服的警察一路踢翻四处逃窜的菜贩的菜篓，或是和那些年老肮脏的菜贩拉扯他

1　公车联营化：指1976年台北市公共交通汽车的联合经营改革。

们的秤杆。对那些一出场即造成众人骚动、口耳相告，或是哀哀求饶的角色的亮相方式印象深刻。

那原是我再熟悉不过的路线。每次买完菜，我母亲便嘱咐我和我哥自己坐原路线公车回永和，而她则走路回银行上班。

但是那个周日午后，我搭了另一路公车，过了桥即转进植物园，走大埔街穿过小南门直直穿进中华路南站。那是我熟悉极了的停泊点——"巴而可"吃大芹菜的外国女人广告牌，"国军英雄馆"，对面是点心世界——问题是这个停泊点被串在另一组我较不熟悉的动线上。车一过中华路北站，我发现下车的人亦把票伸给司机（我上车时已剪过票）。

这路公车绕过火车站即算第二段票，我口袋里的票卡只剩最后两格（且纸层翻起，上面的印花模糊起毛）——我熟悉的另一绿公车穿过这一段只要一程的车票。车绕进圆环后，我照着母亲交代的站名下车，剪了票（只剩下一格了）。之后也找到那家眼镜行拿了眼镜。

十三四岁的我那时盘算着：我身上除了那剩下的一格车票之外，一块钱也没带，现在是无法搭车直接坐回永和了，且我在一处我极不熟悉的地方（那一带的商家骑楼建筑的色泽气氛，完全和我习惯自车窗外所见的台北市截然不同）。而把我载来此处的公车，可能一上车便要剪去我最后的那一格。

我作了一个最坏的判断：我自作聪明地在那几个站牌上找了几辆在串联链的前几个站名相同，可是之后链接着是一些怪异陌生地名的公车，随意跳上先来的那一辆。我是这么想的：反正我不过坐个几站，到某一站我知道的地名下车，然后沿着我熟悉的那条路线的公车的站牌，一站一站地走回永和。

（多么像一则家族神话迁移之初的悲剧性暗喻呵。我的父亲。妻的父亲。像是遗传基因里骚捺不住的迁移欲望。鼓搏着翅翼，头冠和囊袋涨得通红。他们狡猾、精于分析，自信于自己胸臆里那一套迁移过程中借以定位标记的记忆系统。一开始他们一定确定自己之后绝对有办法再找路回去。）

许多年后我曾遇见一位学弟，瘦削的脸留着一小撮山羊胡子，我记得他在闲聊中苦笑地告诉我：他从小学到大学，各种身份资料的籍贯栏皆是填写着"察哈尔"。他说："我是察哈尔人。"他是到很后来才知道：现在中国的行政区里，已经没有"察哈尔"这个地方了。察哈尔省早已被并入松花江省还是嫩江省里去了。我充满兴趣地问他：那你父亲当初为什么会辗转跑来台湾？从那么大老远的地方。我记得在我读小学的时候，凡是籍贯栏填写着一些怪地名的家伙，你若私下和他们熟稔起来，他们绝对有一海票稀奇古怪的关于他们父亲当初逃难的故事。什么全军团的人被共军围堵在四平街上，活活饿死了四五万人，只有他父亲，因为每次部队开伙吃剩的苞谷梗子，他都舍不得，把它们埋藏在一处地方。于是到了全部的人被战术围堵一个个饿死倒下，他父亲即是靠挖出那坑里的几十枝苞谷梗子，嚼得牙肉瘀血，却保下命来。

我还曾遇过一个姓那的女孩，她说她父母是正黄旗的满人。当然我从她那听了一狗票落拓格格怎样在台湾这个湿热的地方，变成一个人人嫌恶喜欢找儿孩麻烦、留长指甲的老太婆（她的祖母）的复杂琐事。

他们（或他们的父亲）皆有着一段这样如旧木箱上描金画里似真似假、幻异若梦的身世。那些故事皆隐晦离题，其实关键环扣的皆是某一次的决定，一般逃亡的旅程，以及一次失之交臂却永远诀别的最亲爱之人的最后一面。

诸如此类。

但是那个学弟（察哈尔人）却苦笑地告诉我："我不记得了。"

他说他的父亲在他高一那年就病死了。现在想想其实一个十五六岁的高一学生根本还是个孩子嘛。他说他父亲临死之前的那半年，确曾抓着他像要迫他记下他（他父亲）这个人这一生全部的故事。他说他印象中他父亲在那半年里，总是眼神晶亮，不断地谈着自己的身世。

他说他那时只是觉得烦。也许是因为他父亲那一口乡音。后来这么多年过去，他发觉无论他怎么回想，他都想不起一丝一毫他父亲当初究竟曾对他说过些什么了。

这是一个弄错地图的故事。

我如今如何努力觑眼回想，也不记得许多年前，我迷路的那个周日午后，我自作聪明上的那班公车，究竟是走哪一条路线，窗外的那个年代的街景是如何，以及我撑着在内心决定"好，就在这一站下车"，用掉我最后一格车票的那一站究竟叫什么站名。

我记得我下车的地方，幽僻而宁静，我仿佛闯入了一个时空静止的陌生国度。隔着浓荫密遮的大树群，在我面前是一条宽得仿佛你不可能横渡过去的马路。以一个习惯在永和的羊肠小道死巷窄弄穿梭寻路的少年来说，眼前的那条晕晃着绿光的大马路，无异于置身在想象中外国的大城中央。路上没什么行人，一切如此悠闲松散，人行道宽得让你想躺在上面睡个午觉。连想找个人问路都遇不到人。若不是马路中央偶尔行驶过去的车辆，以及遥远马路对面路边停放的几辆战车和三三两两围着战车的野战服军人，我真要以为从小到大的愿望终于实现了。即是外星人入侵，以一种特殊的方式歼灭了全地球的人类，只幸存剩下了我一个人……我记得那个午后我走了许久许久的路。后来我在一条巷底有一座既像钟楼又像城门的破烂老庙（我记得它黑色的瓦檐下插满了天线和晾衣竿）的巷口，问一个在一家外省饺子馆前听平剧的老头，永和怎么走？

我记得他胡乱指了个方向，然后闭着眼睛（他正摇头晃脑和着那收音机里平剧的响板）说："没几步路就到了。"

后来我发现他指的是公车站牌，没错那上面确实有一班车开往永和。那时我尚不知道恐惧，天色已渐渐暗敛。我试着分段穿越了那一条宽阔不见对岸的大河马路（我记得我横渡了那条马路后，还喘了口大气，心里想：没想到真的穿越过来了）。然后我发现马路的这一边，是用绿漆钢板护围着的，延伸了好远好远的一整面墙，墙里面似乎是一个工地。一个很大的工地。

我不记得我曾不曾提及：我是成长于这座城市疯狂地拆除它自身拥有的许多黑瓦木墙的日式平房，而处处有拆毁的废墟或工地可去游荡或拾捡宝物的那一代。穿过一座工地或废墟对我而言，充满了无以名状的神秘吸引力。那天我作了第二个错误的决定，家族血液里喜好冒险任意编纂路线的冲动突然涌起：我决定找到一块钢板和钢板的接缝空隙，钻进那座工地里。在我的想法里，这一大片钢墙圈围的工地，大概不过是一间正在拆除的学校。我告诉自己：我正在抄近路。只要穿过了这座校园，我就可以找到较靠近永和的路段了（事实上以当时的方位判断，这个想法并没有错）。

后来我才发现，那个"工地"，占地绝对有三十间"国民学校"那么大。

那时天已全黑。我爬进钢墙之后，发现自己正在一座小土丘上，远远近近有十来处这样凹凸纵横的小土丘。远处有一些怪手在挖掘着，有一些工程用的闪光红灯亮着，且从那极远的地方传来工人之间的吆喝声。让我试着描述许多年前我遭遇的状况：即是我莫名地闯进了一处，以我当时的空间经验，完全没有档案可以调寻参考的，我第一次尝到所谓的"旷野恐惧"的，空旷无边的一处巨大陌生的迷阵。

没错那是一个工地。但似乎是放大了数十倍的巨人的工地，我不记得自己攀爬了多少座的土丘，后来我根本是手脚并用四肢插在土里攀爬（那些土丘是一般建筑工地里堆的土堆的一百倍放大）。我也跌跌绊绊地爬过一大堆巨大的石块和一整堆一整堆（和我平常在工地里踩来踩去的钢筋条不同）的粗厚的钢梁。我在这之间至少尿了四泡尿。我又渴又饿。事实上那时我完全相信外星人已占领地球。但我就是没有办法从这黑暗遍布的机关和地形的巨人迷魂阵里脱身出去。好几次我以为自己只要朝着天边高楼灯光那儿走去，一定可以找到这座迷阵的边界。结果却一筹莫展地被困在一大片无法渡过的湖泊前面。

后来我在那座巨大无边的空地里哭了起来。我真的真的完全没办法走出去了。在那一整片沟壑起伏，阵形难窥其秘的空阔旷野（我真的觉得自己被困在一个离那座城市好远好远的郊外）的中央，是一座搭盖到一半，钢梁裸露，巨石块堆叠而上的，像太空基地一样怪异、高耸的巨大建筑。

许多年后我才知道：那天傍晚至深夜，我困在其内四五个小时找不到路出来的"巨人的工地"，是当时仍在兴建中的，"中正纪念堂"。[1]

我不记得后来我是如何走出那片巨人的迷宫，且我是

1　"巨人的工地"、中正纪念堂：1975年蒋介石去世，尚处于"戒严时期"的国民党当局决定在台北市城中心为其修建纪念堂，1980年落成。主建筑高76米、占地达25万平方米的"中正纪念堂"富含政治意蕴，是国民党威权统治和党政体制的象征。

如何回到永和的家中。倒是我哥记得那个我迷路的午后。他说那是他高一那年的双十节前后，他那天傍晚骗我母亲说去老师家补习，其实他坐着我们熟悉的那条路线的公车，由博爱路过衡阳路，到邮政总局左拐到中华路北站，然后他在中华路南站下车。他说他清楚记得那天是双十节前后乃因于沿路从车窗望去，中华路沿路皆停了一辆一辆正在保养的坦克。

我哥说他那天跑去来来狮子林广场[1]混了一个晚上，后来他又跑去万年大楼，一时手痒，污了一盒模型。他说他混到很晚才回家（他把模型藏在夹克和肚子之间），我母亲忧心忡忡地来开门，说：

"你弟弟去拿眼镜，怎么到现在还没回来？"

1　来来狮子林广场：指来来百货和狮子林商业大楼，与后文的"万年大楼"均位于台北市西门町商圈内，上世纪七八十年代尤其繁华。

校 园

他原以为会引起共鸣或一种时光久远男子汉的惺
惺相惜情感。但似乎在场没有任何一人曾经与他
共同参与过那个秘密集会。

没有人记得他描述的一切。

他推门走出教官办公室时，便已确定自己回到这个校园。这条走廊，行政大楼一楼全部办公室的白色日光灯都已点亮，外面的人可以从那些窗明几净的整列走廊铝窗，看见办公室里排列的办公桌，桌上放置的压克力名牌，保温杯和一叠一叠雪白的学生作业。那些灯光毫不节制地开得晃晃通明，使人有一种屋内的人犹被强制停留在白昼，而屋外的——走廊上、球场上、跑道上，以及对面旧大楼的学生教室，正逐渐退隐在暗黑中，被夜吞蚀掳去的幻念。整座偌大校园，竟只剩下一列静静停放在站内的空调列车，展示着车厢上浸在白色强光里，走动的人们。

他在升旗台连接到这栋行政大楼的甬道，遇见昔日的教官。他从刚刚自办公室推门出来时，便已意识到时光的逆差了。他注意到那个教官的肩上仍挂着三条杠的上尉军阶，似乎从学生时代起便没再升官了。那个教官抬脸看了一眼，复闪避地低下头去。他确定他一定已看见他了。但这个平凡庸琐的家伙必然无法从他贫薄的想象力里，将眼前这个体面人物，作出与自己有关的联想。

在他这边的记忆里，有好长一段日子，和这个穿着笔挺制服的军人（他在昔时便极夸耀着自己一身仿如簇新底制服，他总在课堂上晓晓不休着擦皮靴如何轮番以干刷拭灰、油刷上油及一块棉布打光的技法，或是如何以铜油擦皮带扣或在衬衫背熨出三条笔挺褶痕）有不共戴天之仇。他曾在课室桌椅他的位子上，如电影特写那样颠倒播放着各种他从暗处狙击这个可憎军人的画面：譬如在暗巷内以面粉袋自后罩下，然后以木棍殴击布袋里他脸面的部位；或是藏匿在行政大楼顶楼的高处，待朝会时他值星操演完升旗队伍走下司令台时，以一罐玻璃瓶装之盐酸，自高空朝他掷下；或是尾随他走进教师洗手间，趁他走进大号小间如厕时，将门反锁，把预先藏好之水泥袋从上往内倾倒，然后接水管灌进去，把他像化石标本凝封在那一小间大便池的厕所之中。

这些以整个校园各处角落为舞台的虐杀画面，不外乎将那个衣装笔挺顾影自恋的刚强军官，处置于一种与现实颠倒的被虐快慰之中（布袋里被打得鼻青眼肿、嘴唇肿成腊肠一般的那张英俊的脸；或是被强酸烧蚀发泡的脸及一个一个破洞的褴褛制服；或是被锢禁在大便池水泥块里翻着白眼的凝冻姿态……）。

他总是木然地想着这些残忍污秽的虐待画面，然后无可如何地吃吃笑起来。

“喂，教官，”他主动和那个笔挺着身子走的军人打招呼，“你还记得我吗？”

如今我知道为何我总会对一栋在入夜时分亮起整排日光灯火的学校大楼，有一种在平交道外眺盼夜行列车疾驶而过的错乱幻觉。因为我总无法对除了这列灯光中教室之外的校园景观，有各处细节兜缀联结的记述能力。就像飞驶而过的某一件窗外景色：一片水泥铺成的方块平面，一群穿着卡其服的年轻男孩在那平面上追逐另一个运着球在跑的男孩；一个络腮胡的胖子在纠正着一个全身肌肉的学生刺拳攻守时双手护住面门的位置；一座高低杠；一座垃圾焚化炉……

他作出热切的样子向那个教官提出证据，他说有一次班上有一个家伙，在讲桌上放了一只叫"千人震"的整人玩具——那是一种利用直流电在极短暂瞬间产生的触电幻觉，使不知情的人在拿起刹那以为自己触电而惊慌撒手的电了组合玩意——几乎每一堂课的老师都如我们预期地，把那东西甩开后，还惨白着脸吹着手指……只有教官您哪，在大家屏息偷觑的气氛下，用两指把那个东西夹起，凑在跟前仔细端详了一会，再面不改色地将那千人震放回讲桌。那时，连平日里躲在角落仇恨您的我们这些坏痞子，都不得不折服地为您优雅冷静的反应鼓掌喝彩了……

那个教官讪讪地说，带过这么多的学生，真的不记得那么多年前的那件事了。但他看得出来这家伙被他这一番话，撩拨得露出过气歌手遇见与他同一时代的旧日歌迷，在对方热情滔滔诉说一些自己已忘却多年的某个小故事，某次让对方烙记至今的无意义的小动作或巧遇……教官露出那种轻微倨傲，却又自嘲地偏着脸微笑的聆听神情，仿佛希望自对方那儿再多听一些他不记得的往昔荣光呵。

这时他们站在距那列灯火辉煌的办公室不远处，这使他们真的像是在一列夜行火车上，隔邻座位无奈搭讪却发现彼此竟真是旧识的乘客。他有一种随着光疾驶（他想象着那些在黑暗的车厢外眺看车窗内光亮里的他们的眼光），被展示者说起话来似乎眼神木然尾音卷舌的虚假和晕眩。

他告诉那教官，他回来这学校是为了找寻一些关于他父亲的资料，他正在写一篇关于家族史的长篇，他发现那教官没有因为这番话而露出敬佩或巴结的神情，遂又补充道，他父亲和三十年前发生在这学校里的大规模逮人事件有一些渊源。他父亲就是那个批公文把逮捕令落实成许多被捕学生一生梦魇的，其中的一只手。

这时他们经过一处楼梯间。他突然想起这个楼梯间的最顶楼，有一扇破烂的窗口，可以远眺学校对面几栋全住家公寓大楼，里面住着的人的一举一动。他记得他高中的时候，每到黄昏，这个楼梯间的那扇窗口，都水泄不通挤满了一身汗臭味的高中生。原来有人发现，对面某一栋楼其中的一户人家，从父亲、母亲到女儿、小儿子，一家人在屋内总是一丝不挂，裸着身子走来走去。

他们昵称为"家庭剧场"。这隔了一条马路的两扇窗子拉成的表演区和观众席。每到黄昏，那家人的灯光亮起，这边的窗口便挤满了匿躲在暗黑里的高中男生，他们在一种淫猥的气氛中沉默着，身体叠挤在一起把头死往窗口挣，看得比较久了，后面的人会不耐烦地催促。运气好些的可以朦胧地看到那母亲两粒白白的奶子和有点胖的腰臀端着晚餐的菜肴放在窗边的餐桌，或是那女儿优雅的少女身躯斜签在沙发上看电视；运气不好的，就会看到那个戴黑框眼镜留小胡子的男主人，垂着松垮垮的肚皮和小小的鸡鸡，拿着晚报在灯光里走动，或是有人会面红耳赤地看到那个应该还在读小学的小男孩（因为他是这一家人腹胯之间唯一没有一丛黑毛的），光着屁股在另一个房间玩跑道四驱车，而疑惑起自己挨挤在这一群穿着卡其制服的男子中间，在黑里喂蚊子的目的为何？

他记起那些时光，身旁的这个教官会刻意换上球鞋（皮鞋上楼梯会发出刮地的声响），拿一支短木棍，蹑足摸上这楼梯间的顶楼，然后在漆黑之中，往那一群低等包厢的观众身上一阵乱打。他记起阒黑中，那些软绵绵的身子挨上木棍时，那种沉闷的卜卜声和缓慢犹疑的呻吟……

许多年后，他在一个尽是这所高中的毕业校友的聚会中，听着一位喝啤酒喝得脸红脖子粗的学长，提及尚在念高二的一个正午，突然看见校方派了一辆缆车，高高举起一枚怕有一吨重的铁球，然后便自高空往那幢黑瓦拱梁的日本时代留存至当时的老校舍垂直砸下。那学长模仿铁球砸在老校舍黑瓦屋顶上时发出的砰咚巨响和漫天灰沙。

"结果你们猜怎么样？"他们都摇头说不知。"日本人的房子盖得真没话讲，"那学长说，"铁球砸在瓦上，可能砸破了几片瓦，铁球便自三楼屋顶滑落垂下，还捶了缆车的钢臂一家伙。那幢老建筑，吓，硬是文风不动。"

大家皆深深被这段回忆的画面感动了。一幢可以被列为古迹的老建筑（你都可以想象那拱梁的红砖上打上的日文印记和龟裂处蔓生的绿苔），在挨了拆除它的铁锤一下之后，竟炫耀性地以自己的坚固讪笑了后来者想以之取代的钢筋水泥建筑。

　　但后来那幢楼还是被拆掉了？有一个家伙扫兴地说。是啊，这样说来，鲜少有人印象中曾存在那一幢梦幻古迹般的日式建筑老教室。

　　是啊，那学长喟叹地说。后来也不知道他们是用什么方法拆除那幢老房子的？难道是用炸药吗？

　　又有人回忆起这学校一位留着山羊胡长下巴的工艺老师，似乎上下相差十届的学长学弟们，皆曾在那像重庆时期地下工厂或防空洞的工艺教室，和这位地底老人学习一些装拆电路线盘或汽车避震器之类的奇异技艺……

　　轮到他时，他几乎是冲口而出地回叙着被时光拉扯扭曲的"家庭剧场"，暗黑里的楼梯间，隔着一条大马路，窥看着另一边柔和灯光里的几具裸体，自由舒展地走来走去……还有那个总爱踮着脚尖摸黑用短棍到楼梯间殴击他们的那位教官……

　　所有人愕然望着他。没有人吃吃笑或龌龊地挤眉弄眼。"这人是我们那个学校的吗？"有人这样干笑地说。

　　他原以为会引起共鸣或一种时光久远男子汉的惺惺相惜情感。但似乎在场没有任何一人曾经与他共同参与过那个秘密集会（那个黑暗里彼此心领神会的观众席）。

"少来了，你们……"他试着再描述清楚一点：关于那栋大楼最右侧的楼梯间最上的一层，要往阳台的绿漆铁门有一把锁锁着。那是所有烟囱族哈草的圣地。"拜托，你们到底是哪一届的？"

没有人印象中校园里有这一处角落。

"那你们记得那间吊着一盏灯泡和一副沙袋的拳击社教室吧？""你们记得那次全校骚动新大楼三年级的全跑到忠孝大楼只为了争睹一间厕所里塞着一条手臂粗手臂长的大龙炮大便？""那你们记得那个创校元老据说年轻时选过上海小姐名宁叫薛爽的教英文的老太婆？""那你们总该记得那次校园里的大搜捕吧？"

没有人记得他描述的一切。

此刻他与这个学生时代即视为仇雠的教官行经这座学校最荒僻芜废的角落，他们站在一间自日据时代即独负盛名的蝴蝶馆（据说这间乖异地坐落在这所中学里的蝴蝶馆馆长，地位比任何一位历任校长要尊崇许多。他确实记忆中学生时代即有许多日本小学生或外国人，非常不协调地穿过那穿着军训制服纠察队看守的大门和趴在走廊阳台上吹口哨的高中考生，安静地排队走进这间蝴蝶馆）。他发现那个教官的两鬓有些发白，这时他突然猜疑起来原先他以为自己衔负着一桩线索断缺的历史素材，走进这所不设防底昔日高中来追寻关于他父亲的某些片段，他以为他们一如所有老旧的庞大机构，在卷宗档案柜挨挤的死锁老房间内遗失了这机构自己的记忆。但这时他不禁怀疑：其实他们太清楚他（或是他父亲）和许多年前发生在此的惨案的关系了？他们或许正用一种迂回的方式诱引他更靠近或偏离事件（或这学校）的真相核心？

根据一九九九年十二月十一日《中国时报》第四版左下角的一小块新闻，一位名叫"林照真"的记者记述着这件发生在五十年前的白色恐怖冤案。这篇标题为"一○六名师生遭枪决；抛锚者无数"的报道，对当时事件发生现场历历在目地描写着（以下皆摘引林文）：

> 三十八年六月二十二日，八所联合中学师生八千多人，在广州的黄埔码头登上开往澎湖的济和轮，经过三天两夜的惊涛骇浪，终于在二十五日抵达澎湖。
>
> 但上岸才十几天，军方就要求学生投笔从戎。每排学生队伍前面来一个士兵，手中拿一条绳子，凡身高超过枪支高度的同学都必须编入部队。同学开始骚动，并愤怒地骂道："我们不要当兵，我们要读书。""我们愿意接受军训，但不是当兵。""军方背信忘义。"现场人声鼎沸，这时澎湖防卫司令李振清在台下气急了，他向校长张敏之吼道："你们都是我用三块大头一个个买来的，有什么资格和我讨价还价？"张敏之痛心极了……当时他觉得最重要的是要救出学生免于征兵，于是挑出

一百余名年幼体弱，不合军方规定的学生出列，但其他学生这时却哭喊着："校长，您不要我们了吗？"一时哭声震天。

李振清为了给学生一个下马威，便让士兵朝天空放了一排枪，学生惊吓之余秩序大乱，士兵也开始残酷地镇压暴行。学生中有人腿上、手背、臀部等不同部位被打中，不断有学生中弹倒地，也有人被刺刀刺伤，大老粗士兵专挑不会致命的部位下刀，学生的哀号声反而让士兵亢奋，叫喊声愈大，笑声愈大。天色渐暗，五千个学生被抓成一组组带开了，挂着两行泪的帅生，注定要参军了。

......

三个月后张敏之与一百零六名师生被运往台北西宁南路"台湾省保安司令部"监察，不久，全部因"匪谍罪"遭枪决。

林文并未清楚指出这被枪决的一百零六名师生是否即当时张敏之校长所挑出的"年幼体弱"或女学生的那"一百余名"。

此刻他与这个笔挺西装式军服的教官站在五十年后这新高中的蝴蝶馆之前。环绕着他们身后的是暗黑中那三栋连接成凵字中央凹陷暗黑的操场跑道。像剧院上空环场包厢的看台，绕过一列列红色丝绒座椅回旋打转，他扶着看台上的护栏，从这头跑到那头。他无法找到出口下到那个暗黑的中央：一个表演区、一个斗牛场、一个希腊式剧场……

　　但他确乎听见那一如柏青哥店[1]如瀑布泻下的小钢珠在小铁钉与凹洞区隔的各种甬道和路线中哗哗奔窜的，那些（五千多个）学生哀嚎尖叫地在这建筑物内部不同名目的走廊、暗间、楼梯转角，或是建筑物与建筑物之间形成的隐蔽处找寻匿藏的处所。

　　那一切变成近乎热夜里的狂欢游戏，穿着学生服的中学生争先恐后地找寻各种不可思议的迷宫角落：放着鞍马、跳箱和弹簧垫的体育馆地下室；游泳池的更衣间；蒸便当室的锅炉房；排列着化学药品和大小尺寸试管烧杯的实验室；还有座椅由高而低有升降荧幕的视听教室；拿着长柄铜勺正在卖贡丸汤吓得张大了口的阿婆的福利社……当然还有这间蝴蝶馆。

　　另一边则是亦穿着制服（穿草鞋）年纪相仿的大老粗士兵，暗黑里撕裂空气的枪啸和火花多像柏青哥机台上的闪光红灯呵……恰有一组士兵搜到了一处藏匿极多数目学生的房间（譬如阅览室），刺刀往后门塞挤露馅的一两具身体戳下，即从大房间发出集体和音的低沉哼鸣，于是像拉到 Bar 掉下数以千计的小钢珠（可以兑换奖品喔），学生们争先恐后自前门争拥而出。

　　多像一个把人数扩大到极限的捉迷藏：像那些日本小学生意图打破世界纪录的千人拔河、百人一百零一脚、三百人

1　柏青哥店：台湾街头常见的游戏机场所。"柏青哥"源于日语"Pa-chin-ko"，即俗称的弹子机。

叠罗汉之类的"大游戏"。

他不禁想到：是否也有几个随机散落的学生，侥幸地撞进这间学校最僻静角落的蝴蝶馆。

"遇见不喜欢的人哪。"那个教官低声嘀咕着。

像是被诅咒的时刻终于开放，天空开始变成一种淤血般的诡谲紫色。他记起这个佩真是他父亲最钟爱的一名女弟子。他乃急急地穿过走廊上的标本室图书馆、心理咨商室以及生物教室。这栋建筑开始像娃儿长牙一般地，整条走廊朝前伸展蜿蜒，且不断繁殖着许多原始不存在底新功能的小房间：譬如解剖小间、侦讯室、笔录档案中心，还有收藏各年代不同公司出品各种形制的防毒面具的博物馆。他不知道在一所学校里，为何会有这些奇怪名称标示的单位。这栋建筑像牙床一样地鼓突生长着。他认为这是那个佩真在搞的鬼，他觉得她像诸葛孔明躲在营篷内底长明灯七星阵后作法，这一切只为了不让他穿过这个走廊，到那个最后一间仓库般的密室，打开门，穿过满堆破烂什物（废弃的试管架、历史课的地图大挂轴、断了脚的地球仪，还有一些军训课刺枪术的木头假枪……），找到她，要她告诉他他父亲留给他的那个困难问题的答案。（要她借他抄习题？）

但他在心里同时闪过这个念头：那个佩真如此大张旗鼓地布阵装神弄鬼，是否表示她已不行了？（或是他父亲的秘密真的如此不堪？）

KTV

我记忆里确实曾经目瞪口呆地看过镜子里有两张一模一样的脸：那是两张同样化了浓妆，同样惊骇而静默下来的美丽的脸。那两张脸之后便分道扬镳，命运如此不同。

我姐姐是断掌，且小时候头发如钢丝直竖。我娘说她个性刚强，说我姐在极小极小一个小丫头的时候，走在大马路上，我娘为了什么事训斥她，我姐突然六亲不认，面无表情转身便走。我娘说好啊你走，我不信你一个三四岁的女孩能走到天涯海角去。

　　但我娘总是远远拉一段距离跟着（我娘老去以后，提起我姐这一段，伤心地说："她那么小，居然一次回头也没有。"），跟着她走上一个钟头，然后我姐会站在某一个空旷的路口，日暮途穷地嚎啕大哭起来……

　　我姐姐在初中时，有一个死党（名字我忘记了），那个死党的母亲叫唐晓云，我姐放学后总去他们家混。有一天我姐回家来，脸上飘浮着一种憎恨恍惚的微笑。我姐说，弟，你帮我打个电话，打去以后，你就这样这样说……

　　我姐拨了号码，把话筒交给我，是一个女人（她是大人）接的。我照着我姐的吩咐，对着电话大喊：

　　"唐晓云你这个贱女人！"

　　我后来才知道我姐竟叫我去骂她同学的母亲。且令人惊异的是，我才挂上电话（我且懵懂讨巧地陪着我姐兴奋尖叫乱跳），我家的电话铃便响起。我姐拿起话筒，是那个死党的母亲，她喊我姐的名，非常气愤地说：

"你为什么要骂我？"

我记得我姐在黄昏的光影里倔强地握着电话僵在那里的样子。我记得她不断地说：我没有啊……真的不是我打的……

我不知道问题出在哪里，电话不是我打的吗？为什么她（那个叫唐晓云的女人）马上就逮住我姐。后来我姐分析给我听：她认为她找我打那通电话根本是失策；因为我那时还是一个犹未变声的小男生，提着嗓子骂起人来，电话里听根本就是我姐的声音……

如果有所谓的暗喻这回事（譬如我那像只黑色大鸟的太外祖母、我母亲落水被救、我父亲在永远到不了目的地的小船上来来去去，或是妻的大舅三舅在梦里对决……），我以为我姐叫尚未变声的我去骂一个我不认识的老女人这事，真是充满了某种我和我姐之间关系的暗喻……

我伪装成她的声音。而我完全不知道那声音后面的，我姐对这个外在世界巨大的憎恨与恶意。不仅是我，她那时也不过是个十三四岁的少女啊，我不知道她和那个站在大人世界那端的女人之间，发生了什么事，而且我姐采用了某种隐晦藏匿的方式，去攻击对方，与之对决。结果却马上被迂回误解地踩住尾巴。

我的声音变成了她的声音。

我已经许多年没和我姐说过话了。

有一些破碎的印象：譬如我娘告诉我，我们小时候她带我们三人去一间义光育幼院（据说是蒋夫人办的）。我能想象在那矇暖的光里，年轻时的我娘如何把她自己和我们三个，刻意打扮成整齐光鲜的模样。像她从《小妇人》、《真善美》这些她那个年代的美国电影里的优雅的母亲，慢动作播放地和院长、修女、老师们轻声谈笑。把大包大包她从后火车站批发买来的糖果分赠给那些院里的孤儿。并且要我们三个（打扮成上流社会的孩子）和那些无父无母，可能因得了癫痫而剃个光头的孩子亲爱地玩在一块……

那一切如慢动作播放。我和我哥很快地和院里的男孩扑滚骑打在一块儿。

但我姐始终穿着她那一身出门前我娘替她挑好的漂亮洋装，远远地站着，皱着眉头看着眼前那混乱滑稽的一切……

我娘提起这件事时，总是快快地说，那天临去前我娘（不无表演意味地）拍拍手对我们三兄妹说：孩子们，你们是不是也想把自己的零用钱捐给这些小朋友呢？我和我哥非常阿莎力地捐出各自一个月所得（我记得是四十块）。

我娘说，我姐……竟然从那件漂亮洋装的口袋里，掏出了一毛钱（那时犹有一种灰色质轻的一毛钱镍币），放在尴尬笑着的修女的手掌上……

后来我娘总说，你爸说你们骆家发男不发女。说那边那个（指我大妈）生的两个，男的长得还算端正，女的那个（我大陆的大姐）是个白子，我看过照片，眼睛鼻子皱在一块，像个猴子。你爸逃出来前，她已经快三岁了，还不会讲话。

　　而我姐亦是我们三个孩子里，最早对我娘释散出幼兽对母兽无来由的戒心和敌意的一个。我记得有一阵，在衡阳街博爱路一带，出现了许多家大型外销成衣批发卖场。那时我家突然涌入大批的衣物，我娘像杀红了眼，每天抱回来各式各样上面挂着原价三四千元而她一百块两件买到的T恤和西装裤、休闲裤（这些尺码总不合身，裤脚总太短的廉价成衣，在十年后全部被我父亲从阁楼清下来，用装棉被的帆布袋装着，一袋一袋丢进马路边，据称是佛教赈济　又有　说是批去大陆当成衣卖——像垃圾集散的绿漆铁柜车里）。我姐那时正值十七八岁，对于我娘临近更年期才出现的血拼热病，简直痛苦到无以复加的地步。她尖酸刻薄地翻弄着我娘帮她置装的白底大圆黑点长裙（这种款式倒是在十几年后电影《一〇一忠狗》的大麦町热出人意表地流行起来）、像一片大荷叶的百褶裙、上面缀着金属小铃铛或粉红珠珠的外套，还有松垮垮的水兵领洋装、领口袖口都装了豹皮纹假毛的假皮衣……我感觉到我姐是用齿缝抽出的冷笑憎恨地品评：这根本是阿巴桑的品位……这是华西街那些接客的老妓女在穿的……这件是五子哭墓的戏服嘛……

　　这些近乎歇斯底里对我娘审美趣味的痛击，最后那一句话才真正让我激灵灵地打了个颤……

　　我姐说："只有养女出身的人才会去买这种衣服。"

我的那些姐夫……

一开始，我的父亲也参与其中（他那时犹未被自己封闭无出口的家族史诗淹覆，他还穿西装打领带呢），我娘也盛装赴会（她还提着个仿冒的名牌皮包呢）；我姐那时的脸容体态，犹是青春美丽家教严格的端庄女孩。她穿着我娘从委托行橱窗里买回来的（真正的）日本洋装、化了淡妆……

他们像想象中（电视里演的）上流社会的社交聚会那样装扮自己。介绍人是我娘念商专时的死党。对方是个本省家族，家世好得不得了。男孩是北医牙医毕业，有美国护照，在芝加哥有一家自己的诊所。男孩的父亲是"台电"的总经理，退休以后全家移民到美国。他们在那里有一幢上千坪的花园别墅哩……几个姐姐也全嫁给医生……

那是一场我父亲我娘倾全家之力朝上踮起脚尖，硬撑出一个（他们想象中）上流社会模样的演出。我记得在我很小的时候，有一次我父亲带我们全家去台北的西餐厅吃西餐。我记得那一天我父母突然变得优雅而造作，他们不无炫耀意味地告诉我们那一排列银色的金属刀叉汤匙，哪一把是抹奶油在小餐包上的，哪一把是吃沙拉用的，哪一把是切牛排的……他们且小指翘起地告诉我们哪一手拿刀哪一手拿叉，或是餐巾要如何铺在大腿上……

这一切装腔作势的对上流社会的用餐礼仪的描述，我深深记得其中一项是：我父亲非常认真地提醒我们，吃西餐时会先喝汤（不像我们家里是吃完饭菜最后才从大锅里舀汤），喝汤的学问很大，最重要的是：每舀一口汤，手臂是持着汤匙朝外舀（绝不能对着自己的嘴里舀），一口一口地朝你对面的那人舀起，然后送进自己嘴里……

我从来无法印证这是真是假，后来我在许多偶然的场合，目睹一些气派的人物吃西餐，从未见过有人是用这种汤匙朝外舀的方式喝汤。我不知道是不是在年代久远的某一次，一个促狭无聊的长辈，把我父亲当做土包子开了这样一个恶谑的玩笑。"他们外国人都是这样喝汤的哟……"而我父亲认真地记下这一项不存在的上流社会礼节……

我可以想象我姐的第一次相亲，我父亲与我娘是怎样装腔作势地和未来的权贵亲家攀谈：他们掩嘴轻笑，讲话变得卷舌押韵，并且喝汤时把汤匙朝着对方的方向舀……

我想象着我姐端正地坐在那群人之间，脸上扑了淡淡的蜜粉。我觉得她脸色惨白，影子被灯光拉得很长。

那是否是我们这个家族第一次嗅到自身令人发狂的封闭气味？我父亲的无身世（我感觉到他说的那些，是他的"故事"，而不是"身世"，我们不是从未见过他故事里的那些人么？）、我娘的无身世（除了她那个活得很长的养母，我们家后来几乎没和她生母那边的亲人来往）。难道最后会像那些邪恶的部落传说一样，一个闭锁萎缩的家族，最后为了延续后代，只好走上血亲通婚的路……

没有人记得那第一次的相亲是因何而挫败。是我父亲那一口外省腔的老 B 央[1]嘴脸激怒了对方那信仰本省血统纯洁论的父亲？还是那男孩（啊我无缘的有一幢花园豪宅的姐夫）的母亲姐妹们从我姐的穿着上（已极尽所能地体面了不是？），嗅出了我娘的养女品位？或者真的是拿汤匙的方式出了差错？

总之那是一次家族对自身想象力的重大挫败。所有人都受了伤。我父亲说："我早就看出那一家人是民进党的。"我娘说："那个妈妈噢……我看是很厉害，你去作她媳妇会死很惨……"

我姐则是冷笑地说："我看那一家人是自卑。"

但是那之后他们确实没再打电话来过。

我姐有时会告诉我一些简单的品评。那样我多少可以像拼图般破碎地凑出一个模糊脸孔，可能是我姐夫的男人的身世。譬如我姐有次说："以前我总认为要嫁就一定要嫁个外省先生，现在我的想法变了……其实本省的男生比较沉静，而且比较有远虑……"另一次我姐问我，如果她最后挑的丈夫，小她六岁（也就是我要喊一个小我四岁的年轻人：姐夫），我有什么看法？我能有什么看法？难道我要说："呷幼齿补眼睛？"我只说了一句："小尪疼某[2]。"

我姐无法遮掩她的忧心忡忡。某一次她告诉我她的苦恼：

1　老 B 央：即老家伙，早年台湾外省眷村里常见的一种粗口。

2　小尪疼某：闽南语，意思是年轻丈夫比较会照顾妻子。

她正和一个大她二十岁的老头持续地约会。但她完全不知道和那样年岁的男人一起吃饭时该聊些什么话题。聊退休金吗？聊高尔夫球？还是聊糖尿病的治疗？或是聊聊他前妻的子女们遇到的爱情困境？

我这样想：除了生理上始终空悬的贞操，我姐真可说是阅男甚众。她和这么多不同身份背景的男人，在公共场所（咖啡屋、日本料理亭、饭店自助餐、港式饮茶、意式料理……）疲惫至极地讨论彼此可能发生的性交之前的一切繁琐细节。

味同嚼蜡的对话。心不在焉礼貌地微笑。一只手支颐仿若专注倾听，另一只手却拿小银匙搅着咖啡杯打发时间。多像那漫漫无尽小时候怎样也捱不完的一堂又一堂数学课。捱过了这一天，第二天的课表里又有密密层叠的"数学数学"……

我姐说她初中有一次数学课，那个男数学老师从前面的同学开始唱名发考卷，扣几分打几下。我姐坐在最后一排靠后门的位子。她看着那些男生女生挣红了脸一手举着另一只手噼里啪啦地挨着藤条，心里困惑极了。她想：我也就要这样像他们列队上去把手伸进那舞动的光弧里了。她突然发现自己的腋下发出一股浓稠的酸臭味，她的胸罩乃至衬衣整个都湿透了。她觉得全班的人都用手捏住鼻子。他们都闻到了我身上的臭味。我姐说她"是因为怕大家被她身上的臭味熏昏"才跑走的。

我姐从后门蹑手蹑脚地跑了。其实她是蹲着跑出教室。那时仍在上课中，没有人觉得奇怪为什么有个女生双臂交叠

　　　　　　　　　　　　月球姓氏

（她怕腋下臭味扩散），蹲着像只螃蟹快速从走廊穿越。

她躲进了女生厕所，先把一间大便池隔间的木板门插销扣上，撩起裙子扯下内裤蹲下假装撒尿，她想象着若是他们找到厕所来，她可以解释说是因为一时尿急才跑出教室的。后来她真的窸窸窣窣尿了起来。

我姐说她一直蹲在那间厕所里没完没了地尿着，像我小时候学错了却全不自知地唱的儿歌："小老鼠，上灯台，偷油吃，下不来……"我姐问我：然后呢？因为忘掉了歌词的尾巴，我却恬不知耻地把它改成永不止尽滴滴漏漏的声音。我说，下不来，然后："叮咚咚，叮叮咚咚，叮咚咚，叮叮咚咚，叮咚咚……"

叮叮咚咚。我姐说她蹲在那儿无止无尽地尿着。她以为他们会找到厕所来。那么她会向他们解释："因为……"但是他们没有来。从头到尾没有一个人走进这间女厕来。她听到下课钟响。然后上课钟响。然后下课钟响。最后天慢慢变黑变暗……

但是始终没有半个人进来。

有一次，我们几乎都以为这个男的应当就是我姐夫了。那次是我娘亲自出马。那个男孩在一家银行当电脑工程师（虽然我们并不清楚那是怎样的一种工作，不过听起来满称头就是了），大我姐两岁（年纪方面不成问题了）。介绍人是我娘以前的同事、这男孩现在的上司（这样对这家伙的人品应该可以打包票了）。身高一七〇（我姐没什么好挑了）。没有秃头（我姐最忌讳这个）。大学毕业。独子。不用跟父母住（太好了）。长得有点像周星驰（连我都心动了）。为什么到现在还没交女友？他说："因为我很害羞，而且很怕压力。"从前不乏一些女孩对他表达好感，他因为这两个原因总是临阵脱逃……

据说那次的相亲真是无懈可击。整个晚上那家伙把两个老女人（我娘和他的女上司）逗得咯咯咯地笑。他向我娘请教了佛跳墙的做法，并且听我娘讲了一整个钟头关于长生学这种气功周身七大穴道与救人无数的慈悲奇迹，竟没有打瞌睡。他且插科打诨讲了几个网路上流行的关于波兰人的笑话。后来我娘和那个介绍人（那家伙的上司）还搅着咖啡匙，感性地聊起她们那一代职业妇女的辛酸和老一辈的人情温暖……

我姐开始晚归。我娘和我父亲在背后喜滋滋地挤眉弄眼。有一回我父亲感慨地对我说："看看今年家里会不会真有喜事，今年院里那株梅花开得好。"

那一阵我姐真的洗尽铅华，不再化那种黏死苍蝇的浓妆或搽那种公车上让人纷纷开窗的香奈儿香水出门了。我娘告诉我："你吴大哥说他不喜欢女孩子化妆。"

那时我注意看我姐的脸，发现她原来真的已是个上了年纪的女人。卸去了浓妆本来的那张艳丽的脸，竟然变成一张和我长得如此相像的、平凡又滑稽的男人的脸！

在我很小很小的时候，每当我父亲与我娘不在家，我姐就会与我哥达成协议：即他们两个在这一段真空时光里所干的坏事，彼此不向我娘举发。

　　我哥要干的坏事是，拿起电话乱拨一些号码，然后对着电话那一端的陌生人大喊一些他那个年纪所能诌编出来的淫词秽语。

　　我姐则是装模作样地坐在我娘的梳妆台前，慢条斯理地拿出抽屉里那些我娘的口红（那些各种差异的红，在金属盒或宝蓝色塑胶盒，旋转底部便会魔术般上升变长的条棒状物事）、粉饼、腮红、眉笔……对着镜子上妆。我另有一个印象是我姐会把鞋柜里我娘的那些高跟鞋搬出来，然后像溜冰般踩着那些比她的脚大许多的鞋，在客厅的磨石地板咔啦咔啦地走来走去。

　　在那样的时光里（我哥躲藏在电话后面，假扮成各种腔调对着陌生的大人世界丢去他孩童式的暴力想象；我姐则对着镜子，变装成一个我不认识的"像大人一样的女人"），我总像个无辜的跟班，被我哥和我姐踢过来赶过去。大部分时间我是跟在我哥后面，为他对着电话里大喊的那些奇怪的话语而尖叫欢笑。不过有一两次，我姐会一脸浓妆地把我拉到梳妆台前，要我乖乖坐好，然后用那些口红粉笔粉扑也在我脸上描画起来……

　　我记忆里确实曾经目瞪口呆地看过镜子里有两张一模一样的脸：那是两张同样化了浓妆，同样惊骇而静默下来的美丽的脸。那两张脸之后便分道扬镳，命运如此不同。直到许多年后它们才又不期而遇。

有一次，我走过一家麦当劳前的骑楼，突然心神一动，发现我姐独自一人坐在那玻璃橱窗内面街的高脚椅上。她定定地看着我，脸上没有任何表情。

我的脸浮着光叠印在窗面上，然后我可以穿透过我的脸，看见另一边的我姐的脸（她又恢复了浓妆）。

我走进去，问她为何一个人坐这发呆？她不是每晚都和那个吴大哥（我们全家皆视之为姐夫的那个男人）去约会吗？

我姐说，噢吴大哥……是啊……

我陪着一言不发的我姐在那儿坐了许久。后来我姐拿出大哥大，拨了几个号码。她用一种整个灵魂皆遭受铅中毒那样的厌烦腔调说：

喂……你在哪儿啊？……什么……好吵……我现在就过去……

然后我便像许多年前毫无理由替我姐去痛骂一个我完全不认识的老女人，护送着我姐如落难公主，穿过这座城市，到一间盖得像华丽城堡的 KTV，奔赴那个被困在里面的王子（有一大段传奇的身世可以说给你听噢），我的另一家族世系姐夫的盛宴……

我们推开一个房间门进去，震天价响伴唱音乐击鼓节拍和麦克风齿唇声的音爆，如同黑魔法扑袭罩顶。原该是我姐夫的那个男人和另外一堆男男女女挤坐在三张排成冂字形的黑皮沙发上。桌几上狼藉堆满了喝过没喝过的玫瑰红，像瓦砾废墟一样仍在冒烟的烟蒂，还有勉强像宫廷豪宴的卤豆干海带和水果切盘……

王子……我的姐夫……我黑色大鸟的太外祖母本来携带我这一族沧桑满溢身世欲与之交换的那一族的男孩……他身旁坐的，尽是至少小我十岁的幼齿妹妹。她们的脸，画得像信用卡上的布袋戏肖像，银光流转幻美绝伦，她们侧着身拿麦克风专注唱歌时，我可以看见她们肩头露出来的胸罩吊带……

我姐像泄了气的老去公主。我陪她坐在沙发的最边缘。从头到尾没有人理我们。没有人把麦克风传给我们。

结束的时候，我和我姐像是一对婚礼散宴后站在礼堂门口端着香烟糖果盘送客的新郎新娘，我们面带微笑（我们这一家族式的微笑），把那些唱倒了嗓领带扯歪浑身吐酒秽臭的家伙送上计程车（我还对着车窗里那些人渣亲切地喊："拜喽。"），帮那些女孩安排有车的家伙载她们便车的路线。没有人知道我们这一对男女是什么人，因为所有人都醉翻了……

我的姐夫（他现在不是我姐夫了）骑着一台重机车，慢慢停泊在人行砖上的我和我姐身边。他的后面载着一个喝醉的女孩，我仔细看才发现那女孩正在痛哭，她紧紧搂着我想象中的姐夫的腰，把眼泪鼻涕蹭得他背后一片湿。我的姐夫把安全帽面罩掀开，对着我姐说："这是你弟？"

我姐说："对。"

我姐夫说："拜喽。"然后他便像失去记忆而认错人的王子一样，载着那个醉茫茫而穿很少的女孩走了。

我陪我姐在街上站了许久，我姐说："你不准跟妈讲。"

后来我们再也没见过这个男的。

在我小学的时候，我曾和那些因回家路线相同而暂时结盟的玩伴，在那些盘旋歧错的巷弄里勾连忘返。在那个大人世界像噤声禁制的博物馆的年代里，我们常有机会闯进一幢一幢人去楼空的豪宅或颓败庭园。我总是和那些玩伴，撬开那些空屋锈坏的门锁，有时我们粗暴地打破某一扇窗玻璃。我们在那些空气中充满霉味的陌生空间里，以小孩的直觉知道这些房子确曾发生过一些事情。

一些人的生离死别，一些人的冤恨、一些人的哀伤或他们的老去。所以他们离开。不在现场。

我们可以用小孩子的直觉知道那些沉甸甸的事物仍在那些空屋里挥之不去，和那些超出我们想象的美好生活的残留对象并置：吊在天花板上像青铜烛台般的美术灯，通往二楼的大理石阶梯扶手，嵌入墙角的壁炉，甚至是颓圮荒蔓的庭院里，倒在姑婆芋与树蕨覆叶之间的一尊断头的丘比特小便石膏像……我们在其中尖叫，玩各种现场临时想出的游戏，和那屋里的那根细微的时间界限互不侵犯。然后在天黑前翻墙出去，各自回家。

我亦曾和那些玩伴，在那些腔肠般的巷弄里转悠，时而走过一幢公寓，或一排低矮围篱陋屋，甚或一间违建……他们会指着其中一个门牌或一扇阁楼天窗，无限神秘地附耳相告：那是杨素敏的家……那是卢归真的家……

而这些杨素敏卢归真，通常是班上长得最靓功课最好最得老师宠爱且从来不用眼角看你们这些厨余渣滓一眼的完美女孩。

　　我和那些玩伴，睁着眼流着口水窥看着这些公主的房子——它们总是超出我想象的高级豪华，或是超出我想象的贫穷破烂——我总无法想象这些美丽的女孩，在那些房子里，是怎样地在生活？

　　后来我便离开了那我从小居住其中的巷弄，我从未戏剧性地在许多年后遇见那些有美丽名字的女孩长大以后的样子。也许便在某一个我不在场的午后，几辆黑头车钻进了那条我自幼熟悉极了的巷弄，它们痛苦至极地和巷弄里迎面而来的其他车辆会车、下车争吵、道歉……然后，如许遥远地，在那个杨素敏或卢归真或谁谁谁家的门口，烟花蓬飞地放起一串鞭炮。然后门打开，有个媒人婆撑把伞，伞下站着一身新娘白纱，脸上白粉眼影假睫毛哭得一团稀烂的杨素敏卢归真或某某某……

　　还有我姐姐。

　　可惜我始终不在现场。

夜车

事实上，从更早之前的段落，我便一直抓耳挠腮地想把这个"他"，从那班不断朝南部疾驶的火车上给揪下来。

他听着邻座的男人在讲大哥大。

男人正在愤切地叱骂他的妻子，"你知道我一个晚上打了几通电话吗？为了找你？"

四十几通吧？他在心里默默想着。这是一班南下的夜快车，火车车厢内的银色日光灯使你以为自己是坐在光里穿越黑暗的旷野。他记得自己几次在颠荡中迷迷糊糊睡去，又流着口涎醒来，发现男人都在单调地用电话找一个叫谢小姐的人，而且一直都打错。"喂，谢小姐吗。噢，对不起。"整个车厢内全是男人固执又孤单的短句。喂，对不起，请问是谢小姐吗？呀那我打错了。中间他还向男人道歉起身穿过车厢，到盥洗小间歪歪扭扭对那金属马桶里里外外乱撒一泡尿，然后灌着强风在车门边抽一根烟，才回到座位。

"一百多通，"男人告诉他的妻子，"我不记得谢小姐的电话，前四码没问题嘛，后面四码，我记得好像是七四〇五还是九七〇四之类的，我就他妈的拆数字一通一通打，排列组合嘛，这几个数字颠来倒去，打了一百多通才找着她……"

他这时突然也想拿出怀里的大哥大打个电话给老朱。但那实在太像在向隔壁的家伙示威或抗议什么的。之前在车站他打过电话给老朱，老朱也是用手机接的。老朱好像正在一摊自己兄弟的办桌婚礼散摊边缘的酒阵上，所以收讯不是很清楚，"你在哪里？"老朱醉醺醺地吼着，他告诉他自己在台北车站。

台北车站？在广播着鼻塞女人的火车进站时刻的紊乱背景声音里，磨石圆柱旁蹲着卖青箭口香糖的残疾者。有两个戴着白色钢盔的宪兵直着身子，故意把靴底铁跟撞着磨石地板走过，众人纷纷让开。一旁变压器坏掉，所以白胶压克力壳写着"贩卖部"三个红字的招牌一闪一闪，白天吊满八卦杂志和各种纵贯道上所有你没听过名称的饼干和铁罐饮料，现在被拉下的铁门禁闭着。隔着两道木栅门，你就可以看见火车如梦似的停在露天的月台旁，深蓝色的车身刷了一道又亮又直的白漆，还有白漆写着它阿拉伯数字杂着英文字母的番号。

是啊。隔着那一道木栅栏，穿着制服的老收票员坐在高脚椅上给穿过票口的人票上打孔。仿佛栅栏那边的水泥月台是另一个时间的界域。就像他猛然抬头望见这车站的水泥拱顶像一座老歌剧院有两层楼的包厢栏杆，还有那座嵌在壁顶的亚米茄大圆钟，钟面的纸背都已发黄，指针的每一次脉搏般的挪动都让他险险落泪。

他总怀疑他是在穿梭过那木栅栏的票口时搞错了时间的。

男人收了电话，好像心情非常松快地朝他微笑点头。他只好也礼貌地笑着说："找着了？"

"是啊。"男人说。原来男人的妻睡昏了，他打了至少二十通（每一通且响了上百次）都没人接。男人想是不是出什么事？把所有可能的电话都打遍了，结果没有半个人知道他老婆的下落。后来男人灵机一动，遂想起试试看打给住他们楼上的谢小姐。这谢小姐从前是做三温暖指压按摩的，他们常常半夜被楼上的麻将声酒客喧闹声吵得睡不着，而上楼按电铃抗议。所以他想可以打电话给谢小姐，拜托她下楼去按他家门铃看是不是出了什么事。问题是他记不全那谢小姐电话的后四码……"所以说排列组合这玩意儿……"他附和着。觉得他们乱像两个多年后相遇的高中同学。

他曾经和老朱乘夜车逃亡。穿着卡其制服戴着大盘帽。其实不过就是他干总务却把班费全给污了，是一个叫吴国桢的小胖子摆的道。后来他知道曾经有一个省主席也叫吴国桢的。据说还是个清廉刚正官声不错的人。教官问他钱花到哪去了？他说："不知道。"其实他的钱全给了隔壁班的蔡，他其实也不记得蔡拿这笔钱干什么去了。蔡是本省挂[1]的一个小个子，戴一副变色墨镜穿一套水泥白的定做制服控叭喇裤。蔡曾跟他调过几次钱，他记得有一次说是要去人珠，一次说是要带他"华艺"[2]的那个小马子去堕胎。

这事其实不干老朱的事，但老朱还是很够意思地陪他跑路。他们还煞有其事地坐公车到松山站搭车，好像大人们会真的重视他们到动员人马去台北车站包抄他们似的。

1　本省挂：台湾黑社会的称呼，按成员籍贯分为本省挂和外省帮。
2　"华艺"：即著名的华冈艺术学校，台湾演艺圈众多明星的母校。

不过那真是一场逃亡。车过台北站时他们把大盘帽檐压得低低的，火车喀喇喀喇穿过淡水河铁桥时，他和老朱互相不看对方其实两人都哭了。他们照着计划到斗南找蔡的把兄弟，一个叫阿猴的家伙。结果车才过新竹，列车长就来问了：你们两个是要去哪里啊？票给我看看。原来他们买的是慢车票，每一站都停，车还在北台湾，天就黑了。你们这样到斗南，已经是明天早上了，列车长问他们：你们是要去南部干什么？

　　结果两个草木皆兵的逃亡者在苗栗便仓皇下车，并在火车站附近一间廉价小旅舍赖了一宿。这么多年了，他犹记得那次他们在逃亡中途逃离那辆轨道上继续南下的慢车，是在苗栗这个城市停留，主要因为老朱在旅馆内穷极无聊，将小房间里那壶红色硬塑胶壳水银保温瓶里的茶水，换成马桶里的尿水，诳他用黑松沙士小玻璃杯喝了一嘴臊腥。

　　什么都在过去，他突然觉得在车体晃动中，可以清楚看见窗外月台遮篷上了沥青的木头支梁，盖着铁丝网的垃圾桶，还有那在逐渐加速中较快晃过去的长条木椅。他突然发现这无人上下无人离去到达的无人月台竟挥霍地曝置在一整片辉煌的强光里。突然他口袋里的大哥大响了起来，他和身旁的男人都惊跳起来。他开了机，是他的妻打来的。

　　"现在到哪里了？"他的妻问他。

　　"不知道，"他小声地说，邻座的男人摇摇颠颠地去车厢后拿纸杯盛水。"刚刚好像经过一站叫通霄的。"

　　"我知道那里，"他的妻兴奋地说，"那是一个海水浴场嘛，你信不信？我去过那里耶。"

怎么会？他心里想。怎么可能？他的妻曾告诉过他，从小到大，她坐过的火车次数，怕没超过三次，他的妻是澎湖人，高中时才随全家搬来台北。她曾笑称自己坐过飞机的次数远超过火车，进出登机门验身磁门从容自若的她，在埋入地底标着1234的月台，反而惊慌失措分不清南下北上的方向。

怎么可能那么罕少的乘车经验，其中恰有一次便是我刚刚才错身瞥见站名的偏僻小镇呢？

他告诉他的妻他已经和老朱联络过了，他的妻在电话那头很兴奋地叫了一声，那他答应了没？他觉得全车厢的人都在听他们说话，遂压低声音说，我还没跟他提，他喝醉了，而且电话里也不方便说什么。反正我让他知道我要下去找他，我想见了面再说也不迟。

他的妻似乎非常失望，"我很害怕。"她说。

后来他们收了线。过了许久他才发现自己直着眼瞪着窗外，他在等着下一站的月台靠站，他想看清楚站名。年轻的时候，怎么样也想不到自己有一天会娶一个只坐过三次火车的女人吧？

他曾告诉他的妻，从前有一次他搭火车南下，到站时月台上有一支铜管乐队在月台上吹奏着莫扎特的协奏曲。他记得火车进站的气塞声，以及车窗视角由那支乐队后方缓缓移至前方而停住的镜头。月台两侧停泊的火车从各个车门吐出大批的人潮。像慢镜头运镜那样，他夹在人群里好奇地看着乐队里的法国号手、小喇叭手、伸缩号手、单簧管手……每个人都鼓着腮帮用力吹着……他的妻不相信他的描述，而他也确实想不起自己是何时曾经在这个画面中踩进这样一个月台。

是去成功岭[1]受训的那次吧……此刻他突然想起那个像看着装置艺术或街头剧场一样愣愣盯着月台上一群吹奏铜管、穿着华丽制服家伙的午后，那个自己，是剃着三分头和一大群提着旅行袋的愣头青一起，心不在焉又惶惑地顺着人群拥挤，莫名其妙地经过那支乐队。

他突然很想拨个电话告诉妻，他想起来了，关于他说过的那个有一支铜管乐队在演奏的月台，他想起来是他去成功岭受训的那个暑假看见的……

他复想起他曾经轧过的一个女人，不记得是在妻之前或之后了。

那个女人高中是念北一女的，他记得当时他是当做一个笑话说自己是个衰人，在他生命的过程会不止一次灾难性地有人横死在他脚边。他说一次是他在一间四星饭店旁的公车站等车，突然有两个工人从天而降，一个摔爆在马路中央，一个一步之遥把他身边一个同校的男生给活活砸死。原来是擦窗户工人的悬索断了，两个七十公斤的男人从十四楼的高空像大鸟坠下……他还有一次在板桥的通勤列车已开动时攀

1　成功岭：位于台中市，是台湾新兵训练与大专学生集训的地方。由于台湾地区多年来实行义务兵役制，"成功岭受训"便成为多数男性的共同回忆。

　　　　　　　　　　　　　　　　月球姓氏

住车门把手硬吊上车，结果身后一个亦是赶迟到的女生在他之后环臂吊在更外面，他觉得那女生像赶逃难潮似的一手死命抓住他的书包背带。他说："让一让。"但车门内挤满了学生，他完全无法再往里多蹭一分。没多久那女生便松手掉下去了。大约是掉进列车和月台的间缝……

不想女人听了之后非常激动，女人说她高中时也曾一次从通勤列车的门把边被一个男校学生硬挤下来。她还让他看从发旋拉到后脑的一道疤口。她说她失足摔下时，感觉身体被一种无法形容的力给拗折塞进水泥月台和电车踏板之间（奇怪的是她完全没有车轮或机械从脸旁辗过之印象）。她应该满头是血吧？而且她穿着裙子，怎么好像无论如何都无法自那低陷下去的铁轨爬回月台上。只听见上方一些人气急败坏地大喊：

"哎啊，那里有一个北一女的跳月台自杀哟！"

他记得那次他和老朱始终没有到达"斗南"这个地方。他们甚至从头到尾都没找到那个蔡介绍的叫阿猴的人。

他们在苗栗那间小旅馆醒来的第二天早上，惊恐地发现他们的钱（他们的"走路费"），扣除掉旅馆的房费以及逃亡第一晚郁卒苦闷而忍不住开冰箱干掉的那几瓶贵得叫人咋舌的啤酒钱，剩下的余款完全不够他们继续坐车南下斗南了。于是老朱想起他认识一个笔友住在竹南，老朱和那个女孩从未见过面，只记得她的电话。老朱有一本电话簿，上头记满各路从冰宫、咖啡屋或是少女杂志后面征友广告认识的女孩们的姓名和电话。他一直看不起老朱这一点，没想到有一天是靠着这本电话簿救了他们一命。

即使他们两人前一晚发誓他妈再也不坐这种每一站都停的鸡巴慢车了，剩下的钱仍只够他和老朱再搭着普通车慢慢往北晃……他记得由于火车山线和海线的不同，他们是先坐到新竹再换通勤电车到竹南……

（关于那次逃亡的印象，他怎么就只记得两个人在这条封闭的纵贯线上，凭借着一种非常缓慢移动的车厢载体，南南北北地跑来跑去，却怎么想法挪近也到达不了原先逃亡想投奔的地方……）

他便在这快速在夜间疾驶却仍嫌慢的夜特快上，突然想起近二十年前老朱那个笔友，那个曾在那段无趣至极的逃亡之旅中，资助他们一笔举足轻重的逃亡费的女孩。

……是个好平凡的女孩哪……

他不知怎么竟在此刻，无比清晰地想起女孩的那张脸。圆圆的鼻头、戴着一副粉红框眼镜，是那种即使你跟她同学三年，也无法叫出名字的平凡女孩。她穿着制服，骑着一辆速克达把钱送到他们约定的竹南街上的一间彰化银行门口。说是一放学回家就接到老朱的电话，很爽快地问他们两千块够不够（开玩笑，那是多少年前的两千块）？还亏了老朱一下说喔，偷翘家哦。

老朱的尴尬鸡巴相大约也唤起女孩对自己外貌的自惭，

他们三个就僵在那儿没话可说。他拼命在一旁抽烟装出一副屌样，老朱竟然说出"这钱我一定会还你"的懒教话。不过女孩走了之后，老朱也不得不承认，女孩丑归丑（他们是第一次碰面），却他妈真是上道。

这时他口袋里的大哥大又响了，身旁的男人似笑非笑地看他一眼。他想该当又是他的妻打来的，他想着刚才不正想起有件什么事要告诉她，这下突然又想不起是哪件事了。

喂。他说。

结果是老朱。电话那边的杂音很多。老朱说喂不好意思我他妈我睡死了，还做了梦，梦里突然想起你好像有挂电话过来，还叽哩呱啦跟我说了一堆话，妈的我就硬生生给吓醒了。

他告诉老朱他正要下去找他。老朱的声音沉了下去。你现在在哪儿？他知道老朱铁定在黑里床头柜摸烟盒。

火车上。他说。不晓得在哪儿，可能快到彰化了吧。

老朱那边突然没了声音。喂？他说。喂？喂？

欸。老朱说。你别来。

什么？他说。老朱我出事了呢。他说。

这时他突然无比清楚地想起他原先想告诉他妻子的是什么事，不就是月台上的那一支铜管乐队吗？他心里想：老朱我刚刚还正在想着我们当年那次逃亡呢。他们在出亡时互相立下毒咒，任何一人不得先提回家这话。后来还是老朱在不记得哪一晚的旅馆里又哭又闹，因为他们偷打电话回去老朱家，老朱他妹说老朱他妈伤心过度，每天自言自语在街上唤老朱的名。于是他俩就这样灰头土脸地回去了。他记得那天到台北时是凌晨三四点，老朱他妈和他母亲两个女人站在黑里的烧饼油条豆浆店门前等他们。他一看见他母亲就哭了，他母亲有点被这过度的演出弄得尴尬起来，讪讪地说，回来就好。倒是老朱一脸漠漠的赌烂[1]相，而老朱他妈却一把鼻涕一把眼泪的。在电话里他也曾要老朱问老朱他妹那他家里那边怎么样，老朱他妹说好像还好。

后来他心里便想，老朱毕竟是人家的独生子，便非常痛悔当时不该拉着老朱作伴，弄得这样鸡飞狗跳的，早知道他自己落跑就好。

老朱说，真的，你别下来，算我求你这次。

他说朱由检我操你妈鸡巴，你先说了我刚刚在台北车站就省了这班车的车票钱了。Fuck！便把电话切了。

Fuck。他过了许久仍然发现自己在咬牙切齿地低声咆哮着这个上腔气声齿塞读音。"Fuck！"他说。座位旁边的男人呼噜呼噜地笑了起来。

"干嘛呢？"那家伙说，"跟女人这样生气？"

他本来想堵回去说：是个男的。但他只是敷衍地露齿一笑又负气地瞪着车窗外。这时车外已是一片彻底漆黑，所以他反倒是背着身旁男人而面朝一面镜子那样的荒谬情状了。车窗里可以清楚地看见灯火灿烂的车厢内的一切。

1　赌烂：闽南语，不爽。

　　　　　　　　　　　　　　　月球姓氏

"不就是个电话吗？"男人说。是。他听见自己这样回答。

事实上，从更早之前的段落，我便一直抓耳挠腮地想把这个"他"，从那班不断朝南部疾驶的火车上给揪下来。我想让"他"中途下车，困在一个破旧颓敝的车站里，月台上的日光灯管坏了，光源周而复始吊人胃口像是终于要真的亮了喔那样眨着眨着，可就一直那样眨着，我想象着"他"困惑地坐在月台棚柱脚的水泥墩上，安静地抽着烟。"他"的右眼不自觉地眨着，嘴角也略朝右上角斜。因为"他"想起那次和老朱逃亡，他们始终没有见着蔡介绍的阿猴。阿猴像是一个娴熟于处理南北纵贯线上各路朋友托寄转匿逃亡者们的老手。电话里责备他们不是说好昨晚就下来吗？他们惭愧地说坐到苗栗先过了一夜，后来车钱不够又往北去竹南找一个朋友周转。阿猴说可我今天没法待在斗南，这样好了，你们在火车站对面的客运站，有一班朴子到北港的车，你们给它买到北港。我有一个朋友叫哲生的，我会叫他去北港车站等你们……"他"想起那个哲生用"机车三贴"把他们载回自己家。在客厅一张十人抱巨大树根盘成的桌上泡茶，递烟敬槟榔，然后哇啦哇啦一口北港腔闽南语问他们台北今嘛是否流行沈文程[1]？有个叫洪荣宏的少年仔他很喜欢他的歌。他的话十句他们有八句听没有。这个哲生的右半脸似乎颜面神经伤残，讲话右眼

<hr>

1　沈文程：台湾八十年代著名闽南语歌手、主持人。

会不自主地眨一下。他们聊着聊着，"他"发现老朱和自己，不晓得是逞义气还是一种对陌生地盘的夸饰伪装，他们两个竟然和哲生一样，讲话讲讲便眨了右眼一下，右嘴角还轻微上扬痉挛……

我想象着有这样一处月台，月台的两侧各有一条南下和北上的铁轨。两条铁轨上恰好各自停放着一辆刚进站反方向的列车。"他"自南下的这一班列车上气急败坏地下车，三五步穿过狭长水泥地的月台，攀上北上的那班列车。"他"打算直接折返台北。

这时有另一个男人从"他"一上去的那班列车下来，和"他"错身而过，面无表情地登上"他"刚刚搭乘的南下列车。且恰好坐进他刚刚空起的那个位子，旁边坐着那个偷听"他"讲电话的男人。

两班列车灯火辉煌地停住在月台的两侧，在它们各自启动前，整个月台被这两列灯光照得恍如白昼。

那个和"他"错身而过，颠倒南北交换列车的男人，正是我爸爸。

"不就是个电话吗？"身旁的男人说。

我爸没搭理他。那时我爸心中在盘算着事情。我爸想：现在我手中有一张往台北的车票，可是我却在中途跳上了一班往南开的列车。我爸在忧虑着查票员的事。

我脑海里关于我父亲的形象，是个圆墩墩的老胖子，他理着个老兵平头——我父亲年轻时得过一场疟疾，差点挂了，痊愈后便成了个秃子——反倒他老了以后理了平头，那一小茎小茎的白发根撒满头顶，这样看倒不显得秃了。他跛着一脚坏损变形的膝盖，一脸是老人家横了心撒番胡捣的表情。

如果是这样的我父亲被查票员逮着，人家肯定拿他没辙。可惜这时坐在那个想搭讪的男人身边的我父亲年不满四十，比我现在大不了几岁。他原该坐月台另一边那辆火车北上的，我娘和刚出生不久的我哥还在家里等着他。我爸在阴暗地算计着待会要如何哄骗查票员时，完全没有想起大龙峒保安宫后面巷子，那间不到十坪大，一只倒盖的竹篾篓子上面铺满我哥尿布下面用煤炉烘得满室尿臭的屋子。

这么多年来，我一直想问我父亲：为何那个晚上，他会莫名其妙地在路线的中间，突发奇想地起身跑去反方向的另一列火车上？如同有一天他不在了而我仍得替他回答的问题："为何我们在这儿？""为何他当初会没头没脑地离家？""为何他那时要跟着国民党？"我得这样帮他说话："因为那真的是个乱世。""因为那是一个只有几种信仰可以选择的时代。""因为他运气不好（他一辈子如此），他买了往北的车票，却搭错了方向。""因为他害怕。""因为他得把箱子交给另一个人。""因为他被人盯梢了。"

也许父亲会这样回答："我只是为了另一个女人。"

这时火车停了下来。

车厢内原先睡死的人们此起彼落地醒过来。他们好奇地把脸颊贴挤在厚玻璃窗往外望。有人按下铝窗两侧的卡夹，把笨重的窗子往上推，然后把头探出去。

怎么了？

怎么回事？

大概是会车，等一会儿就好吧？

他妈的怎么停在这种鬼地方。

火车像快进站那样减速，发出拉气阀刹车的尖啸，然后像牙齿打颤那样抖动地停下。从我父亲那个窗口望出去，他们这一节车厢，恰正停在一个平交道的中央。车上的人们，突然处于一个非常怪异的被展示的位置。他们尴尬地坐在白光明曜的车厢里，假装不理会窗外那些栅栏外被堵住的人车，还有那些人车发出的赌烂咒骂声和揿喇叭声。

我父亲心中一片雪亮。一如他的儿子几十年后重复遇到的状况：一架开着门的电梯，灯光下里头影影幢幢的一些脸，门口那个善意地按着"OPEN"开关不放，待你满头大汗一边道谢一边冲进电梯，突然哗一声电梯坏了……

同事小心保养的新车偏偏载我时硬就给人拦腰撞上；像中邪一样，不可计数的那些犹咒骂叫了快一个钟点的瓦斯为何还未送到，一开车张望发现后座绑着两个灰漆钢瓶的机车栽倒在巷口，满地后车灯罩塑胶壳碎片和一只鞋子（不知为何总是一只），送瓦斯的早被人不知送到哪去了……

我父亲那时叹了口气，突然发现车窗外贴着玻璃，一个怕不满五岁的男孩，一手捏着鼻头往下扯，另一手绕过这被拉长的鼻头，叉着食指和拇指把两眼和颧骨间的肉朝上挤。

我父亲说这在他老家叫做"扮狐狸"。说着他还依法扮了一下给我看，真他妈还挺像一只狐狸的。

我父亲便在那样一个他偶然下决心的夜里，跳上一班往他本来路线反方向驶的火车（他口袋里的车票打的终点站名是这班车的起站），且由于他疑心但未经证实的某种家族遗传的晦气，他和这整辆火车被困在一处平交道上，窗外鬼魅般地漂浮着一张装作狐狸的孩童的脸（我父亲说从他逃到台湾之后，便从未见过孩子们玩这种他儿时在家乡十分普遍的把戏）。

这时从远一点的车厢，有人吹着哨子，由远而近地跑来，然后到他们上一个车厢，隐隐约约听到有人在吼叫些什么，最后是一个穿着制服的男人，气喘吁吁地推开他们这一节车厢的前门，"这辆车不再往前了，机关车坏了。"

咒骂声哄地一下炸开。

什么玩意儿？

我他妈打从娘胎第一次听到，坐火车会遇上半路故障的。

喂我们赶时间耶呢怎么办？

那个制服男人头也没回地跑过这节车厢，打开和下一节接着厕所的那扇门，只撂下一句话：

"要嘛就待在车上等下一站发机关车来拖，要嘛就下车自己走去上一站去换车。"

许多年后，我父亲盯着电视上的大哥大广告，摇头晃脑地告诉我们，他早在四十年前，就在一列火车上，见过这种不用连着电话线，可以随处带着跑的电话了。我们全认为他在胡扯。"您说的是无线电吧，爸？"我想象着我父亲他好不容易挤上一列逃难人潮像被甩落水蛭般的火车，气喘吁吁惊魂未定，旁边一个落了单的通信兵，从背后卸下一座半人高的大铁盒，上头插满了红色黑色的电线，那个兵焦急地摇着铁盒上的一个陀盘儿，摇了几下，就对着一个电线连着的像挂表似的小圆东西讲话："这是幺拐洞，这是幺拐洞，呼叫团部，往鹰潭的铁桥被炸了，过不去了……"

这样的场景。

我父亲说才不是。放屁。我父亲说：就是电视上那些小小的，贴在耳边说话的玩意儿。他早在三十年前（他之前说是四十年前）就见过了，他是在一辆抛锚的火车上（他没说就是他突发奇想往反方向的列车跳上去的那晚），列车长（本来要来查票的）告诉他们稍安勿躁，安静坐在车上等上站调另一个火车头过来。

我父亲说，等着等着，坐他身旁的一个男人，突然从身上那个口袋摸出一个娘们巴掌大小的黑盒子，他心里还想："好大家伙的打火机，真土。"不想那家伙竟就对着那玩意儿讲起话来。内容可能是告诉他妻子，他老兄搭的火车在半路故障了，他怕不能准时到家了，并还说了一些肉麻的话安慰他的妻子。

我父亲那时心里还想：这怕是个喜欢一人饰两角，分串男女自说自话的疯子吧？

钟面

在我父亲的脑袋里，其实最后塞的是几只各自设定了不同时间的钟。你如果如我娘一样深谙其中的奥秘的话，就可以自由无比地，像用鼠标叫档案一样地任意切换我父亲的这一生。

父亲说："你阿姨那个三八，你晓得吧，那个时候她得那个富贵手，我听人家说有一种偏方，就是拿死人的尸衣啊，烧成灰，然后拌在药膏里抹她的手，结果我大半夜里，跑到三张犁的坟墓里，去挖那个死人坟墓。就为着这个大小姐。不是个东西！在哈密街的时候，我还替她们洗内衣咧，洗你妈妈的、洗她的、洗阿嬷的……她大小姐还跑来教训起我说，姐夫你衣服不要每次没拧干就晾上去，滴滴答答地滴水……"

我很诧异父亲会在这个年纪，还愤怨地记得那么多年前的一些细节，父亲在说这些话的时候，像一个老太太。在夹评夹议的咒骂里，他常常扮演，进入那个他忿忿嘲诮的对象。

我父亲说，我阿姨在嫁给现在的姨丈之前，曾经跟过一个男的，"那时经过我和你妈妈的事，阿嬷也比较不管这些婚事的事，奇怪也没再提入赘那话。"我阿嬷当初极反对我妈嫁给我爸，因为都说外省人打死台湾人。且我妈和阿姨皆是养女，当初本就是要留待招赘传香灰的。我妈从小单薄听话，不料在跟我爸这件事上，她超乎阿嬷想象地刚强和残忍。说还和阿嬷冷战了一整年。

后来是我爸和我妈到处找寺庙请签掷筊，上签留着，下签丢掉。把签诗一叠交给阿嬷，等于也是给老太太一个台阶下。后来是阿嬷冷笑说："人家都说伊在那边有某有子，好好给你招你不要，将来过去给人作小才是报应。"算是松了口。

　　所以我小时候总有一蒙昧华丽的印象，即是每逢过年，大约初七初八，我妈便带着我哥我姐和我，用白兰洗衣粉的塑胶袋，装着海苔咸饼、孔雀饼干、麻糍和水果香烛，浩浩荡荡组成"拜拜列车"。先搭二一四到荣星花园殡仪馆对面的恩主公，穿过地下道的时候总有一些测字摊老头铺着画了卦符的棋纸卧在走道两旁，白莹莹的日光灯下和那些残肢乞讨者一样，比庙里正殿上的神佛雕像更像蜡像馆的橱窗。

　　我妈总在去取香洗盘子放供果时，要我们去排队，有一些穿着青灰道袍的老太太会在队伍的尽头，持香在你的头上、肩膀像挥空草书那样挥舞比画。我记得我总以为配享在关公两侧的一个黑脸一个白面的副神是张飞和刘备，直到很多年后才知是周仓和关平。

　　然后换〇北路公车到大龙峒，除了拜正殿的保生大帝，再就是拜后殿的神农大帝，我父亲曾说骆姓这一支是炎帝之后，所以拜那个黑头长得半像雷公半像山鬼的药王，有慎终祭祖的意思。我记得我总是为我妈分给我的那一大把香，该分别插进主殿副殿各个神龛里诸家仙佛的香炉里的公平分配问题给弄得焦躁不已。正殿保生大帝三支，朝庙门拜天公香炉三支，偏殿后殿各路神将仙师：西方三圣、黄将军、妈祖、孔圣、关帝、神农大帝，甚至这间庙的前辈住持牌位……一律两支，但往往到了围庙朝拜的尾声，譬如最后两殿的地藏王（我儿时总以为是拜唐三藏）和注生娘娘，香便只剩一支不够分配或根本用罄，我总是隐隐地恐怖着，因母亲一开始没算好数目而造成的疏漏，让我年复一年地得罪着这两尊神祇。虽然以我那个年纪的想象力，完全不能理解祂们所司辖的功能性神力。最后是搭三十八路到万华龙山寺，这时我们往往已累得东倒西歪口出怨言了，但我妈仍是坚毅虔诚地率领我们，一个神龛一个神龛地拜去，南无观世音菩萨、无极圣母妈祖娘、水仙尊王、城隍爷、文昌帝君（我们且埋怨为何连文昌帝君旁的那头白驴子也要拜），每一年重复的戏码是要我们跑去那尊雷公嘴翻云带脚踢砚斗手执金笔的文魁星的玻璃柜旁，故意站在祂那支笔指的方向，说古时候被那笔点过，便能花榜中举。我们总在日本观光客和那些哀愁着脸虔诚颂祷的香客间嬉哗穿闹，和那些各有来头、装束华丽的神祇汗湿湿地挤在烟雾里。

后来才知道这几间庙是当初许了上上签的。

这些庙宇的神仙，是庇佑着我们这一家族的一长串名单。

父亲说："所以到了你阿姨，人是她自己挑的喽……"

结果嫁过去三个月，哭哭啼啼地跑回来，还有了身孕。没几天，那男的找了一伙人，硬说阿姨是偷了他家的钱才跑回来的。这时才弄清楚，那男的根本是个流氓。

"阿嬷哪见过这个阵仗，吓得脸都白了。你阿姨那个三八，人家摆明了是来找麻烦的，她还躲在沙发后面，人家讲一句，她就在后面'哼'一句。"父亲居然学起年轻的阿姨那样翘颔瘪嘴甩头地哼了一声。

母亲在后座闭目养神，像是事不关己。阿姨和母亲是阿嬷从不同的人家抱来的，两人相貌脾性皆完全不像。

阿姨目大嘴阔嗓门大块头也侉，连对我们这些晚辈说话有时也颠三倒四得罪了人都不知。母亲则身子单薄看去文弱，但真正生气时只会嘿然冷笑，其实内里早恩断情绝。我在很小的时候，便知道母亲平时好脾气好说话，但谁要是得罪她时，看到她煞白了脸笑得怎甜，那就是玩完儿了。

我阿嬷有一次对我说："谁都说贵玉坏性情，其实只有我知，爱珠变面起来，佛祖来讲情拢无效。"

年轻时听父亲说这些母亲家族黯微断碎的往事总是诧异极了。像是黑影里金箔褪淡的神龛，上面供的母系这一支的神主们面容惨淡模糊。家里的供桌上，母亲这边供的是"周氏列祖列宗"，但母亲姓张，外婆也姓张。那外公呢？也姓张。小时候不解问母亲，家里无有一人姓周，为何每年每月每日奉茶烧香烧金纸祀这姓周的哩？

小孩子不要乱说！母亲厉声说。

但父亲每次像碎嘴婆娘坏掉唱盘重复播放着母亲这边，阿嬷或阿姨的不堪往事时，母亲总是缄默不语，没有一次为她们辩解。像是你阿嬷和阿公其实没有婚姻关系，他们只是同居人咧。父亲小声地说。母亲也是静默。

外公早死。生前是办桌师傅。本来一年周期如游牧民族逐水草而居；松山、大龙峒、三重埔、新庄、旧庄、艋舺……

各地的大拜拜日子不同，恰恰一轮游走替人办桌，下半年毋须工作也够活了。后来政府统一中元普渡，杜绝大拜拜奢靡风气。所有地方全在七月十五日那一天晚上办桌，你外公急死叹死多少分身也分不出去同时赶场松山大稻埕海霞城隍庙芝山岩各处万桌齐开哪。

外公一死，阿嬷去找了个镶牙师傅来家里，说要把我娘的门牙敲掉，换上两颗金牙。那时茶室的女人一咧嘴笑亮晃晃就是开门金。这话是听我娘说的，小时候我总半信半疑地盯着她淡然说这些事时开合的嘴。没有啊，是白色的正常的门牙啊。

那些氤氲渺远的往事。八七水灾[1]那次，父亲如何泅水载着阿嬷、阿姨，最后才背我娘，游到对面理发店的三楼屋顶。父亲那时赶几个学校专任兼职：北商、健行工专、静修、金瓯……薪水全部交给阿嬷。结果这老太婆全把钱给一个叫阿宝的干女儿骗光了。

"六年的薪水吔，那时候可以在延平北路买一整幢的楼房耶。"父亲心痛地重播。

那时住大龙峒，父亲和母亲给阿姨取了个绰号叫"分机"。说是木板隔间，十坪不到的房子。夜里父亲低声对母亲咆哮

1　八七水灾：指 1959 年 8 月 7 日至 8 月 9 日发生于台湾中南部的严重水患。因台风引发暴雨，单日降雨量高达 500 至 1000 厘米，为二战后台湾仅次于"九二一大地震"的重大灾难。

发怨言。隔天便见阿姨扶着脸色铁青的阿嬷，像慈禧太后那样坐在前厅椅寮仔上剪指甲，对不会讲河洛话的父亲不搭不理。后来猜是阿姨整晚隔墙偷听。

倒是短暂地我曾住阿嬷家的时光，听来的那些魔幻华丽的事情。我幼时好吮指，五个指头轮流塞进嘴里含得发白泡肿。抹辣椒万金油夹手指都没用。我父亲一见我吮手指就要上来打。我阿嬷说："注生娘娘许给每个婴仔三斤蜜，所以他们的手指是甜的。"梦呓呓语时，阿嬷说："是在跟床母沟通啦！"

那个年代，那样的画面，像默片一样播放着。因为和阿嬷住的时间最短，所以我至今无法如我哥哥姐姐以一口流利河洛话伪装成更靠近母系血裔一些。但我可以像迎着黄灯泡拉开黑色胶卷那样，看见不止一次，换乳牙时，我阿嬷虔敬严肃地领着我娘，而我娘牵着我，在无月的星夜里走出户外，将臭臭带着血丝的落齿朝朽木梁脊的屋顶扔上去。"紧大汉大富贵哟。"半放大小脚的阿嬷会这样念着。

或是六月初七南天门开，子时星夜无光害，前巷的保安宫戏班早早散了拆戏棚，我阿嬷会牵着我到巷尾许愿。指南方的天际云层，"看到莫？观音菩萨托塔天王吕洞宾还有玉皇大帝，大家拢出南天门来看戏。紧许愿，有愿必允。"

我阿嬷说我娘个儿这么小的时候（"比你搁细汉"），就懂得向南天门许愿，可不可以给我一个葫芦？我想要什么愿望就可以从那葫芦里变出来。

　　　　　　　　　　　　　　　　　　　月球姓氏

所以我总记得我似乎真正曾经在某一个贪欢恨短的暂停时刻里，亲眼看见过天际边界某种类似门正开启的意象景观。那顶端霞光万丈，殿阁重重。有髻云高簇的散花天女，有脸若金箔似瞋还笑的观音菩萨，有鲜衣怒冠执戟拘犬的二郎神，有金盔银甲叫人神摇意夺的天兵神将。我记得在我还是一个小孩子的时候，便与这些披霞戴翠，像穿着璀璨戏服的祂们眼瞪着眼打过照面了。祂们在阴云暝晦的天际向我炫耀着活生生的华丽景观。那与我在困乏疲惫中跟着我母亲，一间庙一间庙赶场拜拜所见，玻璃橱柜里的泥塑木雕绝对不同。

　　所以当我初次听见妻的澎湖族人黯着脸低声说妻的阿公升天被派去淮阴当土地公，我总没有很大的惊诧或荒诞之感，我总相信着冥冥之中有某种东西在播弄着我父亲这一族的迁移，我母系这一支的迁移，乃至妻的父亲与母亲各自远祖的迁移。我总记得我父亲郁卒蜗居我阿嬷和我娘我阿姨大龙峒那间不到七坪的土搭烂违建时，每日必到巷口的保安宫去拜后殿的神农大帝，我父亲考证出我们骆姓这一支是炎帝的后裔。我父亲且说我们是三国时吴国孙权手下一个叫骆统的后代，后来我玩电脑game三国志时，曾用过这名武将，电脑上他的照片是一个留两撇八字胡的瘦子，看上去不很有才气或雄图霸略的样子，武力智谋魅力各项数值皆很低。我会是这种货色的后代吗？但我父亲说骆统曾为无为县令，有战功，且官声清廉，民爱戴之。这样的系谱是无论如何都可以牵上环扣的。我甚至相信冥冥中我父亲口中那像只大鸟一样孤儿寡母趁夜逃离二房三房迫害，避往南京的外太祖母；正是兄弟仨赌输了上百亩家产，亦从安徽无为逃往南京江心洲的祖父；最终是我父亲孤身漂流来到这座岛屿；必然在一来一往闷头疾行各自找出路的迁徙地图上，曾和妻的阿公亡魂将往上任以土地公官衔辖之的淮阴一地，有一空间上缠绵勾上的神秘关联。我亦曾怀疑因祖系单薄凋零而上溯时支离破碎的阿嬷的几代前的先祖，曾有一支母系是后来匿隐进汉人社族的平埔族。但她们的线索，被后来这几辈讳隐缄默的过继养女的怪异风俗给错置得柔肠寸断。妻亦怀疑她母亲那支（澎湖东文里）家族，从外公、大舅、我岳母到妻与家里几个表兄姐妹们，皮肤白皙鼻梁高挺双眼皮深刻而睫毛翘翻，乃更早数代前混有荷兰人之血统。

　　我不知道血姻的繁错实验和历代断代里族群的大规模迁移有怎样的隐匿关系。但在我看不见的横暴之、诱骗之、吹唢呐捶锣迎娶之，或比手画脚口音不对盘而仍洞房花烛夜之，各种繁枝错杂华丽又认命的生殖舞戏，像大指绊缠各种花绳神乎其技的花式编结，从第一个人开始离乡背井，到我的阳具，终于安暇允妥地被含进妻的濡湿之穴，这一整段像Discovery频道播放的迁移史诗，才在荧幕上真正取消了"静音"键，从困惑的无声中开始我说这故事该有的腔口。

　　但事实不尽如此。

　　父亲的跳针唱盘播放到我阿嬷、我阿姨她们当年种种之不堪时，我母亲总是闭目不语，恍若不闻。

我父亲消失了许多年之后，我母亲有一次半夸耀半怅惘地告诉我："你爸爸的脑袋里啊，有几只钟，你按键给他按下去，它就自己滴答滴答地走起来了。"

我娘的这段话，我又隔了许多年，开始穿花拨雾钻进我父亲时间的精巧刻度之间时，才稍有体认。

我娘的意思是，我父亲走了近八十岁的这一生，在他内心那个我们想当然耳以为仍在持续弥缝整合，在疾徐远近的记忆图档内精雕细琢着"他"（我父亲这个人）的完整时间景观，其实不是如我们想象的那样，仍是大大小小齿轮精准地衔接焊合着某种复合记忆。比较贴近真相的景观是：我父亲最后那几年的记忆世界，像是一座庞大的工厂废墟。某些锅炉仍悲鸣地孤单燃烧，某些瓦斯槽里仍储蓄所剩不多的沼气，但大部分的机组早已停止运作，甚至厂房外缘的消防或保全防窃系统早就被人拔走变卖了。空荡荡的屋舍里，有一些无关紧要的野狗在晃来晃去。

我娘的意思是，在我父亲的脑袋里，其实最后塞的是几只各自设定了不同时间的钟，它们急缓快慢各自滴答滴答地走着。你无意（或有意）碰了哪一只钟的按键，我父亲就会极单纯而机械地进入那只钟的有效时间逻辑里。

就我所知的，他逃离江心洲那段冒险历程是一只钟。和我母亲的恋情是一只钟。在大龙峒和我阿嬷阿姨一起郁卒生活了六年的那段回忆是一只钟。祖父过世他十四岁那年开始跟着大伯父杀猪的苦难青春期是一只钟。他一九四九年来到岛上一直到八十年代初收到大陆大哥来信说，祖母早在一九七〇年洗衣时摔倒在自家门前水沟里过世，而我大妈（他日记里痛苦思念的"若珊"）根本在他逃离的当年就扔下我大哥大姐，和洲上一个独眼的低阶共干再婚了，这是一只钟。

另外还有一些诸如朱建东叔叔或赵建云伯伯（这些人如今皆已过世）年轻时，谁谁谁借了他多少钱结婚，谁谁谁当初缺钱，他当时当了帕尼斯的金笔或手表给他们，这些琐碎事件的小钟。这些大大小小的钟各不相干，自成圆周地在我父亲晚年孤寂的内心世界里热闹地滴答走着。那绝不是一个交响乐团，而是一个熟悉各种只属于他自己技艺的乐器的老人，他演奏二胡时，大键琴和锣钹就得放在一边。你如果如我娘一样深谙其中的奥秘的话，就可以自由无比地，像用鼠标叫档案一样地任意切换我父亲的这一生。

滴答滴答。

我父亲说："那男的找了一伙人来，硬说阿姨偷了他家的钱才跑回来了。作孽啊，其实你阿姨那时肚子里已经怀了那个男人的孩子了。已经吃亏了你知道吧儿子。她还三八，躲在沙发后面，人家前面说一句，她就在后面'哼'一句。好像还神头鬼脸的咧！你阿嬷平常凶得很噢，你别看她现在老太太吃斋念佛的，那时住哈密街啊，她杀那个白鼻心[1]来吃喔，吃得满嘴血——那次她也吓得不敢说话了。她哪见过这些阵仗哇。对方七横八竖一些耍流氓的人。我看看我不出来不行了。我就说这个黄先生，本来我们还像是连襟的，我呢——我告诉他我的来头，我说我是台北学苑总干事，那个谁谁谁和谁谁都是我的好朋友。那个时候'警备总部'跟我们青年党部根本是内线直通的嘛，一个电话马上就来抓人了。耍流氓，让你乖乖送管训。我当然没讲这么强势。不过对方很明显听了我的来头，也就怯了。他就说，好啦，那现在我看你的面子，你说该怎么办？我说这种事还能怎么办？我们女孩子都吃亏了——你阿姨还三八，还在后面哼，哼，哼个不停——我说我们这边也没要你们做什么，对不对？你说她偷了你们家的钱，这种事不能乱说喔，如果警总的人来查过查不出来，是诬告罪喔……"

我父亲沉醉于三十几年前自己的那场演说，他像说书人讲到酣畅入胜处手起惊堂木重重拍下（可惜他只能空巴掌拍自己的大腿），"嘻，那几个耍流氓的，全偃旗息鼓地，全蔫了，那个男的就说：好，我今天就看你读书人的面子，不计较这件事了。他们人走光以后，那个里长就跟你阿嬷说：你这个女婿哦——他竖一只大拇指，你阿姨还又'哼'了一声咧！"

接下去该说到八七水灾淹大水时，我父亲如何泅水载着

1　白鼻心：果子狸的别称。

我阿嬷游到对面三楼阁楼，我阿嬷还用她那半放大的小脚，乱踢乱蹭我父亲的脸。

我们都太熟悉父亲钟面上的刻度了。

这时我母亲突然在后座睁开了眼，俯身对前座的我和父亲说："对了，爸爸，我昨天有告诉儿子，说你今年十月要去南京，有一些话要好好跟他大哥（也就是我父亲逃来台湾前，在大陆生的儿子）谈谈……"

滴答滴答。

我父亲说："喔。"

滴答滴答。

我父亲说："对，谈谈……"

原先的那只钟降下去了，暂时被搁进工厂废墟的角落。另一只钟的发条给上好了。

我母亲说："大陆那边这次买房子的事，弄得很暧昧不清的，你爸爸觉得全是那边娘家在后面出主意……"

我父亲突然涨红了脸，"这个气死我也！"

滴答滴答。钟面的数字，终于由散瞳而对焦，父亲正式进入（他的）另一只钟。

"那边"指的是我大嫂。

我在大陆的那位大哥，恰正在一九四九年出生。据说出生后父亲曾跑去江北找一个瞎子测字，那人要我父亲说个字，我父亲说"明"，明天的明。那瞎子说："不好。一端日，一端月。永远不见头。"没两个月，共军渡江，我父亲就跑了。算来我这位大哥如今也已五十岁了。

我大哥的上面，还有位姐姐，叫霞霞，我曾听我娘隐晦不明地说过，这个姐姐是个白子，见不得光的。我父亲前脚逃离开江心洲，我大妈（我大哥和霞霞的亲娘）后脚就跑去嫁了个共干，把一对姐弟扔给了我祖母。九一年父亲第一次返乡，据说也亲眼见了那位怎么说呢他的绿帽兄我大哥的继父我父亲几只记忆钟面串接时最令他震怒的一个时差一个漏裂的齿轮（他说他来到台湾一直守身如玉守了十五年，直到熊叔叔他们从香港写信骗他说我大哥的妈过世了，他才敢认真和我娘谈婚姻大事）。那时家里养了一只黑狗，一只眼从小就被对面的小孩戳瞎了，父亲本来也挺疼这条狗。回大陆时来信写道："见到那个女人的丈夫，不觉令我想起家里小黑。"回来每看到独眼小黑从跟前走过，父亲总无来由地一脚踹去。

我娘便会小声地跟我们笑说："又想起他那位情敌了。"

八〇年代还未开放探亲，父亲的一位学生在美国拿了化学博士，曾代表美商回南京演讲，顺便绕路和大哥约了碰面。回来后，告诉我父亲说，我那个大嫂见了她，抓着手不放大哭，说几十年了，总算等到爸爸那边的人捎来消息了。

我父亲那次听了非常震动。像一切在那几年上演的老外省回乡探亲的戏码。九一年父亲回去，我娘结结实实地给他打了二三十只金戒指，还有她自己的嫁妆一条一两重的金链子，另外打了两个金手镯。手镯一只是给大伯母的（那时我大伯母犹未过世），一只是给霞霞大姐的。那条金链子，母亲是指定给大嫂子的。这一切像戏台上的恍惚过场。我娘那次亦忐忑地谨慎地经营着她的角色。究竟她只比大陆那个大哥，大不上十岁啊。

许多年后，我才发现，我的许多外省裔的同辈朋友，他们的母亲都和我娘有同样的多重身份。

第一，她们都比我们的父亲小了十二到二十岁以上。

第二，她们都是本省人。

第三，她们都是养女。

第四，她们在我们成长的过程，完全没有和婆婆相处的经验（这点和妻的母亲年轻时的回忆完全不同）。但面对我们的父亲，她们好像更像跟孩子混在一起、大几岁的同伴。

第五，她们都心不甘情不愿地，在一九九一年前后那几年，被迫唱了《四郎探母》那出戏里代战公主这个角色。

不想第一天回到南京，父亲把金链子金手镯金戒指全交给我大哥，分嘱哪个戒指要给哪个叔叔他是我年轻时一起办小学的，哪个要给哪个上清河的汪伯伯他当初和祖父如何如何是世家，哪个要给水西门外的朱大姑妈她呵当初原要拉我入共产党的……

当然也交代了我娘的意思，金手镯给大伯母和霞霞一人一只；这金链子，是你台湾这妈妈当年的嫁妆，指定是给你媳妇的。

我大陆大哥静静收下那包沉甸甸的金子。他告诉我父亲，当初如何被打成黑五类（父亲是海外分子加上国民党特务），拖着没人敢嫁他。二十岁那年，大伯父帮他说好了一门亲，人家女孩子也愿意了。结果开乡大会的时候，女方的几个哥哥跳出来了，说，我妹妹凭什么要嫁给海外分子骆某某的儿子！婚事当然就吹了。

后来就是现在这嫂子愿意嫁给他，她的父亲和我祖父算同一辈的，我父亲要喊他大爷。等于降了一辈嫁到我们骆家。

后来时局好些了，大哥接着说，这大嫂子得了肝病，说别耽误我，就把当初那婚帖退还家里，我说怎么成！我也不是那忘恩负义之人！

是啊是啊，父亲说，这大嫂子也算是我们骆家的恩人了。

当天父亲没听出我大哥话里的意思，大哥也兴高采烈地陪父亲游秦淮河畔和夫子庙、谒中山陵、看明孝陵。当晚父亲住金陵大酒店，说好第二天，我大哥和几个堂哥来接父亲回洲上。

第二天一早，大哥自个儿敲房门进来（几个堂哥被挡在饭店大厅外不准进），低声对父亲说，大嫂子想要一只和大伯母她们一样的镯子。

我父亲说："这不是糊涂吗，人家大伯母是我的嫂嫂，霞霞是我亲女儿，而且那条金链子比镯子重得多呀。这就是蠢哪！"

我娘轻描淡写地说："你爸回来一说，我二话不说就再去银楼打一只比那两只都粗的金手镯，托你熊叔叔带回去给她。"

我娘那几年硬撑了好一阵贤良，凭空里冒出个小她不到十岁的儿子。

其实只有我知道，从我娘再去打那只金镯子时，这大嫂子就玩完了。第一次的交手就走了一步棋手叫"锁喉扣"的输着了。我母亲把父亲名下的三栋房子，全暗度陈仓过到了她和我哥哥和我的名下，她也对于扮演一个年轻开明的母亲，像我和我哥当兵时写信到军中打气，把家中哪只狗最近得忧郁症院子哪株铁树开花了这些鸡毛蒜皮的事，塞进寄给南京这样"亲爱的某某"美式开头的家书写作意兴阑珊。

我父亲仍是把每次大哥寄来的信，及他自己用毛笔草书写的家书，影印了十几份，塞在屋子各处的书柜角落。

我父亲说："你看看这个媳妇有多不懂事，后来那次要离开南京了，我一个快七十的老人了，手上拉着一个行李箱，肩上背着一个大背包，全塞得满满的拉链都要撑破了。你说她姑娘家怎么样，拿了一大堆的什么笋干啦梅干菜啦大头菜的，硬要再往我包包里塞。我说儿啊，这东西台湾不是没有，你这样是塞不进去的啊，爸爸的膝盖又不好。哟，你猜怎么着，她就蹲在地上哭，好像我不拿她这些东西是瞧不起她嗬。"

我娘说："你爸爸第一次回去，我还去后火车站买了好多大件的冬天的毛衣啦、外套。也都是新的哟。你爸爸扛着坐飞机拿去，你大哥还很不以为然的样子。好像我们捡一些穿剩的旧衣服去给他们。"

滴答滴答。

我父亲说:"你大哥还好。他后来有写信来说谢谢妈妈。"

我娘说:"他是还好。可是你从小就把他扔在家乡跑出来。你怎么知道这几十年他在想什么?他之前不是说我们从一开始寄去的美金他都没碰?说什么全存起来等有一天盖家祠?那为什么老三他们回去,说他们的屋子装潢得比几个堂兄弟都要豪华好多,还整片黑玻璃的落地窗吧,怂得要命——他哪来的钱?"

这些时候,我总会为母亲看似迷糊下幽微巷弄般的精密计算险险起戒心。我记得结婚前妻的母亲打过一通电话来家里,欢哗放恣地以为是两个阿巴桑在讲体己话。就几句话讲坏了:一是她告诉我娘说妻之前有个交往了好几年的男朋友;二是她说我家这个也不是没人追,多少医生博士在追她,也不知她是目眜看上你后生哪一点,讲人才没人才,讲钱财没钱财。这其实是一个吃尽了传统婚姻苦头的母亲,在将女儿允诺至某一人家之前,密嘱"所以你们要好好疼惜我查某仔嘿"的屈拗抢气势的场面话。

但我母亲隔了好多年,才淡淡地告诉我当初曾有这么一通电话。你不晓得她内里的哪些时钟,发条旋紧了多少年,仍可以在许多年后,将记忆的暗影精准地投进她记录的那些刻度之中。

逃难

那艘船，在海面上拖沓打转，像是一则隐喻：我父亲的这一生，从那时起，便揣上了一只坏掉的钟，他永远活在一则错误的时间计量里。

以下记述的，是我父亲于一九四九年○月○日至同年○月○日，由南京出走，在上海○○○舅父处藏匿了三月有余，然后包小船出吴淞口，在海上遭遇台风，漂流了十一天，到达定海，并以二等兵身份混在岛上十支已濒临溃散等待撤退的国民党部队里，最后又以种种伪装、谎言、变身等宛如梦幻的逃脱方式，搭上一艘开往基隆的眷属船，这整段的逃亡过程。

一九四九年四月二十三。南京大撤退。我父亲与朱建东、赵建云、熊建坤诸位叔叔走京杭国道出亡。连走七日，快到宜兴时被一队解放军包围，成为俘虏。我父亲当时身上留着一张南京临时大学的学生证。故而诸人又被押解回南京。

那时江心洲正是麦田成熟时，五月麦子发穗，有人告诉我父亲说你不能在家里。结果每天晚上我父亲都在麦田里爬，爬到两里路外一对夫妇俩丈夫叫王善喜的家里。这王善喜就是和下巴谷我家表姑爷王善金他们是同家。我父亲每夜皆爬至他们家的牛栏，就躲那儿睡。

因为我们老家安徽无为县是新四军的大本营，有一个任某，在无为县是个老共干，他便警告我父亲："骆先生你得赶快走噢，他们会杀你噢。"

这是父亲第一次提到"杀"这字儿。他的眼翳里有一层像焦枯的茶花那样白里泛褐的薄膜。这使他回忆往事时悲喜难辨。我父亲总是称呼共军为"他们"。他说起"他们"时，有一种迟暮女人提起当初玩弄感情破她的身的薄幸男人的那种迟钝的哀愁。

我父亲说，既然这样，那就走吧。我父亲便和赵建云叔叔约好一起从岳阳往四川。那时以为还是和抗战时一样，有个重庆大后方。他们买了船票——当时共产党的小报上都登了那船要开往岳阳——我大伯父卖了一点麦，给我父亲买了两张船票。我父亲高兴得不得了。临登船的那一刻，我父亲说："你爸爸就是有那么点机警。"他一看，我的天哪，怎么登上甲板的全是一些肥头大耳的国民党时期的那些老官僚，夏天穿着派呢司西装，后面还有勤务兵——虽然不穿军服了，但是一看就是勤务——帮他们背行李。我父亲对赵伯伯说，欸，这个船不能搭噢。我看可能是个骗局噢，也许就是一网打尽哟。

但是花这么多钱买船票怎么办呢？我父亲就在下关一条小街上一个船公司前徘徊。看见一个工人，神气巴啦的，是"他们"的人。我父亲就凑上前搭讪着把票卖给了他。

后来这条船根本没往岳阳，下行出了江，往北开，直接开到青岛去了。据说一船的大员，统统给枪毙了。

那个工人呢？我问我父亲。

我猜大概也给当做国民党的人给一起毙掉了。我父亲说。

这是我父亲的回忆里，第一次关于他骗人，或是有些滑头地挣逃了某种厄运的描述。他洋洋自得，像小孩那样恶戏地笑着。在这之前，每天公安局定时派人来家里，大伯伯和祖母都吓死了。第一天来一个穿我们这边制服的"他们"的地下工作人员，拿一本流水账，我父亲哪一年做什么，发生些什么事，全一清二楚。第二天来两个、第三天来三个、第四天来四个……到了第八天来了八个。全穿着黄绿色解放军的制服。来谈思想。从孙中山到毛泽东。

到了第八天，我父亲想不跑不行了。我祖母那天正在菜园里铲莴苣，我父亲蹲到她身旁，说：我现在要走了。

我父亲说他妈妈我祖母气得脸发白，背转身不理我父亲。我不走不行了。他们要杀我。

干嘛不等你大哥收完麦再走？让他送一段。我祖母说。

我现在就得走。晚了走不掉。我父亲说。你不要哭。我现在就这样走掉喔。你继续铲。别站起来。他们知道了我就走不掉了。

我祖母听着就哭起来了。我父亲还蹲着装作帮着理那些莴苣，又低声警告了几次要她不可以哭。

这是我父亲在二十三岁那年，和他母亲诀别的最后一幕。我祖母于一九七〇年过世，他们从此没再见过。

我父亲是怎么逃离南京往上海的呢？他说他本来以为一贯道是共产党的，结果是一个叫张定浦的说，你参加一贯道，我们掩护你到上海。我父亲磕了一百多个头，看着那些一贯道的升坛扶乩，说我父亲是佛祖有缘几世前的大罗仙人来渡劫厄，替我父亲改了名。

到了上新河，一个白胡子的老道人拉了我父亲坐上渡船，混着逃到南京。后来就是和那赵建云叔叔在轮船码头发现苗头不对，我父亲没上船，和赵建云分了手，各寻出路。

　　我父亲说他在南京还勾留了一天。那一次共产党在城里办了一个漫画展，我父亲也跑去看了。

　　我父亲说他记得有一幅画的是蒋夫人裸体挤那个奶给美国人喝，他看了惊骇极了。临走还签了个假名"吴小平"在展览入场的条幅上。

　　当天便买了夜车的火车到上海，这时上海有一个祖母的堂弟，这个舅父在上海有名的铜盘村的国乐号，担任巡捕。在他家阁楼上，和一个表弟窝一块，窝了三个月。这阁楼在法租界中正区，就是日本人轰炸时炸了一个大坑的"大世界"，隔壁邻居一个广东小姐都吓成白痴——就在那后面。

　　我父亲在那阁楼上一住三个月，不敢出门一步。每天尽量只吃一小碗白米饭。我父亲到老脊骨退化，整个人缩成个矮子。但他年轻时是个一米八几的长大汉子。我很不耐烦他每每总在回忆那段逃亡往事时，必定提及那"一小碗饭"。后来我渐渐体悟，对一个从庄稼田地流亡出走的年轻孩儿（虽然我很难想象我父亲比我要年轻十岁的内心景观），挂搭在一家远房亲戚的饭桌上，观察着每一个人的表情暗影，并且压抑住自己发育中的胃肠面向白米饭的疯狂想望，那似乎便是逃亡的全部了。

　　我父亲回忆那米饭是安南米，如果真要他放开筷子吃，他可以吃上个七八碗。但他每餐便只是装模作样地扒一小碗，完全不碰菜，然后自以为斯文地把自己碗洗了，一言不发地上楼。不到一个月，人变得又白又瘦。

他先也跑去上海青年团支团部去打工——那地方是"他们"共产党南下工作团，许多男孩子女孩子混在里面，男孩子练劈刺，女孩子唱秧歌队，梭啦梭啦多啦多。我父亲就是在那时学会拌水泥，配多少沙，如何砌水泥。

后来听说共产党的还乡队要来了，要认人证件。我父亲没有共产党的身份证，且不会哝几句本地话，便想一定还得走。并且那时还冒出一段小插曲：因为我父亲成日躲在那间阁楼里，下面街上的那些上海女孩对他非常好奇。我那个和父亲一同窝在阁楼睡的表叔父，读了个法国高中没毕业（我父亲啐他：二百五），成天练哑铃、练拉链（我想我父亲说的是扩胸拉环）。他跑下楼去跟那些上海女孩胡吹：我表哥拉那个拉链一次可以拉满十根弹簧。结果我父亲拣天暗出门发现巷弄里每个年轻姑娘见了他都拿着洋手帕掩嘴笑。

这个二百五表叔，且四处乱讲：我表哥不得了的，是大学生哟，在南京国民党政府里是什么什么……我父亲一听，心想我的妈喂！这不是完蛋了。这个表叔还对我父亲讲："表哥，我只要告诉人民解放军，你就完蛋了不是？"可能这人那时想要报国参加南下工作团。后来因为陈仪和粤剧皇后陈絮芬乱搞，就在那附近农民路后面那个南京大戏院看粤剧皇后演戏的时候，遇上戒严，有一个女的从那里过，一个解放军就凶她。这位表叔看不过去，上前交涉："你们人民解放军不是保护人民的吗？怎么可以对老百姓这样？这不是解放了吗？"那个解放军用枪托揍他一顿，说："你什么东西哪？"这家伙就伤心了，说表哥，我要参加你们那边了（我父亲呵呵大笑，说真是二百五）。

后来那个二舅父也晓得我父亲一心想走。那时已知道国民党政府是整个退到台湾，就帮着到处打听，也没什么路子。后来二舅父说：啊，我有一个亲戚，这个亲戚是戴雨农的部下，叫章涤生，这个人，我父亲见面时一看，唉就是戴笠时用的那种特务，乍看是清清秀秀的书生相，但骨子里阴。

那个二舅公便把我父亲托给了这个人。他们雇了一条帆船，从吴淞口出发，往定海去。那个帆船，不是内河船，说是帆船，其实像潜水艇。船舱好大，木头好粗，上面有个盖子，人从洞里钻下去。浮在那里是个船，遇到大浪就变成潜水艇。

二舅公打点好了，还买了一些洋烟和二条罗宋面包塞在我父亲怀里，到那个章涤生家里会合，一路坐车往吴淞口。就上了船。

上船之后，我父亲才发现，他最大的灾难是自己完全不会说上海话。他们本以为一天一夜就可以到定海。我父亲穿着家里带去的土布长装，看去完全就是一个农民模样。二舅公说你带着这几条上海洋烟（我父亲还记得那烟的牌子叫"红金"），到定海去卖了，等于走单帮的意思，没想到登船之后，那船在吴淞口待了两天。我父亲说，那些国民党靠过去共产党那边的海关，他们都精得很呐。上船查了几次。查每个人的身份证，我父亲又在这宿命性的关键时刻，露出了他遗传给我们这一支后代的，落跑者的机警，他们每一次来查，我父亲就躲到掌舵的后面，他们一看我父亲的样，以为我父亲是掌舵的舵老大，是船上的人。每一次都没查我父亲的身份证。我父亲说，查身份证，他要问你的话。一问就露白了。

　　他们翻箱倒笼查不算，把女人高跟鞋后面的跟给撬开，牙膏也撬开，烟盒什么面包都掰开看，怕你带黄金离开。这之间有几个人被带走了。我父亲想：这不行，我得更灵活些。于是那些海关一登船，我父亲便上前帮他们翻箱子、解绳子。哑，如有神助。那些海关像是当这条船没我父亲这个人。不过心脏就是那时搞坏的。他们那汽艇一来卜卜卜卜，我爹的心口就猛抽搐。

　　来查了七八次，到了第三天下午才放行。船开了，一出吴淞口，看见崇明岛，过了崇明岛，就到了海上。我父亲说就在那海面之中，矗立着一支大烟囱，一半沉在海里——原来那便是有名的太平轮。

　　我父亲说，最初他以为那艘船一天一夜便可到定海，谁想到连同之前在吴淞口被海关盘查，他们整整在海上漂了十一天。这种时间的胞膜以超乎想象力的表面张力，扩大膨胀，却始终撑住不破的漫漫延宕，似乎从我父亲逃离他本来的生命开始，从逃亡开始的第一件事便已启动。启动什么呢？我父亲无法说得明白，我却肚里通亮——那艘船，在海面上拖沓打转，像是一则暗喻：我父亲的这一生，从那时起，便揣上了一只坏掉的钟，他永远活在一则错误的时间计量里。

　　船出了大海，我父亲突然觉得他真正重获自由了，算算他离家至今已三月有余，原先勇健的身子变得又白又瘦，他觉得又恼又委屈，可能之前靠着假装"他们"的人协助海关大爷们翻船上大伙的东西，虽然总算自己逃过一劫，但似乎使得这船上的人对他多隔了一层猜想。他们或许摸不清这家伙的身份，是不是老共那边随船潜伏的。我父亲觉得憋得很，就对着大海唱起三民主义歌来（许多年后，你认识一个女孩，坚持在电影之前的三民主义歌片头曲死不起立，被后座一票流氓吐了整件洋装后颈到背的槟榔汁，且在散戏后戏院后门的窄弄里拦住你们，要你脱掉牛仔裤，只穿内裤做伏地挺身，一边做一边要那女孩倒着背三民主义歌。你那时突然晕眩起来，好像这一切和遥远的一艘船在海上颠簸漂流之记忆有关）。

　　我父亲后来回想：他逃亡那时，还不满二十三岁，真是太年轻了。他说那哪叫唱歌，那叫撒欢儿。他说整条船上就他一人在唱歌，其他人都阴暗着脸往角落挪，或是背转脸当做这人是个疯子或是根本不存在一般。我听我父亲说到这一段觉得真是尴尬极了。我脑海里浮现的是，一个充满动感和热情的父亲，对着一船漠然以对的同伴，舞动着手足。奇怪的是我无法想象他口里唱的是三民主义歌。我只能想象着他像八〇年代有一个绰号"蚱蜢王子"叫李恕权的人，他扭项击掌，踩着舞步，唱："有一个声音，在我的胸怀……"所有人跟着打拍子晃头。或是九〇年代初有个叫哈林的歌手，一手抓麦克风一手指着观众，皱着鼻头唱道："你快乐吗？我很快乐！"我们每次到 KTV 点这首歌，包准整个房间的人都 high 起来。又或者像九〇年代末莫名其妙出现的一个叫阿雅的单眼皮女生，她的"剉冰舞"风靡当时台湾的大中小学生，她的歌词真是鸡巴倒灶无厘头到顶了："红豆、大红豆、芋头、剉剉剉——剉剉剉——"后来我也学会了这首歌，我父亲非常嗤之以鼻。他说："什么歌呀？玩意儿。"我想象着我父亲在一九四九年八月间的某一天，在浙江外海的一条小包壳帆船上唱着这些歌。我父亲说他那时真太年轻了。以为出了吴淞口，就一切安全自由了。谁晓得船上没有"他们"那边的特务呢？也许你就这样害了整条船。后来回想起来，那个章涤生，好像就是从我父亲在船上撒欢儿唱歌之后，就变成个陌生人模样，完全不理睬我父亲了。

厄运接踵而至。船已经到了舟山群岛口，远远看见定海岛的建筑体，突然海上传来机关枪的声音。我父亲说，原来是"我们"这边撤退的军舰，看到这些小船就抓，拦到了就劫掠一空。"那时候已经乱了嘛。"我父亲说。这船老大只好转头对回跑。

后来的情节像反复倒转再重播的影片，船在吴淞口和舟山群岛外海之间来来去去，像一只始终不滴干净就被翻转的沙漏。我父亲的叙述在这个部分发生跳针，他重复来来回回又看见七八次海中那支巨大荒凉的大烟囱。他陷入了一种类似热病而神智不清的谵呓里（但他没敢再乱唱了）。

他们的船像手足球在国共两支不同编制的侦缉艇间被踢来踢去。后来还遇上了台风。

我父亲说，那个台风拔天拔地而来，海水是墨黑色的。浪打得比"总统府"还高，然后船便沉入水底下。船老大变得非常凶暴，警告大伙不准在船舱乱跑。他们把上头那个舱洞口的顶盖盖上了。外头只留一个掌舵的师傅，隔一段时间下到舱下来喝一口烧酒，发着抖，再掀盖子出去。他全身都湿透的。我父亲怀疑这人必然是要憋气随船时不时没入海中。船老大夫妇拼命烧香，他们供着一尊不知名的菩萨，我父亲说，全船的人都在榨汁机一般的旋转颠倒中闻着彼此吐出的秽物气息。

然后船老板就放话了，他们得把船里面的货都丢出去，有一个做生意的运了非常多的豆饼，大家抢着往外扔，那家伙还拦着，大伙（我父亲这时又躲进了"大伙"之中）就骂他：你是要命还是要这些豆饼哪！你这些豆饼赔得起我们这些人的命吗？他就蔫掉了。

我父亲说，那时脑海里浮现着千百种念头。他想这还真叫做死于非命。他突然非常痛惜在上海的那三个月里，为什么每一顿自己都只装模作样地吃一小碗米饭呢？他有三个月没碰菜更遑论肉了。他突然想不起来我奶奶的长相，这使他急忙从贴身小包里摸出一张我奶奶的小相片。他对着相片吐出一口绿色的胆汁。后来这张小相片，被我父亲带到台湾，

月球姓氏

找人翻拍后放大，装了框，现在还挂在我父亲的书房里。

我父亲听着身边的人此起彼落地念咒祷告，有人念着："南无观世音菩萨……"有人念着："阿门阿门阿门……"我父亲觉得脑袋嗡嗡嗡地乱响。

我在成功岭受训的时候，因为吃素的缘故被分去了一个杂牌连。那里面全是一些侨生、教徒或身高不满一百五的矮子，那时整个成功岭上的大头兵，每到中午便由各连部值星官带队，从营房走到饭厅去吃饭。在这一段路上，各连队的学生们，就要中规中矩地踏得军靴哗哗响，然后照着值星官的口令，喊喊口号，答数，或是唱唱军歌。那是值星官的面子。有的连队的值星官，有办法把他的部队训练得很称头，他们可以用"军歌"玩那种三部轮唱、和音、大合唱、间唱的把戏。每天中午，你就看见这些疯人院一样的穿军装的年轻人，从不同方向列队在营房到厨房的路上走着，然后他们用力唱着军歌，想把别的队伍的声音压下去。

但我编入的那支队伍不行，里面有五分之四都是侨生。值星官教了四个礼拜，他们还是只会唱一首歌的第一句，且把"国旗在飞扬"唱成"枸杞煲黑羊"。每一次我们的部队要走往餐厅的路上，别的连队都此起彼落嗡嗡地在拼歌，他们的歌声互相缠斗、倾轧、混成了一种上百支密教法螺在轰轰乱吹的空气撼动。而我们的队伍却只能细微地喊着"一、二、一、二"，垂头丧气地穿过那些声音。

后来我们一个值星官想出一个办法：他让我们照样"一、

二、一、二"地乱答数，可是一旦当部队走进那数十支队伍在飙歌火并的方阵之中时，他便下令要我们只齐声喊一句：

指挥官好！

"指挥官"是我们整个成功岭的最高阶长官，我记得是个姓李的中将，换句话说是那个山头上的山大王、大老二或是当家的。别说那些愣头愣脑带着自个儿连队的值星官不过是些挂一条杠的年轻小毛头。据说连在旅司令部只穿条内裤吃绿豆稀饭的旅长，在嗡嗡轰轰的"军歌"大乱仗中，听见一声如梦亦如露的喊声："指挥官好！"惊得他呛了一桌粥粒忙跳起身穿军裤找皮鞋。

所以就从最靠近我们的队伍开始，像剥橘子般的奇妙魔术，一支挨着一支队伍停下了他们的花腔轮唱军歌，没头没脑地跟着大喊："指挥官好！""指挥官好！""指挥官好……""指……"

没有人看见指挥官，可是所有的部队像起哄一样跟着乱喊。喊完之后突然所有的部队都静默下来。没有一个值星官知道接下来该怎么做。往餐厅的那条大道上，原先轰轰隆隆的军歌轰炸的引信被轻轻摘掉，只剩下十几支队伍沙沙沙的走路声。

我父亲说五十年前，他在那艘快沉掉的船上，身边的人各自吐得一身秽物，嘴里嗡嗡呜呜地祈祷着圣母玛利亚或是南无观世音。我父亲说他被吵得心烦意乱，想到自己一路如此机警，在多少生死关头都憋住气溜挣过去了，偏偏最后下

月球姓氏

场是不明不白地和这些乡下人包在这烂木壳里葬身海底。

我父亲说那时他脑海里跳过上千种想法，他觉得也许也应该念个什么东西来对抗那种，也许下一瞬间船舱便破裂成木板片，自己无声地在黑暗的深海中下沉的恐怖想法。我父亲说他有想过他可以起身击节朗诵《正气歌》。但可能那船身颠荡得实在太剧烈了，以至于他无论如何也想不起《正气歌》的第一句是什么。他也想过说来唱三民主义歌吧，也许全船的人会不自觉地跟着一起唱。但有一个念头浮现让他终于没有开口（我听了松了一口气）：即是他隐隐记得这条船开始走厄运似乎和他几天前在海上撒欢儿唱歌，有一层神秘的关联。他记得那时的景况比现在好许多，可是那时在唱的时候，大家不是都阴沉着脸没理会他吗？

我父亲后来终究开了口。我想象着他到底说了什么？也许他悲愤地大喊一声："我儿子将来会和我的情人上床。"这样所有的人必定停下念经静肃地瞪着他，像我在成功岭的那个值星班长。但如此一来这篇小说便露了馅。也许他在命定时刻该说句称头话的那一瞬，却像他日后不断重复的每一个那瞬间，脑筋一片空白地骂了句："我操他妈了个屄。"于是船舱里的人们像剪影一般慢动作地站起，像弄混了时序把日后那些从计程车上、公车上把他赶下车的人脸给搅在一块儿那样，所有的人被他这句话逗引得若有所感，他们全部狰狞着一脸鼻涕眼泪，非常有尊严地在那密闭空间里大吼着：

"我操你妈的！""我操！""你奶奶个熊的！""王八蛋！"
但我父亲最后究竟是说了一句什么？

他到底说了什么？

山丘

这一整片作为野外战技场的山丘，突然像是电影里那种理了平头，两腮一点胡茬子都没有，露出两排好洁白的牙齿冲着你教养地笑的美国人，从一个你熟悉无比，却从来不认为它真的存在过的地方蹦出来……

许多年后，我逆溯父亲年轻时迁移的路线，自台北搭火车下凤山，那时我体重一百零八公斤，犹带着一包五十粒装的金莎巧克力，沿途静静坐在空调车厢靠窗的座位，一颗一颗揭开那金色锡箔纸皱包着的，裹着糖浆、杏仁片、碎花生和其他核果类的甜郁巧克力，然后像一柄填塞子弹的左轮，将它们面无表情地塞进嘴里，每填装一颗，脑袋里的轮盘便喀啦打个转转，直到脑壳里隐隐发痛似乎都摇淌着黑色的糖浆。

　　那年我下凤山步兵学校服预官役，我花了一年半的时间，把体重由七十公斤硬生生增了近四十公斤。只为了肥仔可以免去两年兵牢。据说进去后大约两礼拜便可复验，再等一礼拜公文旅行，只要被确定为丙种残疾，便可盖印退货回去当死老百姓。

　　关于摧残自己的身体以躲开那身军装的奇技淫巧，我在复验中心真正是大开了眼界。

　　我仿佛闯进了一座巨钟的内壳，突然目睹着"时间"的妄念，是由一组玩具兵般的小人，歪歪跌跌却精准不出错地制造出来的。他们有的像玩跷跷板一样，两人一组一上一下地压着复杂簧组；有的奴隶一样抽着皮带；大部分的家伙环绕在大大小小相嵌的齿轮旁，像牲口转磨盘那样低头拉绊打转；还有一些落单散户乒乒乓乓地敲打着接榫处带动运转的突起……

因为肥胖，细胞膜被内里的液质撑得又薄又涨，我怀疑细胞核中的遗传染色体在那撑胖撑肿的细胞中，像浸水的太空舱里，漂浮的电脑主机开始松脱漏电，记忆体里的一些重要档案不被任何人知道地流失了……

像松脱的下颚，像骨质疏松而被侵蚀中空的脊干。有些界面严谨的记忆，开始逆渗、开始混淆。

我记得有一个午后，部队出野战操。八月酷日当空，军靴踩着腍软的柏油，远近的草地在高温曝晒下，都奇异地扭曲着。部队沉默地走着，只听到钢盔扣钮和帽带扣规律摩擦的齐整声响，还有刺刀晃动拉扯 S 腰带的哗哗声。

我们穿着布料极厚的长袖野战服（为了防晒），S 腰带上三枚一列的铜扣洞上，除了前述的刺刀，还琳琅环珮地勾挂了手榴弹匣、讲义袋、雨衣袋、套上草绿卡其布套的铜水壶（里头装满晃动着的被烈日炙滚的开水）、野战折叠凳……背后背了一块像写生画板野战讲义壁板。另外还拿了一把 × 公斤重的制式 ×× 步枪。另外还要以一个班为单位，轮流扛着紧急救护箱和冰桶（以防有人中暑时用的）……

我记得我浑身湿透（汗水沿着眉骨滑到扣住下巴的钢盔帽扣）地跟着这一群全身缠裹吊挂着各种布料、金属、纸张或塑胶的陌生人，蹒跚而静默地在那像高温窑一般眼里没有任何景物只有一片炽白的光里走着，内心突然涌涨着一种愚呆的幸福。

——当初不该故意吃胖逃兵的。

——不久我就要离开你们了。

这样寂寞又苟且地跟在这支深绿色远远看去像一堆移动中的装置艺术的队伍之中，不知目的地走着，值星官远远地在队伍的前头骂着："猪啊！操他妈的你们是庙会赶集还是妈祖绕境啊？拖戈曳甲的，后面给我跟上！"

就是这个正科班毕业少尉军官前一个礼拜放假之前，一脸暧昧密嘱"你们这些残障人士"，下礼拜行军有得受的，放假出去想办法弄条女用内裤。说是他们从前野战行军不二法门，"袜子反穿，线头剪掉，草绿军裤里头，穿蕾丝黛安芬三角裤"。有个胖子举手，报告分队长，有没有限制花色？"干令老母，死胖子你们别给我搞变态，行军完我把你们的蕾丝三角裤都缴收回来检查，有遗精在上面的那个就别想可以退训回家了。"虽然摸不清女用小裤裤的 size 极限可以大到 XXXL 吗，像我们这等四十四腰的将军臀围，要如何用那一条号称"延展度绝佳薄如蝉翼"的蕾丝小裤裤包住我们的屁屁？

所以我那时走在那一堆像货郎担挂满军事用品，草绿服发出腥臭汗味的雄性身体中间，听着他们沉默地喘着气，疲惫茫然地走着，突然不可思议地想象着，这群家伙，胯下各自穿着的，是一些什么牌子的女人亵裤啊？有一些乡下来的老实人，也许是托他母亲背来夜市三件一百的白蕾丝三角裤。有一些有马子的高级家伙，可能卵蛋上套着的，就是那些像百货公司专柜上翻开的型录，原来套在那些光溜溜的外国女人屁股上的桃红色的、宝蓝色的、嫩黄色的、黑色的、粉红色的、缎子绿的性感小裤裤……还有一些不屑华歌尔黛安芬思薇尔，穿法国进口的，玛莎意大利进口的 Ritratti 情趣仕女小裤裤。原来增加挑逗意淫想象的设计，高衩细吊带在三角丛毛地带用透明薄纱针织小玫瑰或蝴蝶蕾丝造成若隐若现的色情效果，你想象着它现在在那些草绿军裤里，像烤鸭店外的铁勾吊鸭，勒吊着那团自作自受爱慕虚荣，被勒成女高音的情趣毛卵囊……

所以在前一天的出营休假，你在三民路一家冷气超强的小宾馆里，兴味盎然又充满期待地掀起女人的扎染蓝棉布连身洋装，却惊骇失望地发现她里头穿着的是一件乱像男性 BVD 的灰色棉布短裤，"你怎么穿男人的内裤？"

女人毫不理睬你的哀恸，专心地把她从台北搭飞机一路提下来给你进补的猪脚面线、三明治、寿司、冰淇淋、水果等等从保温桶里拿出，像扮家家酒一般排列在宾馆俗丽水床边的小几上。

"神经啦，那是女生穿的啦，是卡文克莱的啦。"

你把女人的卡文克莱半哄半强地扒下。女人露出一种劳军的宠昵笑容，羞着打你，"那么猴急。"你把那件褪下的卡文克莱凑在鼻前嗅嗅，想象着女人套着它穿过机场检测门或是坐在飞机那满散着莱姆芬香剂的空调里，然后捂着一身汗和一群来探班的马子挤在军校大门口引领翘盼。你嗅着那灰色小裤裤里暗香浮动。你拉扯着那卡文克莱的束带，测试它的延展性。想象着你套着它行军，不知肥肉挤在一块的大腿内侧，会不会给渗出两大片蔷薇色的金钱癣。那个休假你当然好好地把女人干了一顿，你射了三次精，前两次女人在床上配合无间地给了你（你有没有在她伤味地哀鸣着回应你时，低眼观察你不在的这些时日，她曾否背叛你把郁屯的欲望找管道排泄），第三次女人就跟不上了。

"不行了，骨头要散掉了。"女人小声抱歉地说。

主要还是你一百零八公斤的丙种兵体躯压在她卡文克莱S号恰恰好的腰胯。于是你像疯了一样要女人在卫浴间的大镜子前，把你那硬得像铁枪的大鸟捋出货来。

"怎么可以积那么多？"女人痛惜地擦着乱撒在盥洗台上的蛋白质汤汁，"这样会不会掉个三公斤啊？"

于是你在那群像捆肉粽穿着油腥膻臭的厚军服里面最私密处却花枝招展地套着件女人小内裤的粗劣军人中间，穿着女人从台北穿下来的灰色卡文克莱纯棉内裤，臆想着女人扎染连身洋装下面，光着两根腿膀子在机场大厅等补机位。你就不自觉地在那南台湾你第一次真正见识到的烤炙骄阳下，在绿军裤里硬邦邦地翘了起来。

后来部队走到一处山丘，事实上我要说的就是那座山丘。我在之前回忆了我匿身其中的那整支部队，每一个士兵身上累累悬挂的军事用品和他们裤裆里撩人退思的女用内裤，目的就是为了要将运镜带到那座山丘。如果不是为了要讲关于那山丘的事，我完全不会啰唆前面那一大段关于行军的描写。

那是怎样的一座山丘呢？

其实就外观看，和所有军营四周在野地开辟出来的特殊战技教练场没什么两样。植被得非常齐整的草坪，看得出是有雇人定期来清理、修补和整剃。因为覆盖在其上的草皮是如此光洁齐整，所以这一整片作为野外战技场的山丘，突然像是电影里那种理了平头，两腮一点胡茬子都没有，露出两排好洁白的牙齿冲着你教养地笑的美国人，像从一个你熟悉无比，却从来不认为它真的存在过的世界里蹦出来，像停在整片曝白而仍在晃动的布幕上。

事实上那个午后，日照的亮度也是我毕生第一次遇见。眼前的草坪有一曝光过度乃至你以为自己是否用手掌檐住眼睛上方的阴暗笼上，我突然有一种阴暗凉爽的幻觉。

"原来亮度调到极致下的草地是这种颜色。"

队伍的前头仍在蠕动着，这时因为山丘的坡度，我突然像蚁群里的其中一只蚂蚁，在一种乖异的角度下，发现你以为自己与之为一整体的那些无数类似的个体，是那么没必要互相挤蹭在一块儿。抬教材架、大本教材的班兵，扛救护箱、冰桶、水箱的班兵们，零零落落地走在部队的前面。

在山丘凹谷的中间，有一座白色的建筑物，孤零零地置放在那一片视野里妖幻光照的绿地中。

你看见一个白漆木牌上用红字写着：

"核生化战教练场"。

我突然发现完全没有再听见那些钢盔帽扣的摩擦声响、水壶里的水随臀部摆动的哗哗声响，或是军靴胶鞋跺在草地上那种低微像许多人在说悄悄话的声响。没有任何声音；汗滴、年轻士兵轻微的鼻息、军服的布料摩挲的细微声响，甚至连风——一丝丝空气流动的声音都没有。"那就像是有人从你脑中把音响的旋钮开关慢慢地、完全地关掉了。"我想村上春树大概会用这种口吻描述那个午后，在那个"核生化战教练场"，我经验的彻底失去声音的状况吧。在这样突然被清音的静寂里，而身边所有人似乎未发现异状地，在你从未曾经验的强烈曝光下，所有动作都变成穿过翳影烛光的手指，后面拖曳着长长一叠重复的影子。

像穿花拨雾一样。我的头脑突然无比清明，仿佛可以看见时间借快速播放而蒙骗记忆的那些细节间的巨大缝隙。

我记得老朱曾告诉过我：他可以记得一株葡萄藤上所有的叶子、卷须和葡萄；可以记得一次时间拖长的守灵过程中一个死人的许多不同的脸部变化；他可以持续不断地辨识出腐烂、骨疡、疲惫的宁静进展，能够察觉死亡、潮湿的演变推移。他甚至可以分别"三点十四分从侧面所见的狗，与三点十五分从正面所见的狗"，或是记得每一座森林中每一棵树上的每一片叶子，以及每一次观看或思索想象那一片叶子的光景。

后来我读了一个叫老波的家伙写的一篇小说，才发现老朱对我说的那些强记功夫，全写在老波这篇小说里。这有两种可能：一是老朱把从老波小说里写的那些本事，挪过来瞎掰诓我，他怎么也没算着有一天我会读了老波这本小说，还嘴呱呱地吹得琉璃宝塔漫天飞花面不改色；第二种可能是老朱后来曾经遇见过这个小说家老波，爱打屁的老朱一定三杯下肚忍不住跟那个老波（这老波是个老外）吹嘘了一番自己的本领，不想老波回去后就把它写成了个小说。

不过那个下午，我确实发现自己置身在那个强光和寂静无声的山丘上，具备某种如临现场，记得了某些我出生之前，所以按理不应目睹眼前所发生之事（请注意：我身边那些穿军装戴钢盔的家伙，仍在继续着他们梦呓般的动作。从那幢白色的建筑物里，走出了一位挂一颗金梅花的教官，我们的值星官打直腿挺胸向他敬礼。然后他开始无声地张合着嘴，拿着一根金属指挥棒在教材架上比画。你们打开原先吊在腰后的折叠板凳，坐在那一蕊蕊在绿光里漂浮的草茎上。坐我前面的家伙递了一个像杀猪公拜拜剥在香案上的猪脸那样的塑胶防毒面具给我）。像曾经一个老先生对你回忆的，他儿时在老家一个山坡上放羊，突然一架绘着青天白日徽的双翼飞机歪歪跌跌降落在他面前，驾驶舱门打开下来一个系着白围巾戴着防空眼罩飞行帽的飞行员。那个飞行员说："Hello！"然后下飞机向他问路。然后送了他一条巧克力和那条白围巾，就跳回飞机上把飞机开上天空走了。老先生委屈地回忆说他那时被这个像梦境的奇遇给吓傻了，回去和他大大他姆姆说他们都说他吹牛。可手中的围巾和巧克力不都是真的吗？我安慰他说我看过类似的案例（不过我没告诉他我是从九〇年代的某一部好莱坞的烂片上看来的）。我说在美国有一个小孩，也是在空旷的麦田里，有一架飞碟从天而降，然后掀盖下来一个外星人向他问路说纽约的哈林区怎么走，之后且还没送他纪念品只伸出一只手指和他握手，然后跳回飞碟把飞碟开走。

这时我突然记起了（我看见了）我父亲说过的一个场面：我父亲说他小时候在老家江心洲上的一个水塘里泅水，泅着泅着突然看见一莲布袋莲下藏着一只青蟹。我父亲说他在水里和那青蟹对看了好一晌，突然心上一阵恍惚，看见从那只青蟹的身上伸出了一只女人的手。那只手"像水葱一样"又细又长，似乎还打着莲花印，朝我爸伸过来，在他身上乱摸了一顿，害我爸差点溺水。

我父亲在讲叙这件事时，完全没加油添醋地描述那些细节：譬如那只细细的、长长的、宛如海芋花茎一样的女人手臂，怎么样在水中的阻力里悠缓地伸过来，还在他一只脚的胫骨处圈了个扣。我父亲也没法去描述他在水里恐惧地吐出大口气泡，看着那些气泡远离自己，朝着水面上方一大片曝白的光那边漂去。

我父亲的表达能力很差。他总在回忆这件事时，忘记了在水中寂静无声一切变慢动作的挣扎摆动里，迎着水面上的

山丘

那一片强光，他曾经看见了什么？

一个跟他长得一模一样的孩子，在一片遍植柔和绿草坪的山丘上，坐在一群戴着塑胶猪头面具的男人之中（且那些男人全不要脸地在长裤里穿着女人亵裤），着急地看着他。

他曾在那片花了眼像银子一般的白光里，看见我描述的那个山丘。

月球姓氏

升官

偌大的一张中国地图，我会和妻这个女人，经过
多少阴错阳差，看不出其线索的迁移和终而相遇，
不能不说在冥冥之中，有所谓缘法这个玩意。

不过隔了一年，喜事和丧事穿廊过弄经过这间房子。

我们好像在那黑魆中的金箔和爆竹花里，低头匆促地笑着跨进门槛，经过那许多张亲人的脸，他们西装笔挺衣着华丽，发现我们即笑着趋上前来。但我们像急着赶赴什么约会，抱歉地向他们回笑答礼，手牵手另一手将挤在客厅的人群推开，从另一扇门出去。

迟了就来不及了呢。

妻的二婶在厨房油炸着一种叫"寸金祖"的甜花生馅麻糬。她的脸自耳际到鼻下，全用一条碎花布巾包覆起来。我一路从这条错落着咕咾石老房子的巷弄穿过，发觉屋檐阴影下蹲着扎渔网或是剖海贝的妇人，一径是这样用布巾覆遮着脸。妻的母曾向我抱怨，案山这边的街坊妇人特喜嚼舌根道人是非长短。实在这海港边强光曝晒里，挤靠曲折的窄小弄道和帽檐下裹覆藏在暗影中的脸，似乎本来就极魅惑着人窥臆别人家后院嘴舌编派一些故事的欲望。妻的母亲之前和二婶，为了阿嬷临终前住谁那儿这件事，闹得很僵。

二婶拿了一盘刚起锅的"寸金祖"让了让我，我囫囵吞了两粒下肚，泪眼汪汪直夸好吃，一回头却见妻的母亲半倚在冰箱壁，深深地看我一眼。

原来你是这么嘴甜的人。

之前也有过夹在妻家的厨房，讪讪不知所措左右品鉴着妻的母亲和大嫂将袖操拳各显本领端上桌的拿手菜，称赞这个得罪了那个，两边都巴结，结果全部都得罪。

我每回从外头像所有景物皆被糊焦煮沸褪去颜色的炽白强光里，走进他们这种三层透天的阴凉屋宅，都有一种瞳仁紧缩，而将屋里当时存在之人与不存在之人重叠混淆的幻觉。

有几次我甚至看见妻的阿嬷像从前一般缩着身子靠在墙边熟睡。像经过某种将水分烘尽的干尸程序，她的身躯变得又黑又小，像晒干的香蕉，但头颅仍是原来尺寸，所以乍看去像是一具头部发疳的孩童尸体。

但真的定睛看去，那个干缩老人的影像像洞穴壁画快速蒸发褪成那片墙壁角落的阴影。

妻的阿嬷那时已死去半年了。

妻说阿嬷对她说过，她与阿公是三世姻缘。第一世阿嬷是人家的童养媳，阿公跑来缠她，还把她原先的那个男人害死。第二世阿公变作女人，替阿嬷做了一辈子牛马。第三世就是这一生喽，换作阿嬷来当女人，替阿公做牛做马。

阿公一生游手好闲，整日在庙社鬼混。

那时是我与妻相恋之初，妻年不满二十五，年轻美若春花，我记得她第一次带我来这幢屋子看阿嬷，就先带我上透天厝顶楼的祖先神龛烧香拜拜。在那座放了妈祖神像、关帝君和妻家族祖先牌位小桌上，还放了一张阿公的画像。

我那时或许太年轻了。也许是一种无人在场却强烈感觉自己闯入别人世界而泛在周身皮肤的冰冷感。也许是真正难得找到这一处只有我和她独处的幽僻空间。我竟然鲁莽地在那个点着两盏红塑胶壳小神灯的阴暗房间里，紧紧抱住正在点香的妻，并且把手游进她的衣衫夹里，握住她那年轻小巧的乳房。

那是妻第一次认真用身体剧烈地斥拒我在无人处突如其来的抚爱。她用力挣开了我（其间甚至用手肘干了我肋骨一拐子），恍如梦游一般，从喉头浮出一种我陌生不已、近乎男人的腔调：

"祖先在看着。"

另一次是妻骑着五十CC机车载我到这个屋子来看阿嬷，那天二叔去跑计程车了，二婶包着花布头巾和一干妇人在后门窄巷里"刺网"（即像刺绣般细细织缝着一种洁白如海沙的玻璃纤维渔网）。整个屋子只有阿嬷一个人。

那时阿嬷已经有一只眼瞎了。白色的眼珠浮在其他器官皆沉陷下去的一张皱褶老脸上。那张脸和后来她的遗照上电脑修过的那张脸已极近似。我和年轻的妻陪着尚未死去的阿嬷坐在那光阴互相侵吞的寂静客厅里。

我记得那天妻像个装大人的小女孩东一句西一句和阿嬷搭话。大多数时候阿嬷是静静笑着不回答。她有时会向妻询问一两句关于我的事。但她总是在提到我时用"伊"来称谓，像是我并不在她俩的身边，并且——我想是害羞吧——从头到尾低着眼笑，没有正面看我一眼。

我记得那天也是妻带我上顶楼祖先神龛烧香拜拜。然后她带我到二楼楼梯转角的一个房间，说这个房间是一个叫雅蜜的表妹的房间，后来这个表妹跑到台北，在大叶高岛屋当化妆品专柜小姐。妻要我把包包放着，可以先歇一歇，她下去陪阿嬷。

那个房间就像我小时候闯进我阿嬷的房间。它比台北的一般公寓卧房都要挑高。摆放了一张大床。床上堆放着好几件尺寸怎么都不对，内里塞的棉絮极紧实，而被套是一种像棉袄布面冰冰软软的暗红花布的小棉被。房里且堆着几座漆画了八仙或麒麟送子故事的暗色木头橱柜。还有一本吉他歌谱。有一张书桌，桌上堆着一些美发用品和一些心灵小品的书籍。你完全无法从这个房间，去猜臆这个叫雅蜜的表妹，这个澎湖女孩，在她去台北做美容化妆品专柜小姐之前，她在这个渔港小岛的青春期是怎么度过的。

后来妻又跑了上来。我记得我那时把她按在张大床上剥她的衣服。我记得她全身的衣服都汗湿了。她不断低声抗议着，阿嬷就在楼下啊。但后来我们还在那个我不知该用阴暗或是

月球姓氏

灿亮去形容的房间里性交了。且后来年轻的妻还高仰着她那白皙优美的喉颈，低低呻吟地高潮了。

而那整个过程，我们放着那个静静微笑的阿嬷，一个人坐在楼梯转角下去，像是因为光照的密度太大，所以所有的家具、沙发、卡拉OK电视，皆轻微晃动地漂浮起来（当然还包括当时仍活着的阿嬷）的那么一间客厅里。

那一切像是发生在许久之前的事。但阿嬷过世似乎不满一年，或许才几个月而已，这个客厅，旋即挤满了衣装华丽的客人。他们看见我们进来，即笑着围了上来。我们被那么多不同称谓不同辈分的亲族包围在客厅中央。

这天是在帮二叔的大儿子友陆娶媳妇。新娘子是印尼新娘，据说前前后后花了三十万新台币。妻的一位远房姑丈告诉我：这个离岛上的年轻人愈来愈苦闷了，拢娶不到老婆。女孩子高中一毕业（有的是初中一毕业）就往台湾跑。没有人想留在澎湖，以前他们那年代还常有阿兵哥和澎湖的女孩恋爱，然后退伍后留下来结婚定居，不回台湾。

现在都没这种事了。整个马公的女孩都缺货嘛。案山这一条弄里街坊，现在坐在门前晒小卷干的，全是大陆妹、越南妹、泰国、老挝、印尼妹……根本是"八国联军"，他说友陆人老实，每天只知道工作，再不给他转个办法娶某，真正是别想娶了。

我问他友陆现在在做些什么？他说好像是到望安、桶盘、虎井甚至一些无人小岛去做什么打井工程。

这时从那个房间——即是楼梯上去弯角上去的那个，叫雅蜜的女孩的房间——门打开走出了个留长发的年轻人，他穿着深蓝色宽宽的西装裤，打着赤脚，和屋内气氛非常不协调那样神情委顿地扶着楼梯木扶手晃下楼来。

　　我有一种时光错置颠倒的幻觉。

　　我听见他们喊他弟（笛），我听见那些阿姑阿嬷和妻的母亲在轻声碎嘴地讨论着。

　　弟有卡好莫？

　　讲昨日去海军医院吊了两筒点滴命才捡回来？

　　讲是伊阿嬷最疼伊，讲盖棺彼时伊没回来，阿嬷放不下他。

　　伊阿伯讲这个孩子是否有吸安非他命喔？

　　那个弟（笛）坐在我面前的板凳，喊了我一声姐夫。我发现他其实是个极害羞之人。他静静啜着他母亲端给他的一碗鱼汤。我看见他的左手手腕上有一条口子拉得极长的伤痕，黏在上面的纱布胶带上结了黑色的血块。

　　我突然想起这男孩的面容，长得极像那三楼上面，点着红莲灯的神案上，那张肖像画里的妻的阿公。

　　后来我们两个攀谈起来，他告诉我他本来在台湾是开货柜车的，高雄——台中——台北这样跑。有时也跑东部。一天白天夜里连着跑，常常连着二十几个小时没睡觉。我问他那他们会不会边开边睡觉？他说会啊，怎么不会。我赞叹说软货柜车驾照很难考不是？好像要先考自小客，然后小客车，然后小货车，然后大货车，然后大客车……这时他的眼睛一亮。他说有啊，大客车执照我也有，我也去开过"统联"[1]，跑高速公路，太累了。后来就不去了。然后他告诉我一些考大货车或大客车的驾照时，比较高难度的测试过程。

他且说他连怪手的驾照都有。

但是这时前厅的人骚动起来，人们喊着：去娶新娘喽，去看新娘喽。原来新娘是前一天就（自己一个人）从印尼坐飞机到桃园，二叔他们再一路走高速公路，然后从台北把她带到澎湖来，新娘子下榻在隔了一条街的经国纪念馆[2]，由一些妻的学姐学妹陪着，权充女方的亲人，等着扮演男方的这一组人马簇拥着新郎去迎娶。

我丢下弟（笛），也跟着那群穿着正式西装的人兴匆匆地钻进那炽烈灿白的日光里。有些年轻人，煞有其事地拿着大哥大在对时调整两边的状态。我觉得这一切像极了在演戏。他们虽然都穿着西装，但头发却蓬乱油腻，有的脚下还穿着球鞋，一看即知平日里是打赤膊卖力气的一群讨海人。有一个阿伯递给我一些黑色的圆颗粒，他告诉我那是炮仔，"待会放给他闹热啦。"后来我认出那是一种我小时候玩过的叫做"蛇炮"的玩意，这种炮你一点火，它会噗滋噗滋冒出呛鼻的臭味和一种黄色的烟雾，然后像是从那燃放的焰花里，歪歪扭

---

1 "统联"：即统联汽车客运的简称，是台湾首家合法民营客运公司。
2 经国纪念馆：即"蒋经国纪念馆"，建于1989年。蒋经国生前曾百余次赴金门视察。

扭长出一条像大便一样黑黑的东西。

我认为在迎娶这样重要的场面，放这种突梯古怪充满猥亵感的炮似乎不很恰当（说不定还会遭我岳父痛斥一顿呢）。

但是那一对新郎（友陆）和新娘（那个印尼女孩）就这样在两边台阶皆燃放着那种冒着黄烟和臭味，且噗噗长出一条条黑色物事的诡异气氛下，歪歪跌跌被众人推拥走出经国纪念馆。二叔请来的一队鼓号乐队七零八落地演奏着一些进行曲。你一开始可能会被这个场面唬住，但是待你靠近些看，你会发现这些穿着有两排金扣笔挺水蓝制服（肩膀还有金色垂穗的垫肩哩）折缝的白水兵长裤的队员，全是一些老人，一些闪着金牙在嚼槟榔的老先生和可能刚喝醉酒硬被拉来脸还红红的老阿嬷。之前在妻的阿嬷的丧礼上我就看过他们了。可能那时演奏的乐曲有些不同罢了。

友陆看起来乐歪了，他的一只手从后面搂住新娘穿着一身白纱蓬裙的腰（那个印尼女孩的腰真是细），另一只手向周围围观的这一堆亲族邻人挥手致意。天哪他真是笨拙害羞得可以了。他的细框眼镜镜片的周边还沾着一些小点小点的油漆星沫。我不晓得为什么没有人注意到这点而替他把眼镜摘下来擦干净。

这时我注意到那个新娘正大把鼻涕大把眼泪哭着。那是一种极伤心的哭法。她脸上的浓妆全给哭花了。但她身边那些花枝招展的妯娌表姐妹没有一个人安抚她一下，譬如搂她肩膀一下或做个鬼脸逗她笑之类的。我只有在婚前和妻一次毁灭性的怨毒争吵后，才看过妻出现这种把整张脸都崩溃掉的哭法。

她究竟是个异乡人呵。我心里难过地想着，就和我一样。那样只身站在这一大群人里面，他们的面容模糊但全善意地笑着。你听不懂他们快速谈话里的细节，但你只能一直保持着微笑，有时你的丈夫（或妻）就当着你的面用他们的语言和他的母亲交谈起来，你隐隐猜臆他们其实正在评论着你，有时他们会突然放开喉咙大笑起来，你只能皱着眉头跟着傻笑，有时他们会低声地争执着，然后用陌生的急速的语句互相咒骂着。

那个印尼新娘其实相当美丽，我甚至猜测她可能是她那个村子里最美的女人，她的颈子上挂满了像迎神建醮被宰杀的猪公头颈上挂着的那些粗粗的金链子。她身边一个亲人也没有，代表女方主婚人的，是一个二婶她们尊称为"张老师"的秃头男子。那人真正的头衔是什么"人力资源中介公司主任"，说穿了就是"人肉贩子"。

我记得前一天晚上，我还倨坐在那种房子阴凉的饭厅里，听着二婶一边处理一种叫做海臭虫的鲎蟹类海产，一边轻声对妻的母亲谈论这个叫"张老师"的男子。她说今嘛澎湖到处都是外籍新娘了。马公那里说还开办了一个什么"外籍新娘教室"，教她们一些手艺或可用在摆摊贩的简单厨艺。妻的母亲说那不是很好吗？二婶却说不好，"张老师"说不能给去，去会学坏。讲今嘛的规定是每年这些外籍太太要回她们原籍地半年（二婶说他们另外花了笔钱，把友陆的媳妇改注为什么"特殊人士"，所以一年只要回去一个月，其实只要出境个把个月，转转再回来就好了）。"许多女人偷光了金子、家里的现金，一回去就不再回来了。"主要是吃不了苦，像嫁去西屿那些地方，比在她们故乡要辛苦，有的甚至更坏，拿了订金就说那女儿病死了什么的。"张老师"这一方面很精明，我跟伊爸爸去拣，一眼就相中这个女孩，主要是笑面款……订金付很少，日子定好了，"张老师"去带人，一手交钱一手交人。"张老师"说：我做这生意是做好事，是做长久的，你们今天娶得满意，下回哪个堂兄弟也想要娶水某，就会想到我张老师了……

二婶说："不是说台湾那边有一对父子，娶了人家一对越南的姐妹花么？夭寿哟。"他们掩嘴笑得像是少女听见什么夸张的黄色笑话一样。

在我这样怔忡感伤的瞬刻，友陆早已搂着他那一身白纱的新娘（这时我已看不清她的脸了），坐上一辆二叔他们租来的黑头车上。原先围观的亲戚妯娌们也纷纷跳上从各处调来借来的轿车（也包括了二叔的黄色计程车），那一批鼓号乐队们则是爬上一辆小货卡的后车厢，他们仍是兴高采烈地吹奏着。刚才拿蛇炮给我的阿伯（后来我才知道，按辈分我应喊他叔公）告诉我，他们这一批"车队"，是要去马公市游一游街，秀一下，"给伊风骚一下啦"。

那时我几乎是第一次感觉到，站在那个几乎没有任何荫影可躲的强光里，一个眨眼，突然所有的景物全逆光反差成一种底片胶卷上面的暗褐色。

我站的位置（经国纪念馆前的空旷马路）恰是一块高高隆起的台地，站在那里跳目远望，可以看见较远处被拉成一条海平面的渔港，但那条蓝色的水平线被较近处的一排咕咾石旧厝和三层水泥洋房交错的建筑群给切断了。再更近一点则是一间猪肝红漆底的城隍庙金漆彩绘的飞檐庙顶。

我记得妻曾告诉我：原来这里一直延伸到现在的渔港，全是海。后来是海埔新生地填起来了。现在从这里走几步路便可到东文（妻的母亲的娘家），从前我岳父在追妻的母亲时，两个村子中间隔了一片大海，必须绕好远的路才能走到心上人的家。

我岳父亦曾告诉过我：他年轻时曾和渔村里的浮浪子弟，在妈祖生辰那天，赤膊着上身"过火"。他说那是两人一组扛着载有配享小神像的神轿，两人摇晃摆动像酒醉梦游，弄得好像两个凡间青壮男子和那小小神轿的神力在抗搏。然后一组一组赤足跳踩过上面不断覆盐覆生米的火炭。等过完火后（我岳父说，他记得确曾有人脚底被那火炭燎伤溃烂），所有的（一组一组的两人一轿）人，皆要佯装成再也压制不住那神佛想要洗洗澡的强烈渴望，全部连人带轿冲跳入海中。

照这样说，那时到这间城隍庙为止，在它前面的一切民居、小学、十字路口的红绿灯、保龄球馆、青年活动中心……

升官

应当全是岩礁拍浪、景色一片枯槁的内海了。

　　我记得妻曾告诉过我一个奇怪的念头：即是她极怀疑她的母系那一支的家族上溯，可能曾经混过荷兰人的血液。

　　妻举证凿凿地说：她和她妹妹的头发，从小就是恼人地在阳光下会泛着一种红棕色的光泽，且仔细盯着她们的眼睛看，会发现她们的眼瞳是蓝色的。如果你留意她母亲的双眼皮的话，她说她母亲年轻时有一次上马公买布，被一个外省老兵拦下，惊异地说我跑遍大江南北，就没见过一个人的双眼皮这么深的，像用刀刻过一样……

　　妻说如果你看过大舅的脸，"根本就像外国人"，完全不是汉人的轮廓。确实妻的皮肤，就澎湖女孩来说是白皙得过分了，日照过久鼻翼两侧会泛起粉红的淡斑，且鼻梁确比大学时班上其他的女生要挺些。

　　而妻的父系这族与母系这族，都是上溯几世纪前的迁移之初，即世代住在澎湖。不可能混有平埔族的血统。

　　也许是像那屋檐阴影层遮蔽的咕咾石老巷弄，在隐蔽难透光的家族史的某页，曾有一次没被记录下来的耻辱的混血。曾经占领过这座岛的红毛番？或是漂流搁浅的荷兰海盗？

　　我就那样站在曝光反差的暗色晕眩里，困惑地猜疑着这一切移进移出的迁移与配种，不过是一个隐藏在和谐的对应和仪式（我与妻的相遇与婚礼）之下，藤蔓错杂且暴力相加的族裔谱系不断被污染、歧出的悲歌。

妻的父系家谱祖先来自荥阳，他们是从宋代即自福建迁移到澎湖的纯种汉人。妻的母系是可能混了荷兰人血统的汉人。我父亲的父系（据我父亲说）是三国时吴武将骆统的后裔，我祖母项氏据说是从山东迁至安徽的一族。我母亲是在台北大龙峒长大的养女。生父母世系不详。养母（阿嬷）亦是人家的养女，且有一些证据显示她继承了平埔族的血统……这还不提后来持续加入的印尼人、泰国人、越南人……

但是那天傍晚，在摆桌喜宴开始之前，发生了一件小小的事情，我才确定：白日里我站在经国纪念馆之前，那片浮石虚土硬填起的、消失的海湾上，所有的一切关于家族谱系的颠倒妄想，所有对于那印尼新娘的物伤其类的情感，真是大错特错地离谱了……

那天傍晚，我走进屋里（我总有一种穿廊过弄，分开许多陌生人才得以走到那屋子的内厅的印象），经过我的岳父。他正单腿盘起直挺挺闭目坐在一只板凳上，上身轻微晃动着，口中念念有词。所以他并没有搭理我。

我走进厨房，妻的母亲和二婶各坐在张小木几上拣菜叶，旁边围坐着这附近街坊的妇人和阿婆们。她们一边帮忙拣菜叶，一边小声急促地用一种腔口很重，我无法听懂每一句话内容的古老河洛话在交谈着。

"阿兰呢？"我问妻的母亲。我这时才想起我恐怕有一整天没看到妻子。我这一天总是处在这种一开口说话便和周围的人格格不入的苦恼里（因为我操的语言）。

勿知咧，妻的母亲说，然后她回头用河洛话问她身旁一个背对着我穿着一件银红色旗袍的女孩（那女孩也蹲坐在这群阿巴桑之间帮着拣菜）。

那女孩侧过头来的时候，我才发现她不就是白日里在友陆怀里哭得一塌糊涂的新娘么？

那女孩脸上化着浓妆（她真是个美人），眨着睫毛想了一会，然后，从她的嘴里说出了一串标准得不能再标准的河洛话：

"伊一大阵人好像跟着阿嫂去观音亭摄相。"

（她不是印尼人吗？）

（原来这里唯一的异乡人就只有我而已？）

晚宴时在临时搭起的办桌帆布篷下，妻告诉我：新娘的祖父一辈才从厦门迁至印尼，算起来是第三代移民后裔（我则自我算起为第二代），说渔港那里一个叔公居然和新娘认出是同一宗谱的远亲，叙辈分那个叔公还要喊新娘子阿姑咧。妻说二姆他们和张老师去新娘家提亲时，招待他们吃的发粿、黑糖粿和咱澎湖同款传统。一些祭神的方法，也是较像咱澎湖……

这时我们的谈话被一阵碰弄麦克风从音箱发出的割裂或拖磨什么的音爆声打断，原来是我岳父正满面通红地跳上原先准备给办桌助兴的卡拉 OK 女郎表演歌舞用的组合式舞台。

今天蒙各位乡亲贤达来给我们友陆的这个喜事添光……我的岳父开始在舞台上讲一些场面话……这是我与舍弟舍妹莫大的荣幸……

原来之前他坐在板凳上摇头晃脑地就是在默诵此刻的台词。我心里想着。

但是这时我岳父话锋一转……这里有一件喜上加喜的消息要跟大家讲，就是友陆伊阿公，也就是我爸爸，昨天托咱案山城隍庙底厚道仙来传话，这里把伊讲，抄下读给各位乡亲听，也算是为今天这个喜事锦上添花啦……

然后我岳父自他的西装内口袋掏出他的老花眼镜戴上，然后把一张折得小小张的纸摊开。用一种咬字、腔韵皆极难辨认的古老闽南话读将起来。

兹承钧命为带贵堂亡故生郑柳埕反梓与其儿孙媳妇等聚会，兹准降笔，叙谈衷情，以此暂退，奉命调升上海市城隍庙褒善司郑降即郑柳埕。

然后他读了一段诗：

一路欣欣玉山归，土地职守无违亏。
天心厚泽吾柳埕，刻骨铭心尽善为。

这整个古汉话的念诵过程，我皆是需要妻在一旁逐字推敲翻译才隐约弄懂我岳父手中那张稿子的内容。在那过程中，我竟然发现，隔着客人尚未坐满空空落落的酒席圆桌（上面铺了红色的薄塑胶纸并压着一瓶瓶的绍兴酒）望去，在我岳父讲台上方最靠近的那张圆桌，新娘子，就是那个一身白纱的轮廓美丽的印尼女孩，一个人坐在那儿。她专注地听着我岳父口中冒出的那些，对我而言如同藏密咒语一般嗡嗡发声的古老汉语。她像是真听得懂一样，也随着那诗文的韵律而摇晃着。我在放弃理解那和这个古老渔村古老巷弄屋子里的古老家族血裔支系一样扑朔难辨的冗牙赘舌之语符的内容之前，最后听到的句子是：

……幸生前知觉修身，方有今日六司之职佳音传闻不胜欢喜归途承马将军示白内人欧氏作故使不才柳埒含泪痛不欲生哀哉今随马将军由玉山县千里路而返承蒙恩典会堂前儿女媳妇欢聚一堂，何等欢心……

我问妻这说的到底是什么，妻以一种对异族人解释不清的惫懒和虚无，似喜似瞋地说：
"就是说我阿公升官了啦。"

据说妻的祖父，死后多年，曾经托梦给他们案山一座小庙的庙祝，说有事要告诉他的儿孙，托他在某月某日把他们找来。那个庙祝依约去找了。我岳父他们三兄弟，在那一天聚在那庙里，焚香烧金纸，祝祷请占他们的父亲有什么话要说。

果然那个受托的庙祝，几巡诵咒洒酒，便翻了白眼起了乩，作出我妻阿公生前醉酒时神态，用他老人家生前那样听不出悲喜底浓痰嗓音说："以后，我的坟，汝就免去上了，我已经不在位了。"

包括我岳父，众人皆惊问是怎么回事？

那阿公说："免惊！我要做官去了。"原来他老人家在阴间被派了个小官，官职是对面大陆淮阴县一个什么地方的土地公。这天把儿孙族亲找来一聚，即日就要上任去了。

我听妻说着当时的场面，觉得滑稽又诡异。一个死去的亲人，借托了个陌生人的身体，这般靠近地和活着的人说话，且告诉他们自己是要去赴任阴间里，遥远他乡的一个小地方官。

妻说当时我岳父诸人听了这消息，悲喜交集，拉着那附了他们父亲鬼魂的庙祝，嚎啕大哭。老人大约是被哭得心烦，皱了皱眉说："卖搁嚎啊啦！"[1]便拂袖而去。

后来我岳父他们，还在案山当地，摆了几十桌的流水席，算是庆贺老人家在阴曹地府，挂了个官职，虽说不上是位列仙班，但也算是善终了。

不过淮阴究竟在什么地方呢？那里真的有土地庙供人祭拜吗？我初听这个故事，对妻的家人，那种暧昧模糊缺乏寻

---

1 "卖搁嚎啊啦！"：闽南语，别再哭啦。

根问柢想象力的精神颇不以为然。自己的亲人在死亡的那个世界里当了官了，且还有个地名可考，难道就从来没有人起过念头，到对岸的"淮阴"这地方去寻寻，看看真的有这座庙否？或者给老人家上上香檠檠漆什么的？

后来我听我父亲讲到他逃难时，曾经在淮阴发生的一段奇妙因缘，使我不能不骇叹，偌大的一张中国地图，我会和妻这个女人，经过多少阴错阳差，看不出其线索的迁移和终而相遇，不能不说在冥冥之中，有所谓缘法这个玩意。

关于"阿公在淮阴县当上地公"这件事，在我的想法里，应当也就和一个大家族（尤其是像妻他们这样一个澎湖人的家族）在祖厝一个屋廊转角就随手带上一扇门一样，总有一个阴晦的故事被关在某一个房间，没有下文。谁想到这个故事，在妻的阿嬷过世的头七丧家谢宴上，又听到了另一段串延接上的版本。

妻的阿公过世时，妻犹是小学五年级的孩子（我问过妻可记得那许多年前的葬礼场面，谁知她一脸茫然，说："不记得了。"），到她的阿嬷终于离世时，已经是我们结婚前一年，这年妻二十七岁。也就是说这一对阿公阿嬷，他们相继谢世，中间隔了近十五载。

这个阿嬷的丧礼，我从遽传噩耗，随妻坐飞机赶去澎湖，擦洗身子、换衣、小殓、大殓、钉棺，到葬礼及送往火化场火化，几乎是全程参与。那时我和妻是男女朋友关系，妻在我之前有一个相处七年的男友，在这次丧礼之前，妻的父亲对我始终不假颜色，而在丧礼之后，他开始会用一种台湾男人矜持含蓄的方式，像对已被视为家族内成员的态度，对我表达他的感情（譬如说他不准我去帮忙女眷们洗碗，他的想法认为男人不应进厨房去；他会念一些不知从哪儿抄来的门联或诗句给我听）。

在那个人影幢幢动员如此多亲族的大阵仗里（我时常在那间暗幽的祖厝里，微笑着和各种我并不相识的妻的亲族打招呼，心底为我找不到妻在哪里，而慌张恐惧），常可以片段地听到厨房角落、停车场搭的丧棚里，掩嘴低声的一群妇人讲的，我弄不清关系网络的人名和人名之间的是非或丑事。

这之间我亦听到了许多妇人们绘形绘状捉神弄鬼的神秘故事。譬如她们说阿嬷肖鼠，头七那天她们由大门铺细沙（是山水海滩的白沙）一直铺至棺木旁，据说第二天真的有人发现一列细细索索的老鼠爪印，从大门门槛浅浅踩到棺木那边，便说阿嬷真的有回来耶。

我还听一位阿妗（据妻后来告诉我，这个远房阿妗和我岳母交恶，要我以后不要阿妗阿妗喊那么亲热）说，阿公在过世的前几年早就"肖去"[1]了。他还曾经在大庭广众之前，硬把阿嬷的衣服剥光。阿嬷她老人家一丝不挂哭啼啼地求旁边

---

1 "肖去"：闽南语，发疯。

的晚辈借一件衣衫给她披着，都被阿公威严地大声喝阻。

　　我不知道这些怪诞的故事，牵延上妻的身世有何意义。但似乎它们从此便与我有关了，后来我听到更多关于妻的这个家族玄灵古怪的往事，我总会嗟叹着自己的身世：我在很小很小的时候，似乎关于我的身世的故事便已固定，往后的时光只是由我父亲一次又一次重复地重说——我的身世便是我父亲的故事，在他的故事里，为了源头和开启，会提到一些我祖父的事和祖母的事，但我父亲是这一大套故事里唯一的说书人，连我母亲偶尔提到一些家族史的片段，也全是从我父亲那儿听去的版本。

　　我想象着这样的画面：我精赤着身子和妻相对而立，她同样也是全身一丝不挂，我好奇而色情地盯着她一身优美安静的裸体，因为是这样站立的姿势，使得她如白色牛奶的躯干中央下方的那撮黑毛显得有些突兀。我忍不住伸手去拨弄了一番，没想到她红着脸低垂着眼也好奇地伸出手抚弄我下面的卵蛋，这使我的那个硬邦邦地翘立起来。

　　这时我突然发现有两条腿挂在我的胸前，上面覆满白色的腿毛，原来是我父亲赤身裸体采骑马打仗的姿势跨骑在我的脖子上，他的卵囊舒惬地置放在我发漩的中央，像一只芦秆巢里睡着的肥鹌鹑，他的胖肚子垂挂下来，盖住我的前额，弄得我满头大汗。后来我发现有许多汗是由我父亲的肚子上淌下来的，我稍稍歪头往上瞧，发现我父亲的肩项上，以同样的姿势跨骑着我祖父（虽然我从未见过我祖父长啥模样）。

　　　　　　　　　　　　　　　　　　月球姓氏

我祖父的头上，便一无所有了。所以我和我父亲、我祖父，是三人一组的叠罗汉（我们三个都光着身子）。

但是待我一看对面，裸身的妻的头上，我岳父、岳母、妻的阿公、阿嬷、外公、外嬷、阿祖、祖嬷，还有旁岔歧出的阿叔阿婶阿舅阿妗叔公婶婆舅公亲母……有的人赤身裸体，有的人穿着古代的宽大官服，像小时候我看过的李棠华特技团[1]在一辆行进中的脚踏车上，以各种姿势各种角度各种部位向上叠堆链接着蚜虫或者说葡萄球链菌一样的人们。而且愈往上叠，枝丫分岔得愈多……

我被眼前这个倒插金字塔的庞大家谱给吓得卸了劲，小鸡鸡垂头丧气地再也不肯举起来了。

相较于我父亲那一回待续着一向单口相声般的家族史诗，妻的澎湖家族，常在我不熟识的亲族间，掩嘴低声地传递着一些残破不全的画面（譬如妻的阿嬷，裸着两粒枯瘪瘪的老人奶袋，哭啼啼地央求晚辈借她件衣服披上）；而我的岳父反倒鲜少开口描述他那杂驳冥晦、魔幻且无厘头的家族史。

1　李棠华特技团：著名杂技团体，1945 年成立于上海，1949 年来台。李棠华，湖南人，有"杂技之父"的封号。在消费性娱乐贫乏的七十年代，李棠华特技团的表演曾大受欢迎，颇有影响。

黑色大鸟

它的嘴喙强韧有力，下端还有鲜红色的嗉囊，它的爪肢锋利嶙峋。村人们用带着铁钩的长杆去拨弄它、想抓住它。但它瞪着褐色冰冷的双瞳，用它的喙爪去把那些铁钩长杆挡开。

我父亲说我祖父死于血癌，说他连睡前都还要在眠炕上抽上个几根，把棉被燎得一个一个大洞。平日杀猪案上叠着一包包的烟，国产的什么紫金山啦、大前门烟，洋烟什么三五啦、三炮（海盗牌），平日里寻常一些的客人，他都拉哈着人家抽烟。我父亲说我祖父是个侠义之人，腊月年节前洲上人家来赊猪肉，说骆大爷年节里的家里小孩嘴馋想吃点肉。我祖父二话不说，翻肉上案，操刀剁肉，成，几斤，三斤哪够，来五斤。

这样杀了一辈子猪，什么也没留给我祖母。倒是他死后我大伯父牵着十四岁的我爹，披麻戴孝，夹着十来本从没勾销过的成年老账簿，挨家挨户去收账。竟然在洲上买了好大一块地。

"人家说，骆大爷从来没认真要过账，现在死了，留下这两个孤雏，人家总要过日子不是？"

这一切底描述对我来讲皆显得空洞且遥远。关于我祖父底形象，总是那么悠悠忽忽像快转的影带，人物在其中白光乱闪，鲜少有可以凭借往更确定更深邃处窥探的细节。我祖父在猪肉案头上挥着大菜刀剁着猪肉，周围围着哪些人？我父亲在一旁吗？十四岁的我父亲穿纛衣戴重孝跟在他哥哥身后去收账，那些赊账的人推门出来说了些什么？他们是利落哀矜地把乡下人欠了十几年的猪肉钱一把铜子儿就塞给骆大爷的这两个孤儿，还是奚落了他们一番（"哟，老头的坟上还热的，作儿的就迫不及待来讨遗产啦？"）？他们说了些什么？那是一个缄默无声的世界，我父亲在年节里反复言说的那些远祖的故事——他父亲的故事、他母亲的故事、他大哥大嫂的故事、他私塾先生的故事、他童养媳的故事……对我来说，总像是一群没有声音的人所发生的故事，我父亲像是个手摇圆盘画片说故事的放映师——他除了嘎嚓嘎嚓照本宣科按着热灼灼的灯泡打出来的画片描述一个乏味而固定的情节，没有能力告诉我更多画片上其他的细节。

我的父亲是个老国民党员。讲难听些他是个老党工。这样的我要说他一生的故事，通常是一个短篇里的一个角色就可以把他打发掉了。但他毕竟是我的父亲啊。我总是不知不觉就把他写进我的故事里了，年轻时我总把他写得像马尔克斯《独裁者的秋天》里那个得了热病的老人，在一栋金碧辉煌却藏满蛀虫的建筑物里等死。年纪渐大，我慢慢发觉他像是《爱丽丝梦游仙境》里那只悬浮在空中微笑的猫。他像是有关于"我为何要写小说"、"我为何总爱写一些滑稽之人"或"我为何总是如此亢郁愤懑"……这一切谜面底线头。他是关于"我……"这一切相关字源最初的那个空缺。

我总是想象着那个在叱责痛殴着孩童时的我的父亲，如果预先知道，他面前的那个孩子，有一天会这般郑重端坐地，把他写进一串一串的故事里，当意会到自己正对着一双灰色澹澈的眼睛，他会用什么态度来面对我？会有所改变吗？我只知道在父亲最后的这些年，他总是会讪讪笑着，拉着我讲他的故事给我听。那许多皆是我小时候便听过多遍了。我想除了自己的父亲，没有人愿意听另一个人一生的故事重播如此多遍吧。

事实上我出生的时候，我父亲便已四十多岁了，这或许是一个人开始耽溺于回忆自己前半生的年龄分野。所以在我稍微懂事一些开始，印象里他便已是个喜欢叨絮自己身世的老人。

我父亲尚且说到我的太外祖母，也就是他的外婆。我父亲说这个老太太女人男相，南人北相，满口金石，说话铿锵有力，且非常爱干净。我父亲说从前在项家老屋（我祖母姓项）的时候，这太外祖母是大房，行为处事干练麻利，很有长嫂的样子。后来太外祖父（我太外祖母的丈夫）死了，二房三房的兄弟们居然约了外地的光棍，说好哪一天夜里让他们来**抢亲**。开玩笑，抢的是他们新寡的嫂子咧。还不就为了图他们大房的那块地。

我父亲说，还好先走了风声，我太外祖母得了消息，前一天夜里，穿着一身黑衣，带着我祖母、舅公，趁黑逃到芜湖去。

"否则就没有我了。"我父亲说。

所以这是我父亲他母系那边的故事？年轻的寡母带着两个孤儿开始逃亡。没有这个头儿，也就没有我父亲那一段了（更没有我在此拼凑着他们的故事）。

在我的想象里，我的太外祖母像一只黑色的大鸟，嘎嘎叫着扑翅躲进我所能想象的暗影边界。它的嘴喙强韧有力，下端还有鲜红色的嗦囊，它的爪肢锋利嶙峋。在我的想象里，村人们用带着铁钩的长杆去拨弄它、想抓住它。但它瞪着褐色冰冷的双瞳，用它的喙爪去把那些铁钩长杆挡开。

这样的想象让我非常悲伤，仿佛我是某一只落难的鸟的后代。但我父亲的描述总让我不能遏止地幻想，那个和我有血缘关系的老太婆，是一只孤独地被包围住、不断恐惧且虚张声势威吓着那些包围人群的、黑色的大鸟。我的脑海里总是浮现着这样的一幅画面：一群人摸黑围着一间空屋，他们提着刀叉棍棒，还有田里种庄稼的家伙，愣瞪瞪地围着那间空屋。

这样的一间空屋，这样的因为消息走漏而扑空围成一个空圈圈的滑稽的一群人，成为了我这个家族故事最初起源的说故事形式。

"如果不是因为你太外祖母跑得快，就没有你祖母，也就没有我……"我父亲是这样开始说故事的。

是啊，如果不是四九年我父亲跑得快，莫名其妙跑来台湾和我娘来那么一下子，也就没有我了。

我太外祖母带着一双儿女，孤儿寡母逃到安徽芜湖。那个女儿就是我祖母。我祖母项氏（我父亲甚至不知她的名），嫁到了无为。嫁给了我祖父。我祖父是大房。下面还有二叔祖三叔祖。三兄弟好赌。据说我太祖父在世时，原很有些田产。我父亲说他尚是孩童时，日本人屠杀南京，他随我祖父祖母逃回安徽，一日黄昏随乡里一个老辈在田里赶路，那老辈突然停下脚，对我父亲说："小龙把子，从这里，到天边，原来都是你们骆家的地。"说是我太祖父一过世，三兄弟孝服没穿满，就在庄里开桌豪赌，被人设了局，一夜之间把祖产输个精光。

我父亲说他还是孩子的时候，曾经回到那骆氏祖屋，我父亲描述那屋宅之巨大时，神情光彩口气夸大得让我竟以为自己本应是什么豪门贵族之后（像张爱玲是李鸿章之后，或白先勇是白崇禧儿子）。我父亲说，那屋儿的梁，他妈十个大人都无法合抱。他曾在二楼的地板翻滚蹦跳，一丁点儿声音都没有（那个木材之实、之高级）。我父亲且悲伤地说欸结果我们骆家祖先的牌位，全给人家丢在茅房里了。

我小时候听我父亲说这一段，脑海里总会错幻地浮出这样的景观：在一片空旷无边际的田地里（那片田原来全是我祖先的），有一幢干他娘无法用言语形容的巨大木头盖的豪宅（那屋子原本是我家的），这幢豪宅经年累月地空荡荡在那儿（失去了它的后代不肖子孙，随时可以进去，怀旧伤逝地在二楼厚地板上无声地打滚），而那幢古老豪宅的厕所便池里，漂着我们祖先的牌位。

这又是一个空屋的家族史意象。

（似乎原先该讲讲关于那空屋里"本来"该发生的事，后来力气全花在交代那群围着空屋、不相关的笨蛋的故事。）

"空屋"在这场庞大艰巨的说故事灾难里，到底代表着什么意思？后来我阅历渐丰之后，发现那一整批和我父亲一样在一九四九年前后，随国民党部队灰头土脸撤逃来台湾的外省老B央，在他们的身世回述里，似乎总共通地、隐约地存在着那样一个巨大的空屋（那些屋子的大梁皆是十个大人无法合抱，且茅坑里漂着他们大家祖先的牌位）。他们几乎无一例外地"本来"都有着一个显赫的家世，且无一例外地都是在共军围城（或渡江）的最后一刻，才糊里糊涂地翻墙逃走。年纪小些的是在睡梦中被黑祒衫裤放大脚的奶妈摇醒，满脸眼泪鼻涕地由奶妈驮上后门泊好的小船，在漫天火光中看见船老大一篙篙撑开浮在水渠上的浮尸；年纪稍大的总是记得临出门对妻子最后说的那一句："我避避就回来。"当然他们的裤管里全塞满了袁大头裤脚绑死，后来这些袁大头不是在渡海的船上因为集体超重，被抓狂的船老大喝令和所有行李一道丢进海里；就是在基隆港干他妈的被个骗子诓了，买了一篓橘子或一桶茶叶蛋。

他们总无法搭上本来该搭上的那艘船。不是买到假船票或是船票被扒，再不就是船总在他们赶至码头的前十分钟摇摇晃晃地开走。最后他们总可以伪装冒充或趁查票宪兵一个闪神，混上了另一艘船。而那原本他们要搭却错过的那艘，总在事后证实不是才出了港就沉了，要不就是被"匪谍"渗透，整船不往台湾却航向青岛或大连，全船的人最后都到北大荒去下放了……

作为这些老B央的第二代，我想那幢空屋的意象，只有在填写个人资料籍贯栏时，神秘又心虚地写下那个你从来不了的地名："安徽无为"、"山东莱阳"、"江苏兴化"、"江西资溪"……才会幽幽邈邈地浮起。

或是在蜜月旅行时突发异想带你的新婚妻子，到南京水西门外，乘渡轮到江心洲，去探视那些你父亲当初离开前留下的儿女（你的同父异母兄姐）。当你和那些年过五旬六旬的老先生老太太围坐着一张红漆大圆桌，听他们一把鼻涕一把眼泪地思苦忆甜，"文革"时大伯父怎样被打断脊椎，哪个五堂嫂硬被撺掇出来指控大伯父调戏媳妇（她真的跳出来照做了），后来羞悔不已投江自杀。怎样一整家族的人全被打成黑五类（因为父亲逃去台湾的关系），怎样大伯母为了保香火，把三哥、四哥、五哥送回无为老家，谁想乡下闹灾荒硬是饿死了哪个……

这些那些……像是把你当做唯一可以听他们倾吐这以来他们所遭受冤苦的大人或官员（这一生哪，你父亲翻墙逃走后的半世纪）。"小弟哪……"老人们乡音很重地喊你。

空屋翻墙逃走的那个，歧出到另一陌生之地开始了新的叙事。留在原地的那些，茫然地（被遗弃地）繁衍接续着他们没头绪的故事。

譬如我父亲说我祖父和他那另外两个弟弟在一夕间输光了太祖父留下的全部祖产（一望无际的田和那幢大房子），我祖父毅然决然带着我祖母（那个像只黑色大鸟逃离家乡的太外祖母的女儿），和一群因涝灾荒了田地的破落户，迁移至南京浦口间，那一段长江中间的众多沙洲，其中一个叫做江心洲的小岛。

我父亲说我祖父才华洋溢，是个标准的生活艺术家。他说我祖父会自己编网，网肚下面一只一只的鱼镞子，我祖父是自个儿打模烧锡汁铸的（我父亲且模仿我祖父呐着牙趁熔锡碴子还未凝固，咬合上渔网的模样）。那生网编好，遍身抹上猪血，放进灶上蒸笼里蒸，一天一夜，掀锅后，"那渔网，"我父亲说，"比现在那些尼龙网要轻要韧弹性要强。"我父亲说，我祖父抓着一束网，趁夜黑鱼睡了，站在江边瞄鱼窝。瞄上了，望空一撒一兜，那网蓬地漫张开来，"像一个篮球场那么大！"（许多年后，我听一位美丽的女人，如梦似幻地说起一种叫做"帕什米娜"的高级毛料披肩，据说用帕什米娜的毛作材料的织物，折起时可以像块手帕大小放进口袋，走进冷气房，"砰"地打开，成为一张比大衣还暖罩住整个上身的大披肩。我便想起我祖父那夜里江边撒渔网的魔术。）

我祖父且在那河洲荒地上圈地养猪，成为我这家族第一代的屠夫。我祖父自己找铁匠订做各种尺寸杀猪刀。我父亲说我祖父长大身材，以今天看应有一米九，洲上人都喊他"骆大个儿"。我祖父乐观开朗，爱逞豪气。每每家里断炊，我祖母要他出去收些账回来。我祖父天亮出门，到黄昏时我祖母派我父亲去找人，总见我祖父和那欠账的，一人一管旱烟，悠然自得蹲在门槛边走盲棋。我祖母便笑说："你爸爸，是个烂板凳的。"

我父亲说他十四岁时我祖父过世。和大伯父弟兄俩披麻戴孝拿着账本，去找洲上一位开杂货铺的刘四爷。那人一看兄弟俩来了，马上关了店门，领着一户户人家去说："人家骆大爷仁义，现在丢下这两个小的走了，人家总得过日子。"当天钞票银币收了整篓子。第一年在洲上永定村买了九亩几分地，我父亲说，那样大的地，春秋两季（春天大麦、小麦；秋天玉米、大豆）足足可以养活一大家族的人。第二年又和人合买了二十几亩地（后来我和新婚妻子回江心洲，看到我父亲口中昵称"老墩子"的那一片地，已经变成"南京雨花台区污水处理厂"）。

　　我父亲说，有一天，一个叫石天昆的清帮师父突然来家里，说当晚要在家里开香堂。我父亲说我祖父不在帮，但和这些庵清弟兄时有来往。我大伯父做不了主，只有允了。那天晚上，来了上百人。开香堂，收徒弟，拜祖先、拜前人。人进人出，灯火通明。我父亲还记得有一个叫马永成的，跪步磕头方式都弄错，被纠正了好久。

　　第二天天亮，这个石天昆才熄炉合簿，率众而去。后来是听另外一个在帮前辈说，那天晚上，江北来了几个人，带了手枪、快慢机，之前盯了几天，想这家人突然买了那么大片地，怕是发了什么横财，原就要在那晚下手。没想到半路冒出这个石天昆，在你家开香堂，人家候到半夜，烛火通明，人影摇动，就没敢下手。算是逃过一劫。

　　这个石天昆何人也？想是你祖父生前的交情。

我父亲说，那时家运实在太旺。于是就有人想起，当初在无为老家盖那幢大宅时（又提到那幢空屋了吧），工人曾看见大梁上，爬上了两条小青蛇，一前一后，一晃即逝。便有人说，这骆家后代有子孙要发，且会应在大房。

　　当初留在安徽老家的二房三房（二叔祖三叔祖，就是和祖父一起把祖产赌输掉的另外那两兄弟），在老家的状况非常不好。据说二叔祖有一回喝醉酒，忿忿不平地说祖坟风水全发在大房，他要挑大粪刨祖坟淋进去……

　　我父亲说，留在老家的骆家人穷到什么地步呢？二叔祖母是无为县有名的美人，二叔祖死得早。你太祖母无力替三房娶媳妇，就让三叔祖娶了你二叔祖母。等于是小叔娶了嫂子。这在地方上，是等于乱伦败俗的大事，不过那年头真是太穷了，后来好像还请了族长和学堂里的先生做主，这事才糊弄过去……

　　又回到那幢空屋。没走开而遗留下来的族人。我父亲说，后来他回安徽老家修祖坟修族谱，每在二房三房的叔祖母的两个空位困惑踟蹰。那原是同一个女人同一个名字不是？二房三房延伸而下的子裔全由她的胯下生出。

　　对于我父亲这种方式的叙述，老实说我有一肚子狐疑。譬如说，二叔祖扬言要浇大粪到祖坟里去。这是什么意思？他后来真的做了吗？难道我太祖父的坟里，现在还埋着一泡我二叔祖的老屎吗？还是说就在他老人家发狂夜挑大粪走坟地，刨开墓冢，把大粪淋下的那一瞬；远在他乡的大房里的某一个子孙（我父亲？），突然异想天开，翻墙出走，跑到大海另一端一座他们从没听过的岛上，从此如风中打陀螺那样晦气了一辈子……

或是这个二房"帕斯"给三房的叔祖母（我父亲且强调她是个美人），到底当时是怎么回事？（我不知为何偏执地担心她穿什么样的裤头）父亲说就是因为老家穷才发生这种兄终弟及的人伦悲剧，那么铁定不会替新婚的小叔和再醮的寡嫂风风光光地办桌烧红烛拜堂闹洞房喝交杯酒这些玩意儿了吧？应该就是在哪一个寻常的黑夜，美丽的寡妇睡在她丈夫（那个跑去祖坟淋大粪的二叔祖）生前一道睡的炕上。然后是那个她当弟弟从小看大的小叔，黑里生手生脚地摸上炕来，鼻息喷着酒气，闷不吭声便解她的裤头……

她允了吗？黑暗里她是快乐的吗？年轻男子陌生又无比熟悉地拨弄着她那孤立在穷乡僻壤（或繁错的家族谱系）的女人身体时，她的胯部、大腿肌肤、腰际的鸡皮疙瘩……在承受着另一具男体找寻新的贴合方式时（他们可是兄弟呢），有没有憎恨地诅咒这一整个族姓所有关联的人（包括我在内）……

我这样迷惘地臆想着我的二叔祖母（三叔祖母），她在那空洞无边际的族谱之海里（我只知道她叫"二或三叔祖母"，并不知道她的名字），在那一雄配一雌（某某公配某氏：譬如我祖父祖母是传雨公配项氏，我父亲我娘是家轩公配张氏，我与妻则是以军公配郑氏……设若我年轻时即与 W 成为同性恋且坚持成婚，则族谱就得记上：以军公配 W 公）的记忆梯阶里，仅以称谓便向后世子孙们宣称：老娘曾经……老娘见识过……说来那弟弟的货不比做哥哥的，但真的比哥哥温存体贴……我觉得她定有一肚子的牢骚要发。我的二叔祖与三叔祖，兄弟们一先一后将他们减数分裂成为单套染色体的精子们，甩进我二或三叔祖母年轻美丽的胯下，像是把一个小说的章节打散重组，变成时间序列完全改观的另一个故事；或是把已成固定曲式的一首演奏曲的某几把提琴或单簧管抽出，重新调音再放进正在演出的乐团……总之我的二叔祖和三叔祖，在我二或三叔祖母那发着光的子宫里，大玩时光倒流的游戏：那原已早在我太祖父的那粒精子和太祖母的那粒卵对位确定的协奏曲，又被我二叔祖、三叔祖的顽皮精子，拆解交换，反复把玩，加上花腔变奏。仿佛回到几率发生的那个初点。

我父亲讲到我家族史里这段叔嫂乱伦兄弟换手的尴尬往事时，嗓音变得干涩痰滞，脸上的表情如痴如醉、梦幻迷离。后来我发现我父亲晓晓不休地讲叙着我家枝蔓芜杂的家族史时，其实是无比滥情地将之比拟为自己这一生命运的缩影：当他讲到我那位像黑色大鸟一般逃离家乡的寡妇太外祖母时，我猜他是不胜唏嘘地想到自己这一如漂鸟离巢再不得归还的荒谬一生。当他想到那位在族谱称谓上摆明了一生不止阅历一属的二或三叔祖母时，浩瀚的族谱星图里，漫长的时空漂流中，我那呆板平凡一雄一雌单号入座的骆氏家谱里，竟只有他这个被命运捉弄的子孙（只有他与所谓的"历史"、"时代"如此贴近），可以与那位寂寞的祖先（那个美丽的女人）对话。

对于他本人，他这一生，至少经历了我大妈和我娘。

作为分岔的另一端，他是我大妈，除了之后改嫁的独眼龙之外，这一生经历的男人之一。

我父亲说我祖父最懂吃鱼。他说长江里有一种鱼最娇贵，一出水即死，就是"桃花流水鳜鱼肥"里的鳜鱼。肉质鲜美得不得了。我父亲说我祖父为了解馋，可以伺候那鱼儿到这样的地步：他说我祖父央人雇一艘小船，船老大替他把着方向，他一边垂竿，一边用个小炭炉在船上起锅，一小锅热汤等着。等那鳜鱼一出水，一摆两摆还来不及死，姜丝伴着一起清煮。那滋味，哪是现在这些沙西米海鱼或是鱼塭里吃人屎长大的鱼能去比的……

我父亲说，我祖父有一次带他到江心撒网。谁知道一网撒进鱼窝里：成千上万的鱼子鱼孙鱼祖全在那网兜里翻跳，像漫天下冰雹，银光迸射。大的足足有一条汉子胳膊，小的则如婴孩小指。我父亲说他和祖父爷儿二人愣傻在那一整家族欢奋挣跳着全数死亡前的团圆之舞，啪啪啪互相用鳞片拍击着对方……

我父亲说后来我祖父叹了口气，拿起腰间鱼刀割破了网。说："算了吧。一整家子的……"

大水

整座城市被淹没在水底下，而我父亲在水面上漂泳。那时这座城犹完全不属于我父亲，他是个彻彻底底的外侵者。而我母系祖先的鬼魂们在水底下的曲折巷弄里哀鸣叹息。

我总以为那是一个外省男人与本省女人的相遇。

后来我发现事情并不如此单纯！我娘的家族谱系线索，如风中游丝，线索难觅。

我娘是养女。她的养母亦是养女。我娘在论及我阿嬷的祖先时，似乎她们两人有着各自不同的祖先。我曾紧追不舍地打探我阿嬷这一系的祖先们迁移的动态，后来发现她亦不甚明了（她只断碎地回忆她本来是住延平小学后的巷弄，后来和阿公花了十五块，在大龙峒保安宫后的小巷弄，买了那间七坪大的房子。至于她的童年住哪儿，她的生母或养母住哪儿，我完全听不懂她口中描述的那一大片"竹林"、"墓仔埔"、"河边"是如今的哪一带……）。

似乎有一过程是她或之前那一辈一辈上推的养女们，在不断地交易和馈赠的过程，有一支"养女"的游牧民族，不以血缘的世族递传，但她们之间互以母女相称。

她们在汉人开垦台北盆地，淡水河流域樯帆云集之际，在整个汉人聚落的边缘，以畸零的方式传递香火。

当我自伤身世地臆想着我母系先祖那轮廓模糊而行动飘忽的迁移路径时，我发现她们迁移的线索一如她们可能出没的地标：那些紊乱如薄命女子掌纹的河川谷地。那些荒溪型的河川，河床窄浅，大雨或台风来袭时总会被暴涨的洪水泛滥。当我读到一篇优美散文（马偕医师与巴克斯船长的《西北海岸纪行》？）记述着十九世纪末，由淡水沿观音山海岸，越过中坜台地……我总想象着那即是我母系先祖兼程赶路时，眼中所见的景致（马偕形容："……风景很美，到处是林子，偶有竹林围绕的农舍，野花处处，空中有云雀的叫声……"）。我的母系先祖沿着海岸平原赶路，有一道看不见的边界如影随形：边界的这一边是戎克船繁密如蚁泊聚的沙洲海岸，或是武装屯垦的汉人聚落；边界的那一边是大型樟树密植的美丽森林。有狒狒成群，尖啸如悲鸣地沿山棱线快速翻跃，它们迁移的路线和我母系先祖赶路的路线平行；深林里偶有监视的高山族身影闪逝，猎人头的传说和被汉人带来的怪异疫病在黑暗的恐惧里沉默地扩散，水鹿在林间受惊奔走，午后暴雨如倾无处可蔽……

（你总是面目模糊地浮现某一位母系先祖是黥面的。）

又或者有一次我父亲曾透露："你阿嬷跟阿公根本不是合法夫妻，他们是姘头！"另一次他说："你阿嬷从前是个不正经的女人，我看过她年轻时的照片，浓妆艳抹的，根本是个卖唱的……"后来我在一个偶然的机会里，读到一些关于台湾艺姐的风流掌故，里面提到艺姐极盛时盛行收养女（艺姐团仔）。常常二十出头的"大色艺姐"就作了十三四岁小女孩的养母，而这些年轻养母的养母，也就是才三十出头就已色衰过气的老艺姐，已是阿嬷级的人物……

我不禁狐疑地想起小时候，像曝光过度的幻灯画片，似乎有这个印象：小小身影的阿嬷，牵着我，在廷平北路迪化街靠近延平小学与市场一带的窄仄巷弄里绕。我记得在那时光静止的老旧世界里，一整排闽式骑楼，檐廊石头雕花的墙砖上根茎蔓爬地附着一些植物，甚至有些老式花窗玻璃打破从屋里长出小树。后来我曾再去那一带的巷弄里绕，发现一切景致仍和我幼时跟在阿嬷身边所见相同，连那些柑仔店或"阿兴西乐社：各式阵头，节庆晚会""当""秀兰洋裁"的店家招牌都没有更动……

　　我记得我阿嬷牵着我，在那时不时得跨过一阶低槛的窄檐骑楼里穿行。她的脚步踩得很碎很急，速度却并不快。也许我阿嬷是个放大小脚吧？我不记得了。我记得我阿嬷最后总会带我走进一间采光很差的小店面（又有些像一个住家贴靠着门廊的小客厅）里，我记得那里面会挤促地坐着一些老人。这些老人全是清一色的男人。他们的脸在那黑洞洞阴暗的小空间里浮荡地笑着。在我年幼的记忆，这个房间里的男人们，他们的气味和我父亲带我去的那些地方的人的气味很不相同。我那时因为年纪太小，无法清楚记忆他们的穿着细节或空间里的摆设，比较明显的差异（使一个三四岁孩童能分辨的）是：他们非常安静，彼此之间的身体靠挤在一起，他们用一种极小声的音量说话（不像我父亲带我去的场合，那些外省男人总是大着嗓门响亮地说话，并且互敬纸烟）。他们有的拿着三弦或琵琶之类的老乐器在弹奏，有的则蹲在板凳上拿着水烟管在吸……

　　我阿嬷总会叫我称呼他们某某阿公、某某阿公，他们总会害羞地咧着烟黄的门牙笑着。然后我阿嬷会特别敬称其中一位阿公为"先生",她会拿一包花布手帕包着的钱给他,而那位"先生"阿公则会激动地抗议。然后旁边那些阿公则会温和地笑着劝他们。

老实说,我从不记得——从来听不懂他们之间交谈的是什么。我因为出生及成长背景的关系(我出生后不久,我父母即带着三个儿女,搬离我阿嬷大龙峒的家,住到永和),始终错失学习河洛话的天然情境。除了后来几次迫切地感到不具备这种语言而无辜地遭受到的敌意外(最强烈的一次,是订婚送聘那天,混杂在妻家里大批用澎湖腔台语来与我交谈的亲友之间。还有高中时,一次跷家南下,和朋友介绍要罩我的朋友碰面,完全听不懂他一口浓重的台西腔);若说我曾为自己与这种优美古典的语言失之交臂而遗憾过,老实说只有对于那些个午后,我阿嬷带我闯进那个阴暗悠长的窄弄世界里,而我竟如看无声电影般完全不知里面的对白,这样如同对于我母系身世的隐晦残断而惘惘地惆怅……

我还记得我阿嬷会带我一步一阶地爬一座极窄极陡的磨石楼梯,上到二楼。那里会放着一张像船一样大的红眠床。我对那张"有屋顶的大床"倒是印象深刻:我记得那张床的上下左右,全是镂雕着梅花鹿、蝙蝠、麒麟、仙鹤或是梅兰竹菊这些植物的花片(那是我在动物园之前,最早对于一个混置在云纹花样的神话世界里的动物理解),床的上沿,还会挂着镂透纱帐,绣布剑带,还有一些古装的仕女图……

我总在那张大床上翻上翻下，拉开各角落都会惊喜发现的抽屉……通常那床上会躺着一个老妇，我阿嬷要我喊她"妗婆"。那个妗婆会从枕头下掏出一粒柑橘或是一种染色很差的红纸包的类似胭脂块的雪花糕（撕开那薄纸，手指便被染得嫣红）给我吃。我不记得她是生病或是在抽大烟，因我记忆里，这个妗婆总是躺在那张繁花错雕的大床里，和侧坐在床沿的阿嬷说话……

当然我也是一句都没听懂记下她们说的内容。

如果我阿嬷曾是一个艺姐……

后来我从资料里读到：更古早时流行着台北艺姐先到台中，学习执壶唱作的最高艺境，等到人面滚热、技艺纯熟后，再回台北大稻埕，重开艳帜，往往会成为当红艺姐。不知怎地我脑海里便浮现出我母系先祖（借由养母女形式沿传的隐秘谱系）络绎不绝往返台北台中、台中台北，热闹繁华又无厘头（相较于我父系先祖悲壮的迁移史诗）的移动路线……

我阿嬷曾告诉过我一件我童年时发生的事。她说有一天她在后门和邻居打三色牌（我外公生前的职业是厨师，除了中元普渡那一阵时节台北四处赶办桌，一年里的其他日子都是无业游民。我娘说我阿嬷每次总在我阿公出门后，即溜出后门和邻居打三色牌——奇怪的是她极少输，故多少可将赌博收入贴补家用。我娘则必须在我阿公踩进家门前，去后门将阿嬷喊回），打着打着突然听见前面人们大喊：有囝仔落水了……

我阿嬷说她心里一慌，撒下牌局，冲出前门——那时屋前即是一条大沟圳———一看，水里一浮一沉挣扎着随水流去的不正是我娘吗？我阿嬷二话不说咕咚跳下水，硬把已经翻白眼涨大肚子的我娘捞了回来。

我阿嬷说起这件往事时眼眶犹泛红。她说原来是附近一些大孩子要摘水边的一朵花，孩子一个接一个拉成一串，从岸边往下挂，我娘那时四岁（夭寿噢），个儿最小，故挂在前端。谁想后头拉的大孩子摔了一下，整串摔倒，就我娘恰好掉进水里去。

这是我极少数从我阿嬷口中听到的，关于我母亲和她之间的往事。

（我失去时间感与口述能力的母系身世。）

另一件事是，我阿嬷说，我娘小时候，有一次她带她回生母家（请恕我无法准确记下我阿嬷口中那穿过哪一片竹林，经过哪一片坟场，越过哪一片田垄……由我娘养母家徒步走去生母家的荒漫地图）。我阿嬷说我娘从小好强，在生母家带到三岁才送到养家，等于已记得自己的老母。难带。她一路只担心两件事：一是担心我娘掉眼泪，那表示这边亏待了人家女儿；一是担心他们拿好吃的给我娘，我娘见了就馋。两件都歹看，都是苦毒人家的证据……结果送去生母家，我阿嬷说她不甘看，说有急事先回家，要我娘乖乖别闹，就告辞了。我阿嬷说她其实哪有离开，她躲在河对岸一丛竹林里，远远看着被亲生骨肉包围的小女孩我娘。我阿嬷看见我娘的大姐他们拿了一碗高高的白米饭，上面堆着肥猪肉。我娘静静的，面无表情，一筷子也没动。

我阿嬷说她在那竹林里蹲了半天，我娘没有掉半滴眼泪。

我曾问过我娘：当初她生母家为何要把她送给"这个阿嬷"当养女，是因为养不起吗？但是听起来我阿公阿嬷家似乎比我娘生母家更穷。我娘在生母家排行老十，是幺女。她生母怀她时，已经五十岁了。我记得小时候我娘带我们去大同戏院后面她生母家。我大舅和大姨都已是很老很老的老人了。我记得有一个表哥，年纪比我娘还大。是个卖叭卟叭卟三轮车冰淇淋的，我记得他还教我用榔头钉弹珠台上的钉子。

这样应该受疼爱的老幺，为何舍得送去给别人作养女？（且我阿嬷年轻时据说是有名的厉害）

我娘认真地想了想，说："不知道吧。"

差点被圳水冲走，或是回到生母家不掉眼泪，似乎成为和"为何被送去当养女"一样淡淡迷惑却又不很认真追究的线索。这或者便是我娘上接我阿嬷，她们扑朔迷离、嫁接身世的养女世系的时间刻纹方式吧？

我阿嬷告诉我这两件往事的时候，已经九十几岁了。她变成一个非常小非常小的小老太太。有一次我陪她去庙里，有一个妇人牵着一个不到两岁刚学步的孩子，后来那个妇人放手让那孩子自己走。那个孩子跟跟跄跄走到我阿嬷身边时，我骇然发现他们两个竟然几乎齐头高。我非常羞愧，便牵着我阿嬷离开。

大水

我阿嬷是民国元年出生的，这一点倒是很方便记她的岁数。我后来认识妻之后，偶然知道她的阿嬷也是民国元年出生的。不过她的阿嬷已在一九九七年过世了。

　　而我阿嬷至今仍活着（后来我们推算出，妻的阿嬷可能是牡羊座的，而我阿嬷是处女座的）。

　　我记得妻的阿嬷过世前几个月，医生照 X 光说这老太太整个肚子里长了一个大瘤，把肠胃肝胆挤到边边角落去，难怪没有食欲。那时妻的阿嬷几乎已完全停止进食了（全靠吊葡萄糖点滴）。那年的端午，我拿了一串我阿嬷包的咸粽去妻家。那天恰好妻的阿嬷来台北看医生，他们剥了一粒咸粽给她吃。据说妻的阿嬷吃了一口，眼泪啪嗒啪嗒掉下来，说："古早时咸粽就应该是这款味啊。"

　　倒是我们从小听我父亲我娘的口中说，我阿嬷年轻时，是个"残忍、恶毒的养母"，就像童话里那些受难公主的后母（不过那些后母的职业奇怪都是巫婆，我阿嬷的职业则是我仍在考证中的艺妲）。

　　我娘说她年轻时曾跑去"养女之家"寻求保护。

　　我娘说我阿嬷曾经找镶牙师傅到家里，要敲掉她两颗门牙换上金牙，她听人家说那就是要把她卖去酒家。后来是她坚持嫁给我父亲（我父亲不肯入赘，仅同意把还未出生的我哥过继给我阿嬷，拜张氏祖先）。我父亲是我娘的老师，我小时候听到的版本是他"为了救我娘"，才娶了她的。

　　我小时候曾在我娘的梳妆台抽屉里，找到我娘留存的一块发黄的剪报，上面写着："……台湾省保护养女运动委员会在台北市举行成立大会，号召社会各界维护人道。"我记得那剪报绘声绘影地描述"台湾地区"养女风气甚炽，各种养女遭养母虐待的惨状。并且还统计了本省养女数达十二万五千多人（不知为何，我清楚地记得这个数字）。后来长大以后，我就再没见过那张剪报了。

我父亲说，你阿嬷，现在吃素了。她年轻时吃白鼻心，自己亲手杀，杀得那白鼻心吱吱乱叫。你阿嬷还生饮白鼻心的血，沾得满鼻满嘴腥红。

我父亲说，葛乐礼台风那次，整个台北泡在水里（后来水退了，整条重庆北路边一具一具盖白布躺在竹席上的尸体，等着家属认领）。我父亲那时和我娘我阿嬷我阿姨同住哈密街违建，说水淹进门槛了我阿嬷还不肯撤，拿着水瓢往外舀。水淹及腰，我阿嬷仍哭哭啼啼地把菩萨、祖先牌位往上移。我父亲说他从小在长江江心洲，几次决堤江水自天边淹下，即使你已栖在大船上安全漂着，你仍会觉得天地颠倒，水在上面翻，人在下面无处逃。我父亲说那回在哈密街，他看着黄泥水汪汪从脚踝到腰际，从腰际到胸口，他知道那不是淹水——那是闹洪水了。他心里突然悠悠慌慌的。我阿嬷仍在哭哭啼啼地在屋里把东西往上移，我父亲二话不说，涉水走近我阿嬷，推开那浮过身边的板凳、纱罩、锅瓢……这些东西，把我阿嬷一抓一拎，扛在肩头，然后半泅水半踩地地载着我阿嬷，走出门外，那时巷弄已成为河道。我父亲驮着我阿嬷泅水往这一带唯一有二楼阁楼的理发店游去。我父亲说我阿嬷简直歇斯底里到不顾死活的地步：她死命地抓我父亲的头发，用拳头捶我父亲的肩膀，还用那双半大小脚在我父亲的背上乱蹬乱踩……好几次我父亲整个人被踩沉没到黄浊浊的水面下……

我父亲说，后来大水退去后，我阿嬷还愤怨地碎碎念着，他心里一定极不甘愿让他的大儿子（那时犹未出生的我哥）拜她们张氏祖先，所以才任着她们祖先牌位（其实是我阿公的祖先牌位）、周氏祖先牌位（我阿嬷生母的祖先牌位）以及观音菩萨（后来分炉到我们永和的家中神龛上供着）、恩主公（是一尊红脸关公塑像，后来供在我阿姨家）……七横八竖地漂浮在那脏水里。

我父亲说，那是一个秘密。

我父亲说，他那时载浮载沉地扛着我阿嬷游到弄口的理发店。二楼的屋顶有人伸竹篙下来把我阿嬷拉上去（那上面挤满了人）。然后他又回头，游回弄底（那时脚已蹬不到地了）的屋里，把我阿姨扛着，再游到理发店。

等他再回头扛我娘的时候，我娘虽然之前已爬上那栋破烂违建小屋的屋顶，但整个人只剩下脖子和头露在水面上了。我娘的头发和脸上都是水，两眼晶亮地看着我父亲朝她游近，像一只溺水的老鼠。

我父亲说，我娘一身湿淋淋地攀骑上他的肩头时，轻轻地在他耳后说："我对不起你。"

　　那年我父亲三十八岁。我娘二十六岁，瘦伶伶骨架犹如十几岁少女。我娘是养女，即使是婚后仍穿着一条黑色学生裙。我娘骑在我父亲的背上瑟缩发抖，那长裙在后拖曳游出一道像水鸭子泅水拉在后面的水纹。

　　我父亲说，那句话原是他打算有一天真的回大陆之后，夜半无人低语时，说给我大妈听的（因为他终究还是在台湾另结新欢？）。不想却给我娘抢先说了。

　　那是一个秘密。

　　我父亲说，他载着我娘游到理发店（那时水面已经淹到理发店二楼一半高了），挤在屋顶上的人们把我娘拉了上去。我父亲却没有跟着攀上屋顶。他一个翻身，如鲤鱼打挺又钻进那漫天大水之中。朝那栋已完全覆没在黄浊洪水之下的，我阿嬷的屋子游去。把众人杂夹着国语和闽南语的惊诧呼喊抛在身后。

　　我父亲说他那时快乐极了，仿佛回到小时候在江心洲小长江里自由自在翻浪潜水的时光。他像是炫耀泳技一样地变换着狗爬式、蛙式、仰式和自由式。我父亲说他那时浮在一片黄浊的汪洋之上，除了保安宫正殿后殿的翘檐碧瓦和对面的孔庙，如梦似幻地矗立在水面上，还有较远处散列的，像孤岛般的二三层楼房（那上面全密密麻麻挤满了人），其实他正漂浮在平时他不耐烦地穿巷钻弄，我母系祖先们不断迁移，却总仍藏匿其中的那些窝挤在一起的木造违章建筑群的上空。

只有他一个人。偶尔有一只落单的落水狗，吐着舌头奋力划水，和他逆向交错游过。

在我父亲对于这座城市仿佛吹管玻璃一样，既闪耀着炫目光华又不断在膨胀中变形打转的记忆里，我最为之神往着迷的，便是那次的大水。整座城市被淹没在水底下，而我父亲在水面上漂泳。那时这座城犹完全不属于我父亲，他是个彻彻底底的外侵者。而我母系祖先的鬼魂们在水底下的曲折巷弄里哀鸣叹息。

似乎在某一个神秘的时刻里，一群互不相识的陌生人，从不同的街道转角走来，他们提着不同的乐器，走进一个公园露天乐台上，在临时借来排列的小木椅找到自己的座位。等他们坐下后，才发现和另外的这些人，被安排在同一个乐团里，他们会共同演出一支神秘的交响乐。

譬如我父亲在逃难那年，途经淮阴一间破烂小庙，他曾向那庙里的土地公祝祷。后来证实那个土地公并不灵验（我父亲能许什么愿呢？自然是早日回家乡和我大妈团聚）。可是在半世纪后，他在台湾另外娶妻（我娘）生的其中一个儿子（我），娶了一个澎湖女孩（妻），这个女孩的祖父（妻的阿公），死后托梦告诉大家：他在冥界做了个小官，官小到不入品秩，就在大陆淮阴当土地公……

在我父亲孤寂地漂泳在将整座城市淹没的大水上时，在那个神秘时刻，我几乎要以为他会越过边界（他其实游着游着，便可以从那一列列沿河老旧街道的上方，游进正在泛滥的淡水河），游进我母系先祖掌纹紊乱，沿岸下船，且一下船便混身进那些老街巷弄里，养女与养母、唐山公与番嬷、艺妲与琴师、办桌厨师与拣茶叶婢女……那些勾连繁错又不确定的关系里……

但他并没有越界，他没有游进淡水河里，并逆时间之流洄游出海。他在水面上找到了浸在水中的我阿嬷的那栋房子。他吸足了口气，直直地钻进水里。

后来我曾在 Discovery 频道看过一些探勘船或深海潜水员打捞海底沉船的纪录片——海底坟场。我记得他们这样形容那个时光静止、在水底下的世界：爬满了牡蛎、珊瑚或海藻的船桅栏杆。鱼群任意在船舱内的通道间逡巡着。黄铜打造的罗盘侥幸因为船骸搁止的海底深度只栖止厌氧菌而竟光亮如新（经过了一百年！）。我试着以这些影片上得来的印象，以那种因为整个世界浸在水中，所以物距不断在一种款款摇摆的折光中变换远近的视觉，想象我父亲那时潜入水中游进阿嬷家，眼里所见的一切。

我父亲说：不对，不是像打捞沉船的纪录片那样，整片漆黑，只有在探照光束打下去的范围，船骸的部分轮廓才近距离浮现。我父亲说不是那样。他那时一头钻进的水中世界，可以说是他这一生中与光最接近的一次经验。与其说他泅进水中，不如说他是整个人在光里面摆动四肢游着……

他从来没有如此分明地看清楚这条，从保安宫后弯进来，印象中总是阴暗狭窄的违建户死巷：那些烂木头屋瓦、矮墙、电线杆儿、一棵老芒果树，甚至是停放在弄底的一辆板车……全静置在明晃晃的光里，像是一条熟悉至极却突然万人空巷的街道。

我父亲说不断有东西朝上浮起：某一扇突然从门框松脱的烂木门，甩开了最后一根钉榫后，快速打旋地上升；某一个房子的一面窗玻璃像慢动作那样裂成碎片，从那个窗洞里挣挤着涌出一堆板凳、木马、木头砧板、光着身子光头的假人模特儿、大同宝宝……这些奇怪的东西，且争先恐后一串行地往头顶上整片的光源浮升而去。

我父亲说那时在那一团眩目的光里，在那条像银箔纸折成闪亮的水底街道，他突然心底明明白白地知道：这一辈子他再也回不去了。老先生（"老蒋总统"）说的全是骗人。他再也不必担心有一天反攻回大陆后，他要准备什么说词对我大妈说。他不必介绍我娘给我大妈，介绍我大妈给我娘，然后要两人以礼相待……

虽然我无法想象在水中哭泣时，眼泪是以何种形状何种方式离开眼球。但我父亲坚持他那时像个孤儿站在浸在水底下的我阿嬷家门前哭泣许久。四周的烂木房各自从它们某一侧的某一孔穴里，像放七彩烟雾弹咕突咕突冒出直直一条上升的有色水柱。我父亲过了许久才领会，那是各户人家粪坑里的陈年老屎。

我父亲在那儿哭了很久很久。然后他吞下含在口里的最后一口空气，推开我阿嬷家的烂门，游进那漂着他一直到老也弄不清楚的，我母系祖先牌位的老房子。他拨开那朝他漂荡过来的木头碗柜，绿纱门因此打开，我阿嬷珍藏如命说要给我娘作嫁妆的那些印花老碗缓缓地跌出，那么庞然，木柜因此轻盈地上升，和顶着屋顶的木床、菩萨像、牌位、木框碗罩、木头餐桌挤在一块。我父亲游到平日作为书桌的一张铁桌边（那铁桌翻倒搁沉在地板），把抽屉打开，在那堆已因饱吸了水而涨泡得差点拉不开抽屉的剪报文件之中，找到一本日记本。塞进裤腰，蹬脚游出这间房子，朝水面上的一片光灿奋力上游……

我父亲说那是他的秘密。那本日记本里夹着我祖母和我大妈的证件照。

后来这本日记，我父亲把它交在我手里。

中山堂

回忆的画面逐渐描上线条，原来他清楚记得那个
下雨的冬夜的画面，不在于冤案现场的推理重建，
更多的细节浮现，只是他湿漉漉带着原罪的乡愁。

他走进去的时候，听见他的妻子在说话。隔着甬道的直角弯拐，他看不到他的妻子，但听见她底声音在这幢空旷旧败的大建筑物内回音回荡。

他听见她说："奇怪的是，我高中时候的那些死党，居然全是外省女孩。那时候也没刻意去想，是现在想起来才发现……你看，于明嘉也是外省女孩，她爸爸在铁路局当一个什么科长的，在那个年代算同学间很有钱的，他们家在永和竹林路有一幢好大的有花园的日式平房，她妈妈在那么多年前就有计划地把她两个哥哥移民到美国。另外王恩琪也是外省女孩。真的哎，她们的轮廓细想起来和我们本省女生就是不一样，眉毛很浓，凤眼，脸上有一种英气……"

他听他妻子说话的神气，以为她遇见了过去的旧识——高中同学或他们的父母之类的。结果他穿过那些有隔音效果浮着海绵里皮套的厚重木门，发现他的妻子，独自一人，搬了张椅子，像演独幕话剧那样坐在舞台上，对着空无一人的观众席说话。

他是从侧门进入这个暗魅布满尘埃的大礼堂，他一推开门，眼睛先在幽黯微光中搜寻那舞台上方熟悉无比的紫红色天鹅绒布帷，再沿着线条向下找到坐在舞台上的、孤零零的妻子。

而他的妻子仍在自顾自说着话。

"真的很不一样哦……那时候我们放学会在中华路转车，一堆人便去西门町混。我们这些本省女生，就会跑去什么万年大楼，还有峨嵋街后面那些卖日本进口小东西的舶来品店，买一些小饰品啦、一些小文具贴纸、可爱的铅笔盒啦。王恩琪、于明嘉她们就对这些不感兴趣，她们会跑去坐咖啡屋喔——后来比较高级一点就去'门卡迪'。她们也不会迷那些《侬侬杂志》什么的，去迷一些美国还是欧洲的乐团……"

他第一次听到王恩琪、于明嘉这两个名字，是在他妻子赁租的女学生宿舍。那间宿舍是一栋依傍着一座山坡筑建的公寓的最底下一层，所以他一边轻轻抚弄着他妻子那时犹是年轻女孩的粉红乳蕾，一边会看见那房间挂着廉价百叶窗的后窗外面，一双双穿着旧式西装裤、花布裤或黑绸裤走来走去的腿。那后面是一条附近老人喜欢来散步的山坡步道。"那都是一些老人的腿哪。"他记得那时年轻的妻，潮红着脸低声告诉他。

所以他记忆里，年轻时妻子的胴体，好像从红铁丝烤面包机弹出来的白吐司，白腴的底色上印了一条条被百叶窗影烙上的斑马条纹。

他的妻子告诉他："高中的时候，我一直以为自己是一个女同性恋噢。"那时她第一次提到王恩琪，她说她是田径队的，身高一米七八，削了一头薄薄贴耳的短发。"那不是比我还高？"他诧异地问。他心底的阴暗面像一幢屋子背阳面长满了苔藓的一面墙，一茎一茎的毛茸茸叶片上全聚着微小的滚动着的水珠。

原来这个眼神总蒙着一层薄雾的沉默女孩，曾经差一点成了女同性恋。他那时并不知道这女孩日后会成为他底妻子，他幻想着两具褪去了女高中生制服的白皙女体，腰骨抵着腰骨拥抱在一起，高大的那个女孩哄慰地帮着剥下娇小女孩（他的妻？）的白色棉布胸罩，并且发现这柔顺的女孩比自己那可怜扁扁的两粒，不知要丰腴了多少倍，乃不能控制地红了脸……他觉得这画面真香艳得可以……

他的妻子回忆了一座体育馆，暗黑阴凉的建筑物内（像他们现在置身的这个表演厅？）竖立起来的桌球桌面上全积着灰尘，像渔网捞起一窝白胖河豚那样一整网五六十个排球，漆着蓝漆上面印了白色阿拉伯数字的跳马架，还有一架琴键像缺了好几颗牙的巨大钢琴……

他记得他搓着她勃起的粉红色乳头，而她回忆着。

王恩琪和于明嘉好像在吵架（是为了她吗？）。王恩琪绷着脸，把两手吊儿郎当地插在裤袋里（她总喜欢穿着运动长裤），黑暗的光影里像有什么在紧绷对峙……于明嘉在哭泣。后来她也哭了起来。

（那是一场谈判吗？）

她说她只记得王恩琪说："好烦噢。"

（到底发生了什么事？）

她不记得了，她说她记得曾听别的同学咬耳朵，说王恩琪和于明嘉是同性恋。她们说王恩琪"很花"，曾有一个低一届的学妹为她割腕，弄得女生宿舍的浴室里全是血。她说于明嘉的母亲是清朝湮没贵族的一位格格，所以她有旗人的血统。吊梢丹凤眼、皮肤白得跟什么似的……真是个美人。于明嘉曾偷偷拿一张穿着旗袍、戴假发、搽胭脂在照相馆拍的沙龙照给她看，背景是大朵大朵舒卷嫣红的油画牡丹，烟视媚行活脱三〇年代上海红星阮玲玉，根本看不出才只是个高中生。然后他的妻子的回忆复跳接至下一段，像翻页一样。她的导师，她们那所私立女中的教务主任，把她找去导师休息室后面的一间会客室。一个开着冷气，有白色皮沙发的小房间。

她的导师用一台自动沸水器冲了一杯速溶咖啡给她。她吓得站了起来。

你安心，这里只有我们三个人。坐她对面的教务主任笑着说。都说这个女人当初随着校长从南京逃出来，曾捐了一百根金条给这间悠久传统的女子中学在台湾复校，所以在学校里有着不能动摇的地位。她越过她戴黑框眼镜微笑的脸，可以看见窗外学校后面，衬着灰绿色远山，那栋酱油工厂的巨大油槽。她们在上课的时候，总是习惯于空气中有一股大豆发酵像要黏附在皮肤、制服上的腥涩臭味。

你们导师常和我提起你。教务主任用抑扬顿挫的国语说。

隐隐然知道什么事要发生了。

你不要紧张。你很好。我们都很欣赏你。

她的导师站在她身后轻轻拍着她的肩头，似乎也在叫她放轻松。

你非常好。真的。我看过这么多学生，有调皮捣蛋书却真的读得好的；有乖得让你心疼替她将来担心的；有一些，像迷途的羔羊，你给她拉一把，她回过头来，后来也是大有成就的……

来，我送你一本书。她回过神来，站起身接着。谢谢主任。她说。红皮烫金封面上写着："居里夫人传"。

别客气。这是我的偶像。教务主任说。希望你有空也能翻翻。

主任太器重她了。她的导师在她身后感情激动地说。

谢谢主任。她又说了一次。

嗯，别客气。我说了这里就我们三个人。不要拘束。

教务主任把茶几上的青花纹盖碗茶举到面前，轻轻地啜着，吹着碗盖沿的茶沫，然后把碗放回几上。

你和王恩琪这孩子很要好。

她的背脊竖了起来，回望过去，发觉对面的女人眼镜镜片上仍是一层蒙蒙的白雾蒸气。她看不清她眼里的神情。她的导师在后面又按了按她的肩头。

没关系，这也没什么。那孩子也没什么十恶不赦的。在我的眼中，你们不都是我的孩子吗？不过——

她突然觉得窗外的酱油工厂，像是给罩上夜视镜那样，变成逆光反差灰色荧幕上的一团曝光的什么……

我希望你能把我的话听进去……你和她们，是不同类的人。真的，你太单纯了。这个王恩琪，她的后面，有一个非常复杂的世界。那原不是你该去碰到的一个世界。她的家庭、她成长的过程、她这个人……都远不是你现在这个年纪所能理解的……

她突然有一种新鲜而异常静穆的情感。是啊，我确实对那个女孩的种种，一点也不理解，但这又关你们什么事呢？

你们导师告诉我，教务主任仍安详低沉地说着，这学期你的成绩，突然掉到十名左右，她很替你担心……其实这也不是什么了不起的大事，不过我觉得有点可惜……你看看这……

递了一张密密麻麻写满了字的黄报纸给她。这次她没站起来接了。上面是她的笔迹，她略略一瞄内容，脸像赤焰刷一下烧红起来。那是入学初官样文章要她们写的一篇作文，题目是老套要命的"我的志愿"。她记得自己写的内容：她的志愿是，"有一天回到我的故乡澎湖，当澎湖县长"。她这时恨透了跟前这两个老女人。

看到你，就让我想起我年轻时候的样子。教务主任仍保持那样感性的口吻说，你一定以为像我这样的老女人，从来就没有年轻过吧。

她愣愣地没回答。气氛变得有点僵。

哎，真是像。你一定要到我这个年纪，才会想起今天我和你说的这些话。好吧，我能不能和你约定一件事？

主任的意思是，她的导师在身后说，现在距离联考[1]只剩两个多月了。最近大家的情绪都比较浮躁，你可不可以答应我们，在这两个多月里，不要和王恩琪、于明嘉她们在一起，一句话都不和她们说。好好专心准备联考……

教务主任接过去说，考过之后，谁要和谁做朋友，我们都管不着了是不是？

房间里的另两个人在等着她回答。那一刻她心里只是灰暗地觉得不可思议。我值得你们这么劳师动众地劝诱吗？她太知道王恩琪根本不会注意到她有没有"不和她说一句话"了。她觉得自己是一件弄错了其实已灰败驳线的破旧裙子，被她们误会以为把她没收，就是对那个女孩一个恐怖的惩罚。这样想着，她又有些酸楚地为那女孩欢谑得意起来。好。她说。

她的导师和那教务主任都明显地松了一口气。她们的脸笑着荡开。就知道你是个好孩子，教务主任说。她的导师也在身后摸着她头，仿佛无限欣慰似的。

这是我们三个人的小秘密喔。

"结果你真的就听话和那两个女孩切了？"他问他的妻。

在一个小房间里三个人的秘密协议。有什么东西在那里面被安静地掐折了。另两个人都小心翼翼地调整着自己的表情。其中有一人甚至还轻轻地咳嗽——低头尴尬地翻翻手中的一叠文件纸张。

1　联考：指"大学联考"，相当于大陆的高考。

好了，这样就……戴眼镜的老女人摊了摊手：好吧，没什么事的话，你可以先出去了……我还有点事要跟林老师商量……

许多年后，他的妻子回忆着，许多年后，她犹像被奸污的少女，好奇地翻弄探看自己那件印了淡褐色血一行的内裤，那样上下颠倒、三百六十度回转地反复追想着那扇窗子，窗外亮度突然灰黯下去的一座酱油工厂的巨大水泥油槽……如同那些死里逃生的白色恐怖受难者回忆录，总是噩梦般地曝白的断裂画面里，仅记得那一扇窗，从窗口望出去的另一栋灰色建筑、白漆阿拉伯数字的军营番号……凌晨时分天光暝敛中靠得很近传来几响宛若摔破瓦罐的枪声……

他至今仍记得那个下午，他的妻子（年轻时的那个少女）被剥光了上衣，以致裸露着蒙着白色光晕的瘦小肩膀和淡粉红色的小小乳头，下半身仍穿着一件蓝牛仔布大长裙，内裤却早被褪去，那样身子被奇异角度拗折地和他性交的画面，居然晕眩地拂不去那百叶窗格切成光影条错排列的、一双一双在外面他们头顶上走来走去的老人的腿。

为什么会在这幢外观看去，像一顶在料理店吧台后面，一边薄薄地切着生鱼片，一边手指旋劲捏着醋米饭的寿司师傅戴的布皂帽的老旧建筑里，和他的妻子，像过气的女伶和他唯一的死忠戏迷，这样在今昔复返的观众席和舞台的位置对峙着？

他总在日后听那些劫难余生的本省长辈，像描叙一幢因冤死过多人而变成鬼屋的哀怨情感回忆着（他们称呼它为"公会堂"[1]）。他们说那个谁谁谁，事件发生时本来还在宜兰事务所执行律师工作，次日却搭第一班车赶回台北，就是到中山堂参加二二八处理委员会的演讲会。不想就恰好赶赴死亡之约。

他们说有大批的人被关在现在宝庆路远东百货后面、日治时代宪兵楼国民党保密局的"南所"，每天都有人被拖出去枪毙（他们回忆那围墙用砖块高高砌起，一共有一百零四块砖头的高度）。他们且描叙着那已成为死疫之城的白昼或暗夜，市区城郊各处任意向路人扫射的军用卡车，穿着灰布军装的阿山士兵，随意在路边圳沟旁枪决人犯。他们描述南港桥下死状凄惨的八具士绅尸体。他们说，在三军总医院对面一间土地公庙，那天三月初一恰好有一场大拜拜，人群聚在庙口，要选出一位祭典的炉主。有一队阿山兵仔全副武装来大吼大叫，两边人却互相听不懂对方在说什么，接着那些阿山兵仔就朝人群开枪了。庙里堆着赤脚的田庄人尸体流出来的肠肚和老阿嬷们被血泊染红的花布包袱……在他们灰黯的回忆仄巷里，似乎总是一个凭窗眺望的静置镜头；从巷弄转进一辆黑色轿车，停在他们的家门口，下来几个穿中山装的人，敲他们家的门，然后把要求换好衣服并回头交代他们和他们的

1　公会堂：即中山堂。建于 1936 年，原是日本殖民政府举办集会活动的公共建筑，当时称台北公会堂。1945 年日本在台投降仪式即在此举行，同年改名为中山堂。1947 年"二二八事件"爆发后，台湾各界精英人士组成"二二八事件处理委员会"在中山堂举行集会，与当时的国民党陈仪政府进行交涉；不料 3 月 8 日下午军队包围中山堂展开镇压，与会人士及在场学生死伤惨重。

母亲"不要害怕，我去去就回来"的父亲带走。从此就没再回来过……

另外他还曾听一他本省籍的音乐老前辈回忆：

"二十八日那天，上午十一点半，电台外面有两辆货车载着人打鼓通过，我以为是拜拜的事。十二点回家吃午饭，一点半走路到东门时，发现有一团一团的人聚集数处，我感到很奇怪，不知发生什么事。这时，看到一位穿着阴丹士林旗袍的女士坐在人力车上，那些人一边喊着'阿山查某'，一边上前去打她。那个女士一直叫着'为什么打我'……"

像是一则嚅动着上唇暗自默念的密咒，他父亲那一代的人，总是这样迂回抗辩：一开始他们说哪有什么二二八事件，画鬼画符的，哪有什么铁丝穿过手掌一串一串的台湾人给从基隆港丢进海里。后来官方的报告出来了，他们困惑地涨红了脸，他们说其实那时候"老总统"也是痛心哪，主要是陈仪这个窝囊废，后来不是找个理由把他毙掉了？

他记得和他父亲进来过这幢建筑几次。一次是台湾银行办的联欢晚会，他们坐在由后往前渐次降低的环绕折背座椅的极前方，这使他第一次如此靠近那些敷了粉妆的男女明星，不是从电视上看见他们的脸。他记得那晚的男主持人是田文仲[1]（他极诧异近距离看去，他不但扑了粉，两颊还抹了两团

---

1 田文仲：台湾老牌艺人，生于北京，八十年代主持节目无数，最著名的如电视交友节目《我爱红娘》和邓丽君的"十亿个掌声"演唱会。

红红的胭脂），女主持人是谁他不记得了。他记得舞台上他们宛如戏服一般地贴亮片银色大褶裙（那裙裾僵硬得像黏上硬纸卡再喷漆），后面的乐队也穿着大翻领打蝴蝶结金排扣的白西装。

那一切在记忆里，真是欢庆、热闹，恍惚如梦地在舞台上流光递转。他记得在乐队急击鼓点的伴奏下，有一个魔术师带着两个穿缀银片高衩紧身衣的女助手，表演着从帽子里抓鸽子、抓一条一条连绑着的红纱手绢的把戏。他记得那晚有急智歌王张帝在台上要观众问问题，并当即把那些话题串进他的歌里。还有一对穿着藏青长褂的胖子和瘦子上台表演了一段相声。他记得那些黯没在座椅黑影中边满地吐着瓜子壳边呵呵大笑的人脸，觉得自己在这些人之中，因确定属于他们而安稳踏实。

他犹记得那晚的高潮，是主持人介绍，自后台由她母亲（或她丈夫）推轮椅而出的李佩菁[1]，舞台灯交错打着（似乎还有小碎纸片如雪花翩翩自上撒下），李佩菁唱着她的成名曲《我爱月亮》。全场的气氛都疯狂了。有许多人（可能是安排好的）冲上舞台献花，李佩菁一边唱歌，一边坐在轮椅上捧着花，一边向台下挥手，一边拭着脸上的泪。

在那一段高潮之后，是台湾银行的经理上台颁发奖牌给

---

1 李佩菁：和邓丽君同期的台湾歌手，当年因脊椎肿瘤接受手术，不幸术后下半身瘫痪。

李佩菁，然后由几个小妹推出摸彩箱，请经理抽出当晚的特奖，请李佩菁抽出头奖。抽了这两个奖之后（李佩菁和经理还在台上僵硬地笑着握手合照），刚刚热情激昂的台下观众，便乒乒乓乓地站起身，任那椅垫弹回，然后踩着满地的可口可乐小玻璃瓶或花生瓜子壳，赶末班公车那样地一哄而散。

另外一次是中山堂放免费电影，他父亲拿了两张长形橘色的入场券，带他进去。他记得那是个下雨的周末晚上，他父亲将湿答答的雨伞横放在他们的座椅下面。唱三民主义歌起立的时候，他注意到脚底的水渍汇聚成流沿着座椅下高低差的斜坡下流。他父亲是个严肃的人，那是他难得几个和父亲独处的画面。整个电影放映过程，他的父亲皆坐得十分挺直地观看，他记忆里似乎还弥留着那个年代他父亲使用的刮胡水淡淡怪异的香味。

他印象极深的是，当电影放完（他记得那天放的是《六朝怪谈》），中山堂礼堂的日光灯打亮，所有人伸着懒腰发出声音站起，他父亲说："走吧。"他惊骇至极地发现他父亲竟满脸泪水，且眼皮鼻头因剧烈的哭泣而浮肿着。他从未曾见他父亲当面如此哭过。且许多年过去，再怎么努力回想，也确定《六朝怪谈》不应是一部让人伤心的片子呵。

也许是哪一处色差较弱的衔接处给落漏了。

极淡极单薄的填色：他和他父亲低着头手插口袋自中山

堂侧门走出，没有颜色的那个年代的台北街头，下过雨的冬天晚上，他们原要慢慢蹀步至博爱路搭最后一班公车回永和。但是有一辆人力三轮车停在他们的红砖边，一个梳着油光水滑道士髻、穿着阴丹士林旗袍的女人斜着两腿向他父亲打招呼。那女人一口绍兴腔，一手边握着一手帕的菱角啃着。

"搂先生哪，咋么这晚还自家带小孩子（她的发音是"萧海志"）出来遛达，搂太太不气死了，怎么好久不上我们那儿坐坐咧……"

还挑了几个菱角给他。他父亲讪讪笑着，要他谢谢阿姨。

后来他父亲带他走进隔一条街的山西餐厅，替他点了一碗猫耳朵，他父亲自己要了一碗山西拉面，还让跑堂伙计加了一盘金黄油汪的合菜戴帽。他们父子俩哆着唇舌在白烟里热腾腾地吃着。他清楚记得那个画面里的自己，是如何幸福欢快。

在他们座位的后方，坐着一桌穿中山装的男子。他们似乎也是看完电影从中山堂出来，他们理平头的发际和中山装的颈背都被雨淋湿了。右手边一桌，边用河南乡音操着对方、边囫囵吸着烫汤里捞起面条的，也同样穿着中山装。

回忆的画面逐渐描上线条，原来他清楚记得那个下雨的冬夜的画面，不在于冤案现场的推理重建，更多的细节浮现，只是他湿漉漉带着原罪的乡愁。

他发觉从他是个很小很小的孩子的时候，便坐在他们之间了。他们全穿着中山装，每一桌三五成群懒懈地吃着面（也许是刚收工结束了一天的跟监或逮人的活动）。他们惫懒而无忧地吃着，不知道时光已从每一张木桌边角黯淡消失。后来他们全消失了，只剩下他孤独地留下。

他换上了那些被他们刑求暗杀的学生的衣服（虽然他们留下了那么多件发白破绽叠得线条切齐的中山装给他），安静地坐在那儿吃面，怕被那些学生的后裔认出。

"……听说三月八日晚上的屠杀，看守公会堂的开南商工和延平学院的学生，死伤最多哟……"

他的妻子把她那颀长优美宛如天鹅般的颈子垂在酒红色织布椅背上睡着了。他想走上那舞台去把她摇醒。回家吧。他发觉这阴暗大建筑内的冷气如此之强，使她的皮肤像死肉一样发白凇缩着。回家吧。他突然心疼极了跟前这个总没有办法将自己内心景观清楚描述，也许本来应是个女同性恋的木讷女孩。

窗景外面是可以任意全幅叫出或急剧收去变成一个小窗口标题的定格画面。一座酱油工厂的水泥灰色贮油槽。一双双被百叶窗切割的、游魂般来回晃动的老人的脚。一辆四个中山装甩上车门绝尘而去的黑头轿车。一张缄默的父亲的侧睑。

他记得他妻子睡去前，在台上最后说的一段话。

她说许多年后她在一家地下楼的松青超市遇见王恩琪，

两人各自推着一辆塞满青菜、冷冻肉品、高汤罐或宝路狗豆子的菜篮车。她骤见她仍是刷一下两颊飞红。其实那王恩琪已留着长鬈发、穿着巧帛的法式轻纱洋装，站在她身边也不似记忆里那般高大。

王恩琪告诉她，她上个月才和她先生从加拿大回来，她先生计划回台湾这边的电脑经销公司冲刺个几年，看能不能争取到温哥华成立北美分公司，她且说到在那边生了一个女儿，叫 Garee，落地即是加拿大公民。这于是便聊到生孩子这件事，王恩琪用一种训诫的口吻，探询并指正了她许多错误的观念。这时她觉得那像个高高帅帅的小男生，讲话字正腔圆一嘴外省口音，脸上覆满一茎茎细细金色汗毛的北方大妞又回来了。

她很惊讶那么多年过去，为何这女人和她说话，仍是粗声粗气像男人对自己的小妻子那般颐指气使。

她说好几次她想开口，告诉王恩琪许多年前，她之所以不声不响地把我们切了，是因为那个她被叫去那个小房间的夏日下午（她没再提那幅窗外的灰色水泥怪物）。但话到嘴边，又数度吞回。

她跟在她后面把菜篮车推到收款机的平台出口。听着她眉飞色舞有时逗趣、有时愤慨地谈现在生活的一切，她的婆婆、她的先生、她的同事……但她木木地觉得那一切不是离她好远、与她一点关系也没有吗？最后他们走到马路边，王恩琪还骑士风度地替她提了最重的那一袋，一手按着翻飞的长发一手替她拦了辆计程车。还故意大声地说给司机听，喂，车牌我记下了，三十分钟后我会打电话给你。她独自在计程车上发愣许久才想到：这个王恩琪！根本从头到尾就没有问她现在的电话。

她那时怨怼地想：她只能抱着一件伤恸、一次挫辱、一个背叛的罪愆，像一只斑驳发臭却深藏怀里的放大小脚绣花鞋。而你们那些（她说你们）外省女孩，却总可以像任性掐死旋即丢置的蝴蝶，有那么多故事可以随手遗弃。

月球姓氏

梦里寻梦

后来呢？突然都像记忆的某一截底片被曝光、被抽掉。不记得了。他们迷惑地笑了。好像有一天，突然就统统从这个岛上消失了。

妻说她的东文阿嬷死亡的过程非常奇幻而滑稽。她说她记得那天下午，阿嬷到三舅家楼下——她说你知道我们澎湖都是那种三层楼的透天厝——在楼下喊她一个叫庄头六的表弟：阿荣，替阿嬷把冰箱那包猪心拿下来。

那个叫庄头六的表弟那时正读小学，一方面顽皮一方面懒，就从三楼阳台把那包猪心朝下晃：阿嬷，汝要接到噢。便把猪心直直丢落。

妻说东文阿嬷逆着曝白日光，两臂直向上伸，没接着，猪心恰好打中阿嬷的心脏。

阿嬷蹲下去。然后坐倒在地。最后侧躺在日晒下。

死了。

后来这个庄头六哦，一直觉得阿嬷是被自己用猪心（冷冻库刚拿出来硬得像石块）活活给砸死的，始终无法释怀。

其实后来送到医院，医生说东文阿嬷太胖了，心脏周围全包着厚厚一层油脂。阿嬷是死于心肌梗塞引起的窒息。

当妻说"东文阿嬷"时，指的是她的外婆（也就是我岳母的母亲）；当妻说"案山阿嬷"时，指的是她的奶奶（也就是我岳父的母亲）。东文阿嬷生前胖墩墩笑眯眯，去菜市总被菜贩围着，然后把人家所有的剩菜全买回来。妻说记忆里，阿嬷常买一大堆吃也吃不完的菜豆，回来水煮了。她们这些女孩，把豆荚剥去，串成菜豆粒项链，在东文旧厝前的空地上，玩跳橡皮圈，玩抛沙袋……

天黑时颈子上的那一串菜豆便变黄发酸。

妻另一次说：对了，上次我告诉你庄头六从三楼丢猪心下来把东文阿嬷打死的事。那段时间，三姈正好被关在那个三楼的阁楼里。

三姈是庄头六的母亲。有整整十年的时间，莫名其妙地发疯，后来又莫名其妙地好了。

说那时三舅还用铁链把三姈拴着。

我最初对妻所出生且度过童年的这个岛的印象，便是在那叫人发狂的、像白色胶脂稠糊地穿不过去的强烈日曝。一整片空无一人苍蝇追着大腿叮的海埔新生地，遍地枯瘠地爬满芦荟、仙人掌和天人菊。在那一片空旷之中，立着一幢老屋翻盖的透天三层厝。那屋子的三楼，关着一个疯癫的、哀伤嗥叫的女人。然后有个小孩，从三楼丢下一粒猪心，打中下面一个仰头等接猪心的老太太的心脏，把那老太太打死了……

这样的一幅画面。

（那时我从未去过澎湖。）

关于三姈为何会疯，三舅坚持是大舅动的手脚。动什么手脚？自然是玩阴冥的。三舅说，阿嬷过世以后，大舅在阿嬷的坟穴上动了手脚。阿嬷的鬼魂被禁在那儿，一直不能去超生转世。所以大房旺如火烧，三房破败如便溺。

倒是大舅，在东文阿嬷过世后，串通代书和地政事务所的公务员，不知道用什么手法，把外公留给三个儿子的土地，全过到了名下。

妻的母亲和几个阿姨，早在阿嬷生前，就盖章声明放弃遗产。所以女儿们并没卷入这兄弟之争。

大舅一家，现在是澎湖地区所有伟士牌机车的代理商。中华路那一排租给观光客的吉普车、游艇出租店，其中有几家便是大舅家那几个迌迌[1]表哥开好玩的。

三舅赌誓说，不信你们找他出来，大家讲好，把阿嬷的骨殖拣出来看看，是不是面肉手脚（掌）都没化去？

三舅说，大舅且会养小鬼。这是最最阴毒的。三舅说那一阵每吃过晚饭，便呵欠连连爱困去。睡到第二日天光亮前，谁来摇也摇不醒。原来是一人梦，大舅养的小鬼便铁镣铁链拘了去。在梦里拷打他（在谁的梦里？三舅的梦还是大舅的梦？）。三舅那一阵形销骨损，醒来背脊条条淤青见烙痕。三舅每日只怕天渐渐黯黑他要入眠去，搬了张躺椅只敢睡佛坛下。

小鬼不怕菩萨。每夜仍拘去，梦里好打。后来是亲母（三舅的岳母）泡一种药材给三舅擦澡，说这种刀伤药强筋骨，经打。禁不住小鬼梦里来去，只好设法让自己皮粗肉厚。

亲母且打坐陪在三舅（正在梦里呻吟挨打）旁，佛堂上

1　迌迌：音 zhì/tì tù，闽南语"玩耍"之意，此处形容人荒废不知进取。

帮着念忏诵咒。

妻说，后来三妗十年精神异常，有一日如大梦初醒，突然就好了。据说对亲母（她的母亲）和三舅（她的丈夫）很不谅解。怎么？妻讪讪地说，大概是一些传言吧。光着上身擦澡，或是倚靠在一起持咒，总避免不了一些男女肌肤的亲近吧。

三妗又那样的状况（用铁链锁在楼顶）。

三舅说，养小鬼这事，最阴毒人也会伤自己。他说大舅把小鬼养在阿嬷的墓穴里，用阿嬷的骨灰坛镇着。每年某些时节定要放小鬼出来，若没完成符箓上的拘咒（三舅找到了把梦的窗缝糊封起来的方法？），小鬼会回头反噬放养它们的人。

有时则会放到东文这些姐妹（无辜的，当初签了遗产放弃声明的）身上。妻是这几房几个孩子里身子最弱的，所以常被找上（如此听说，我倒是想起，与妻相恋之初，妻仍与前任男友藕丝不断。有几回我决绝逼她摊牌，她会无预兆地突然面如金纸嘴唇淤黑，倒地痉挛……）。

大舅养小鬼之事引起妻的母亲阿姨们之公愤（居然派阿嬷的鬼魂去当小鬼的保母，且小鬼进不了三舅的梦就转放到她们身上），不过亲戚们带朋友去澎湖玩，还是会拉去大舅家那些表哥开的租车行调车来开。三舅且这样放话：亲戚们有回澎湖者，若先去过马公大房那里的，那么拜托谢谢这趟不要来三舅家。因为大舅会利用他们，找到把阴符下给三舅的路径。

我说三舅这件事的时序有问题欸！我说一开始听到的那个故事里，还是小学生的庄头六困惑地站在烈日曝晒的三楼阳台，低头看见屈拗成ㄣ字形躺在柏油路面，被他用一颗猪心垂直下坠打死的阿嬷。他身后的房间里，铁索声哗哗拖刮着磨石地板拴着他疯了的老娘。可是为什么后来变成了，大舅放蛊养小鬼在阿嬷的骨灰坛下面，小鬼夜夜拔掉钉栓用手指沾唾液戳破窗纸，为的是钻去三舅的梦里将三舅拷打，且造成三舅和他的岳母扒灰气疯了三妗？到底三妗先疯还是阿嬷先被猪心打死？

　　妻说：是啊。但是……

　　但是故事一开始就那样传下来的不是？

　　我记得我与妻新婚不久时，妻曾怀过一个孩子，但大约三个月大那婴胚即流掉了。那时妻的母亲即嘀咕着："不会是大舅又在放脏东西了吧？"

　　有一天妻的母亲带着三舅和亲母（他们特地从澎湖搭飞机来台北）到我们赁租的住处"看看"。三舅一头霜白锃亮的头发，和我岳母一样有一对双眼皮极深的美目（妻曾怀疑她母系祖先曾混有荷兰人的血统），近六十岁的人看去仍算个美男子；亲母则满面皱皮暴着一颗上唇盖不住的金牙，根本已是个邋遢的老太太了（就外表看，我实在不相信这两个人可能发生什么暧昧不洁的情事）。

　　且这个老太太一进屋内便不断打呵欠（我马上内行地从她的牙色判断这女人一定烟瘾极大，且可能几十年只抽黄长寿这类劣质浓烟），显得精神不济。但是妻却难掩兴奋地小声告诉我：

"开始了，开始了。"

开始什么？我并不清楚，可能是类似起乩、变脸、入定、神通这一些专业的神秘技艺。开始。可能这个呵欠连连的老太婆正开始进入一个我居住其中、却无由进入的时空。像那些大舅三舅可以任意换频穿透进出对方的梦境；像妻的先族那些稍往上推便陷入时间流沙的奇幻故事；或是像我永远在复式结构的框格之外被阻绝进入的，我父亲的叙事、我娘的叙事、我岳父岳母的叙事，还有许许多多人的叙事……

不过这一对灵异又苦命（想想三舅每夜在梦中被小鬼用铁链围殴——我甚至怀疑那是否是他久远的青少年时期的梦呓的复返——而亲母打着呵欠又束手无策地用手巾洗药水擦洗他的光脊背）的岳母与女婿，并没有一般神乩夸张大动作的表演（譬如口吐白沫翻白眼或极亢奋之后的精疲力竭）。他们只是静穆而快速地巡视着屋子的各角落，偶尔指点一下床的位置要换啦，或菩萨香案的方位不对啦，或是大门前的杂草要清干净啦……这一类小事。且都是亲母附耳对三舅细语，三舅再无比肃穆而简要地告诉妻的母亲……

后来我们走出大门外，三舅开始对我们说（有一些较深奥的澎湖腔台语，是妻转述内容给我听的）：妻肚里的孩子会不明原因地流掉，乃是我们赁租底房子，下面为一"猫穴"之故。

所谓"猫穴"，其实本来亦可与之相安无事。实在是妻太喜在屋内垂吊一些长沓坠地之物，使"猫穴"的阴气和屋内底一切摆设缠祟不去。

我心里浮现着一只一只的小猫，初生那样湿漉漉半眯着眼，沿着垂披在地的布幔列队往上爬，一只一只地爬进我们的屋里。

爬进妻的子宫。

确乎妻喜欢在我们的屋内垂挂着像云南蜡染布啦、老苏绣的女子云肩啦、印度沙丽啦，再不就是一些金阁寺的祈福风铃、贝壳编串，或是从天花板垂下的装灯泡的纸灯笼……

也有一些悬钉在墙壁，类似黄金葛或常春藤之类的室内藤蔓盆栽。

因为你便是缝凑接合这些故事破片的界面。

妻曾告诉我，她初中三年级随父母迁来台北。十五岁以前从未坐过火车，且不曾见过人行地下道（澎湖那时全岛没有人行地下道）。有一个晚上，从学校晚自习回家，经过一个地下道阶梯入口，不知怎地起心动念便往下钻了进去。

妻说直到她一个人置身在那指肠甬道般，坏掉的日光灯管一闪一跳的地底世界（啊，原来人行地下道就像澎湖的西台古堡那些流传着鬼故事的森黑甬道一样），才想起之前听说的一些关于女学生在地下道被变态男奸杀或用美工刀割划脸颊、胸部或喉颈的传言。

妻说偏偏那时，在那个幽黯闪着晦暝灯光的地下道，在她的对面，歪歪倒倒走来一个浑身酒臭、头发脸孔脏污（且两眼充血直直盯着穿着初中制服背书包的少女妻）的流浪汉。妻说那时整个地下道只有她和这个相向对面走来的肮脏男人。她也不可能突然转身掉头便跑。

在那一瞬，我那未来的妻子，十五岁第一次踩进这座陌生城市地底的少女，灵光一闪想出了个自以为是的方法：她镇静地迎着那个男人走去，但她的脸开始变形，她把上唇翻起，露出粉红牙龈，舌头半松垂出来，整张脸朝右半边扭曲，以致使右眼皱眯起来，鼻头像捏坏的面疙瘩塌向一边……她把自己装成麻风病人的样子。

也许这样便能躲过那封闭甬道内，被强迫遭遇的施暴和凌辱……

我以为这样的"假装"与"无可脱逃"，也许正就是妻的家族故事，从远房近亲间表情暧昧，突然一截断骸浮起，突然又淹没消失的原因……

因为那是多么巨大而不堪承受的痛苦呵。

我不止一次在随妻回澎湖参加喜事或丧礼的场合，在那些谱系称谓繁错难记的家族聚会里，听那些躲在屋后杀鱼洗菜剥虾壳的女眷，压低嗓音表情变幻莫测地，交换家族里一些在阴暗底层奔窜的耸动情节……

像在酒席间，面容白皙始终微笑不语坐在伯公旁边的那个阿叔。四十几岁了还未婚，孤子呢，在中正小学当了十几年老师，一开始伊老母搁讲这孩子乖，不敢交女朋友。现在全世界拢知，伊仔是一个"查某体"……

那样巨大的痛苦。没有 Gay Bar 可以去夜里换装。在那个粗粝贫瘠的渔港岛屿，没有可以支援的资讯。森严的家族谱系和空置成废墟的祖厝老屋，除了天旋地转的烈日曝炙，便是沙尘裂面，叫人发狂的东北季风……

或者，譬如那个姨丈。

就像她们在窸窣耳语大舅三舅梦中斗法的故事时，你不禁纳闷：中间应该有个二舅不是？妻才被提醒地告诉你，噢，二舅在我们很小的时候，出海捕鱼沉船死了。二妗一个寡母编渔网到渔港扛冰块把表哥他们带大……

所以只有二妗。没有二舅。

同样这般在家族谱系里空缺掉的称谓还有大姑：从来没有大姑，只有二姑三姑……你岳父告诉你：他上面本来有个姐姐。四岁那年澎湖闹鼠疫，死了。

还有庄头六那个疯掉的妈妈。

死亡。疯癫。因为烂赌倒债而跑去台湾。同性恋。

这些被悄悄从谱系称谓上除名或遗忘的，这些被消音、被判定永远无法凑近聚拢着嚼舌根的姆娌集团，而永远从这家族的时钟里被按停掉的……或应再加上一种人：在美如春花的少女时代，不顾父母（或整个家族）的反对，不惜离家出走登报断绝父母女关系，为了像发瘟或起肖那样去嫁给一个年纪和她们父亲差不多大的，外省老芋仔。

譬如那个二姨（你岳母每提起总感伤拭泪：细汉时姐妹里面最疼我就是伊），突然就从这个家族漂离远去。

随着那个外省仔搬迁到这个岛的另一端，从此断了音讯。一直要到许多年后，东文阿公的丧礼上，二姨带着那三个一看就知道是眷村男孩的表哥，哭着回来奔丧。这时大家才讶然发现：这个二姨，已经彻头彻尾地变成一个外省婆仔了。

丧家准备给客人吃的午饭，她自告奋勇跑去后面厨房，和那些阿嬷阿婶阿姈系完全不同地独立搞了一脸盆的酢酱，怪怪地要大家拌干面和小黄瓜丝吃。她转身训斥那三个皮得不得了的表哥时，竟然是用标准的国语："江国伟，你给我在那立正站好！你再带你弟弟胡搞看看，我回去叫你老子抽你皮带！"

妻说她小时候，每到礼拜三的傍晚，马公市的街上，大人牵着小孩，或者骑着脚踏车，往观音亭那个方向走。因为军管处的大礼堂有排铁椅子放电影。妻说其实一出了顺城门（孩童们传说城门上有许多吊死鬼），整片都是澎防部或军管区这些军方的地。很暗很阴，没有大人带她从不敢晚上跑去那儿。妻说每回看完电影，我岳父骑着脚踏车载她回家，总会经过一整片低檐矮墙的眷村，有时各家门口且各插着一根青天白日满地红。她记忆里学校里那些混太妹的女孩大抵都住那儿。妻说我岳父每次骑车经过那里，总会淡淡地，像凭吊一个已经亡故的家族成员那样地，说：

"汝那个姨丈，咁哪就是住这……"

妻说，另外有一件事发生在她小学时：有一年不是有什么越南难民潮吗？听说有上千艘的难民船先后漂到澎湖上岸。她记忆里那一阵子走在马公市大街小巷全是越南人。像那些老一辈的澎湖人上一次目睹大批逃难者登岸进占这座岛的历史重播。听不懂的语言。拿金子首饰或一些奇怪的钱币试图交易食粮。然后相同的流亡故事和海上惨剧流传出来。能逃出来的这些人，通常是有钱有办法的老爷太太，他们在大海上眼睁睁地看着同行的别艘船沉掉，因为那些船载了过重的逃难者的金银首饰……

（多像我父亲那一辈人的逃亡史诗呵）

这些越南人被安置在讲美一带的"越南难民收容中心"。讲美在哪儿？就是大榕树老黑轮那里，传说四百年历史的大榕树，在跨海大桥架在黑漩涡上之前，它的根须早就越过海底地层，爬到对岸的西屿去了。

一开始越南人像阿舍[1]一样，金戒指金图章金耳环源源不绝掏出来。马公市那一阵强强滚，卖什么赚什么（那时马公还不是今天这个样子，什么夏季旅游胜地）。慢慢地，到马公市的越南人不全是当金子的。有一些人开始推销自己找工作了。但是我岳母那一辈的澎湖人都说，那些越南人喔，本来在伊越南都是少爷小姐，懒，根本不会做事……

我问过我岳父、岳母或同年龄的澎湖人，他们都记得确

1　阿舍：潮汕话，少爷。

有一年，澎湖突然跑来了好多越南人。是是，当年确实有听说一些纠纷，有人雇了越南人然后又和那越南人起争吵……倒是没有发生女孩子之类的纠纷（像你们外省人）。

后来呢？

突然都像记忆的某一截底片被曝光、被抽掉。不记得了。他们迷惑地笑了。那些越南人呢？好像有一天，突然就统统从这个岛上消失了。突然整批人被外星人抓走了？

如烟消逝。如梦幻泡影……

机场

为什么那些老人对于自己这一生浑噩如梦的大变动大离别大迁徙，总爱在情节宛转处，没头没脑地扯出一些魅影的动物？似乎那些动物的出没与消亡，暗合着他们这一生荒诞侥幸命运的某些神秘关联。

他把车停在弄口，打上双黄灯。其实在这暗黑如墨的夜昼更交之时，根本不可能有车钻进这条曲拗窄仄的巷子。他走进那条遍地狗屎印、矮墙模糊爬出茂森森九重葛暗影的弄子，仿佛自己正穿过一道类似保护程序的流质界面，进入一个封闭叙事的梦里。

他走到门口，门灯亮着，黏满蛾类虫尸的纹花玻璃灯罩像一个白内障老人混浊的眼翳。红漆白条纹的木门虚掩着，这使他确定了他的父亲定焦急地等着他。

他推门进去，隔着纱门看见客厅的灯全开着。他的母亲坐在最外的一张沙发，一手扶着一只手拉车行李箱，挺直腰杆在打着盹。奇怪的是从小到大，他记忆里无数次推开门回到这个屋子，都好像没有在凌晨四点这个时间回来的印象。因为整条弄子所有人家的屋里都黑着，使得他对这栋本来印象里总被暗影吞没的房子的昏蒙画面，突然好像灯火通明亮如白昼似的。

他把他母亲摇醒，他母亲害羞抱歉地朝他笑了笑。

"爸呢？"他说。

"刚刚说进去大便，吧？也好一会了，"然后他母亲小声地向他发牢骚，说三点多起来就说要把那个行李箱拖去弄口，说要等小三，"我就说你们约四点，你难道要在弄口等？里面全部是家当，人家一提就走了。"后来他父亲又把门灯打开，大门也开了，那箱行李就放在客厅，"要是有人跑进来怎么办，他还说你去睡嘛。我怎么睡？我得替他老爷子顾这箱行李。"

他告诉他母亲他车子停在弄口，挡着路。他母亲着急起来，说我进去催他。他说不急，我先把行李扛去车后厢放。

"就这样一件？"他有点困惑。他的父亲不是要回去三个礼拜吗？且这次不是还打算从南京包车回安徽扫扫祖坟吗？两三个月前他就听他父亲吵吵嚷嚷说要趁早打包好行李，省得记性不好临时丢三落四。所以他想象中回来应是扛着大包小包的行李上车。结果只是这么孤零零的一件中型手拉行李。且这只红色行李箱是他与妻子蜜月时过境香港瞎拼过度临时在免税商店买来应急的，上头的小号码锁的号码还是他们当初随兴用住阳明山的电话开头"八六一"。他父亲在向他学开这锁的方法时，他劝说这个密码可以更改，但他父亲固执地说不必不必，他记得这三个数字。他总觉得他父亲一定会在那个时空彻底挪移抽换的另一个城市的机场，无论如何也想不起这个迂回隐晦所设定之数字。

他把那一件行李塞进车后座行李厢，便看见他的父亲像个胖孩童一跛一跛地从弄子里走出来。他父亲满脸堆着笑，左臂另背着一件黑色小背包。他的母亲穿着睡衣拖鞋送出来，但她送到弄子的中间就停在那儿。这时天光已微微发亮，乃至从他这个距离看去，他母亲那小小的头颅上，疏落覆盖的杂驳灰发，似乎蒙描着一圈薄光。

　　　　　　　　　　　　　　　　　　月球姓氏

他提醒他父亲向站在弄里的他母亲挥别。他父亲用极大的嗓音吼着：

"好了，回去了，你放心啦！"

而他母亲则像这许多年来无数次，难得一次的委婉贴心的小表态被粗鲁泼了冷水之后，惊吓而激怒地反应。

他母亲从弄子里，用与她那小小身子不成比例的大嗓门吼回来：

"我很放心。你去那边，少讲点话，多听他们讲！"

他载着他父亲在夜暗的巷弄间缓慢穿梭，车大灯的强光打在他们面前随着弯拐而贴近浮现的砖墙和人家的铁门。有一两次在强光中浮出一个举着手遮住侧脸的人形，原来是那些失眠早起的老人。

"真早哇。"他父亲抱着手里的那个黑背包，两眼发直地瞪着挡风玻璃前方。

他记得他小时候，不知为什么理由他父亲不准他们骑脚踏车，大约是怕他们被巷子里那时开始出现的横冲直撞的机车给撞倒。他是跟班上那些有一辆十段变速跑车或捷安特小越野车的同学，赔笑卖乖学会骑车的。初中有一段时期，他像染瘾一样地迷上偷车。忘了掩上门的公寓楼梯间、巷弄里倚靠在盆栽植物旁的、撞球店面包店电动玩具店外骑楼任意暂停的，或是初中附近某个私人家教班下面骑楼紧靠在一起的其中一辆……

一开始他只能偷到一些老旧且多少有某部分故障的烂车（只有这种车的主人才会粗心大意忘了给车上锁），且他几乎是偷来骑一段路，扔在另一处地方，然后再被另一个偷车贼给牵走。后来他去买了一把锁，他把偷来的车牵去离得手处较远的脚踏车行去改装（重新喷漆、装上车铃或前置车篮；如果是跑车，他则把龙头反翘上来，调高座椅和车头把的钢骨，使得一台本来得弯腰低俯的变速跑车，改成了传教士骑的那种高高慢慢的绅士车），然后把车锁在他家附近的一条防火巷里。这个时期，他开始对下手的对象，变得挑剔有品位起来。

　　有一天早晨，他按例出门，到他的藏车处牵了车，把书包后背，娴熟地轻快地蹬着他的改装跑车，在那曲肚弯肠的巷弄间撇着轮胎疾驶。突然就在一处弯角，几乎是正面撞上（还好他改装了前后轮的日本进口刹车橡皮）穿着运动服的他父亲。

　　他父亲为着这儿子竟背着他学会骑车惊怒不已（他尚且不知在他儿子手上过手的赃车怕不下百辆了）。那是一个怪异的画面：他坐在那辆高跨式的簇新脚踏车上，利用刹车和腰力的技巧使车定住不栽跌下来，而他父亲站在他面前略下方的位置（他恐怕怎么也想不到自己的孩子是从他陌生的蒙混领域去学了一身好本领吧？）。他嗫嚅地向他父亲解释这是他同学某某某的车，暂借他骑……

　　记忆里他父亲发了好一会儿愣，才挥挥手说：

　　"好吧，你去吧，"然后他父亲叹了一口气，"我不知道你还瞒了我多少事？"

　　　　　　　　　　　　　　　　　　　月球姓氏

现在他父亲坐在他的身边，已经是个十足的老人了。他吩咐他父亲系上安全带，问他冷气会不会太冷，然后耐烦地向他父亲解释他们是从建国高架桥上中山高，他们今天不走北二高。

　　那时车疾驶过的高速公路左右两端，各拖曳支架着一座高架在他们所处平面上方，像金刚战士卸下手臂一般的水泥高架道路，整个天际线被切割遮蔽。他想从何时开始，他小时候看的那些漫画里的复杂科幻景观，真的跑进他活在其中的现实里来了？

　　他父亲说："范修贤说他先坐计程车到火车站，然后搭一种机场专车。"然后他父亲说："这次也是他有心，特地赶回来，说是回来收钱，其实哪有才回来两天又去了的，根本是专门回来陪我去的。我也知道他这个心。你大哥中午就在南京机场接机。我看我回洲上待个两天，再让你四哥陪着，包个车，回无为去扫扫祖坟。这样轻轻松松舒舒服服的，回南京后，再约李既、你朱大姑妈出来叙叙……"

　　他父亲说那李既，刻了一手好图章，左撇子，人聪明得不得了，后来被整得好惨……那个朱大姑妈，后来才知道是共产党，你奶奶那时候疼她疼得要命，她就像个男人婆、短靠短打短发的……这些人是当年和他父亲在江心洲上办小学的一群朋友，每个那时十六七岁全当上校长董事长……这些年这边那边像唱名点谱一样，轮着挂。他父亲担心眼下就剩下他们这三人，再不聚聚，下一个倒下的，不知是谁哟……

他父亲继续说：那个李既哟，也算是个奇人了。东北沦陷前，他和汪树人那一群人，热血沸腾地去从军，跟着国民党部队被调去东北。好，四平街保卫战打下来，国民党败得一塌糊涂。汪树人那一群当初一道从洲上去的年轻小伙子全给打死了。就他老兄投降，当了俘虏。这还不打紧，他换了制服，反过身来打国民党。这时候他好像开了窍，能征善战得不得了，还有战功咧！一路把郑洞国、杜聿明、李弥的部队打得落花流水。一路往南打过长江，打到广西，连白崇禧的重炮部队都被他们缴了械。后来说是升到了营长。

他父亲说，咕，这小子也骚包，上回回南京的照片你有没有看到，到现在这么一大把年纪，他来和老朋友见面，还穿着那一身破破烂烂的解放军军装。

他父亲突然说，儿啊，我这样讲话会不会影响你开车？他说不会。他有些愣怔。他知道他父亲会接下去继续说，像是关不住那不断哗哗流泻出自己这一生惊讶奇幻最后又似乎一文不值的身世的水龙头。

然后他父亲总会困惑又抱歉地说：

哎啊，今天是你大喜之日，我还拉着你扯这么多。

啊？都快天亮了，你明天不是还要大考？我一开心就说忘了，快去睡。

或是儿啊，我一多喝两杯就说个没停。

或是大年除夕夜团圆饭，全家人都找借口溜走了，就剩他静静坐在他父亲面前听他说。

　　　　　　　　　　　　月球姓氏

他父亲接着说：李既，后来也是很惨。"文革"的时候，他本来在江心洲上，那时候开始斗得厉害了，他知道自己成分不好，他从前也是我们三民主义青年团的，就往南跑，跑到广西去。好，跑到广西去躲了两年，这老兄想风头差不多也该过去了吧？大概也是待闷待乏了，就跑去找一个大队书记之类的干部，请他给开一张路条。

那个书记说你要回去？他李既说对，报告书记：我想家。好，那个书记给他一个封起来的信封，要他不准半路拆开，回去南京交给那边的县委之类。

他老兄真是老实，当真就照做了。回到江心洲，打听出县委书记的办公室，跑去把信封交上去，说我是如何如何从广西回籍的，这里有一封我们大队书记给开的证明什么的……结果人家把信封拆开，上头写着：

"捉拿反革命分子李既。"

啊？他说，那不是惨了。

他父亲击掌大笑，像说到一个荒唐的笑话。儿啊，那真是惨。他哪知道，人家"文革"整整搞了十年哪。他才躲了两年，就沉不住气对家里跑了。

（像我一躲躲了半个世纪。）

这下就说到你大伯父的事了。他父亲说。

那个李既哪，回江心洲，真的吃了几年的苦头。他们把他抓起来关了，每天拖出来游街斗争，然后叫洲上的乡亲们轮流用扁担打他。你知道，我们江心洲就他妈巴掌大，整条街上住着的，不是你晚辈亲戚，就是你们之前父亲辈曾结拜兄弟的。但是有什么办法。那个李既被打得遍体鳞伤，腿也瘸了，腰也残了。他说他好几次想他妈自杀算了。

但是儿哪，你知道吗，那回李既对我说，这么多人打他没一个下手留情，他也不记得谁是谁了。就一个人他一辈子忘不了，你猜是谁？就是你大伯父，我大哥，家龙公哪。

他父亲说，那个李既说，所有人都轮挨着拿扁担往他身上打。该你大伯父打的时候哪，李既说挨揍的人永远难忘那种滋味：他看见你大伯父那大个儿把扁担高高地举起，然后狠狠地挥下来，落在他身上的时候，却像棉花糖一样。李既说啊，那滋味几十年后想起来，真是像棉花糖，甜甜的、软软的、轻飘飘的。

他失声笑了出来：真的？

他父亲说：当然是真的。洲上好多人说起你大伯父，就硬是翘起一只大拇指，说家龙公仁厚。

可那时候仁厚顶屁用的？红卫兵说好骆家龙你不打是不是？那我们打你。

他父亲这时静默下来。

似乎这个家族的迁移神话，从最早远的一只黑色大鸟般的老妇，到他祖父挥臂在肉案上切猪肉给穷人家不收钱的画面，最后是他大伯父在一个灰扑扑、人被逼迫着去揍别人的年代里，硬着颈子将扁担高高举起，轻轻放下……

似乎都像极了某类进化不完全的禽鸟，一扑一扇拍打着巨大羽翼的动作。

他把他父亲放下在一排宛如小吃摊灯笼或酒招般航空公司压克力符标的出境大厅廊外，吩咐他父亲不要乱跑，然后自己把车开进那像驾训教练场一般的广阔停车场。

他听着自己的车子轮胎缓缓磨搓着停车场柏油地面的刷刷声响，觉得疲困且孤寂。像是一个故事的尽头，再翻过页就是结局了。而这故事他从懂事起就不停在听了。他的父亲，总喜爱在年节时，聚拢了全家人，围着一桌听他训话。说是训话，其实是一群无故事之人听着一个满涨着身世的人的反复言说。常常演说的内容最后终是淹没在难以清楚分镜的回忆里。

他心里想着：我把这车停好，就得走进那清晨时光的机场出境大厅，我的父亲正在那等着我。

像是一个接驳的终点，他们这边的故事算是听完了，一趟飞机过去，他父亲又可从头说起。他想象着那群簇围着他父亲的，脸红扑扑傻笑着，其实亦已是老人的堂哥。半世纪前的那次出亡，这五十年喔，老爷我在那边是如何如何过的哟……

他记得他刚毕业时，在一家出版社当企编，UP板隔音的办公桌，在他前面是一个姓叶的女孩。那女孩脸上总是扑了匀整的粉，但眼眶下缘的弧括仍遮不住一圈黑影。这个漂亮的女孩鲜少和他交谈。他常听她躲在自己的区隔空间里，低着声漫不经心地讲电话。有几次女孩不在而座位的电话响，他懒得用那繁琐的按键转接程序，直接越过隔板捞起电话，待记下来电者交代事项后，才发现女孩把话筒的说话端孔，系绑着一个绢制的日本绿茶茶袋。所以那话筒并无一般办公室电话特有的口水臭味，反倒幽散着一股淡淡香气。

这个淡漠孤傲的女同事在他进去这公司不到三个月后就离职了，这之间他们恐怕短短交谈不到十次。这时他却突然想起这女孩来。他记得是在一次大地震后，公司的女同事们穿凿附会地说起地震之前的预兆：诸如前一天在台北市立棒球场的一场比赛（好像是虎队和鲸队之战），突然无来由的一群候鸟闯入内野低飞（有一位洋将还掷手套击毙一只候鸟）；另一个女生则说，对啊当天新闻还有播出，水里一家乌龟养殖户，据说前一天他的乌龟纷纷发出卡车发动引擎那样的鸣叫，而且全部朝南爬窜……

那时他突然听见那个女孩（仍用着淡漠但掩不住得意之情的声调）说：

"那有什么，我爸爸说他们当初要撤退来台湾的前一天，或者两三天吧，他们那个兴化城城里，所有的黄鼠狼——老的、小的、公的、母的、胖的、瘦的——全部从你不能想象的角落窜出来，屋檐下、柴房里、谷仓茅房、店铺公所……所有的黄鼠狼都跑出来，而且一窝蜂地跑出城了。那就有老人家说要出乱事了。我爸和一些人就是那两天跑出来的。果不其然，我爸才跑出来第二天，共产党就打进城了。"

其他人都为着这话题的时空松落而困惑嗒然，只有他躲在座位上吃吃窃笑。啊，这又是一个背着故事的迁移者的，无身世的后裔呵。

为什么那些老人对于自己这一生浑噩如梦的大变动大离别大迁徙，总爱在情节宛转处，没头没脑地扯出一些魅影般的动物？似乎那些动物的出没与消亡，暗合着他们这一生荒诞侥幸命运的某些神秘关联。

成群出走的黄鼠狼。他父亲说幼时曾在池塘戏水，眼睁睁见一只青脚蟹从那盍壳中伸出一只细长白嫩的女人的手，紧紧握住他父亲的足踝……

祖屋梁柱间游曳出现的两条小青蛇。

传闻中曾经在将军巡查时，咬着克扣它军粮罐头的士兵不放的士官长狼犬……

他父亲且在老去后，不止一次地回忆，在新庄中学当训导主任时，因为年轻光棍嘴里淡出鸟来，竟趁夜黑风高偷钓学校池塘里养的乌龟。他父亲提及当年烹杀乌龟时，仍是一副馋痨痨吞口水的盼想模样。

他问他父亲乌龟肉是老是嫩？该蘸怎样的酱料？是如本地人蘸猪脚肉用油膏熬蜜，还是如面摊切白煮三层肉蘸清酱油拌上葱末芫荽和一些辣椒屑？或者像他们这些外省老 B 央吃汤包蘸的就是那犹有米香味儿的陈年老白醋切上一蕊蕊的姜丝儿？

他父亲乜他一眼，说："呋，你懂什么吃的？"

在他们（他和那个姓叶的女孩？）的父亲的故事里，那乌龟在大锅逐渐加热的清水中划游着，最后必然会人立而起，拱起前肢向这些年轻的异乡人求饶。而这嘴馋的异乡人亦当即想起自己飘零的身世，遂收了锅把那乌龟放回池去……

大规模的迁移。误判。气候与地壳的变动使它们在迁徙中失去了回程的路线。人们后来在相隔千万里的异地寻获了它们集体死亡的化石墓冢……

像那些十万年前才刚从地球舞台灭绝消失的长毛象。是的才刚消失不久。克罗马农人与人类的祖先现代人都曾与这种地球上曾出现过最大型的陆地哺乳动物遭遇。古生物猎人在北极冻原的暴风雪里扎营，雷达定位在他们的营地下方正冻封着一只音容宛在的长毛象遗体。他们用钢锯锯开那一块块被积雪压挤成硬岩的冰河时期沃壤，最后仍屈服于比预期来临得早的极地风暴，打包撤营……

他在电视上看到那些沮丧的古生物猎人离去前眷爱不忍地抚挲着已露出挖掘冰层的长毛象的头顶。差一点点就可以把它挖出来了。天哪他们说这样摸着那长毛象金黄色枯麦秆般的毛发，可以闻见那动物浓厚的体味，仿佛在触摸着活生生的生命……

关于长毛象谜一般于某一短暂时期大规模地灭绝，至今仍未有一确定答案。推论不外乎原始人类（突然地）发展出一种有效率的捕杀技巧；或是冰河时期地球温度改变，骤冷骤热使这种大型古生物惨遭灭族命运；另一派说法是出现了一种类似人类黑死病的瘟疫，使群聚生活的长毛象整批整批地死亡……

　　且根据古生物猎人按长毛象化石坟冢分布的地点，可以在地图上描出一条死亡的迁移路线。大批的长毛象因为某种奇幻的因素，由亚洲大陆北迁西伯利亚，然后往东行，穿过当时仍是陆地的白令海峡，到达北阿拉斯加。它们的足迹甚至越过北美草原，最后古生物猎人在墨西哥山区的一个地底穴坑里，发现了上千只埋陷在石灰岩层里的长毛象完整化石。奇怪的是，这批长毛象遗骸，清一色为公象，鲜见一头母象……

　　那似乎是这一个族类最后到达的终点。

　　那是一趟疲惫的、无望的，倾整批族类的直觉仍是一片空茫的漫长迁徙。它们几乎是沿着北半球的最脊面，在最恶劣的存活环境探索，沿途见同样庞巨的同伴纷纷摔倒躺下……最终只是为了用个体各种造型的尸骸，去印证所归属的族在灭绝之前所能推伸距离的极限。

　　但是当他把车停好，随着那群打着呵欠梦游般的男女，穿过一条地下人行道走到出境大厅时，看见他的父亲低着头，以一种非常剧烈的动作，把自己夹克口袋的东西全往外翻掏。他的父亲站在那一列排满了人，里头有穿着笔挺的红条格制服的男孩女孩在帮人划机票托运行李的长椭圆形吧台边，年老肥胖但着急的不协调动作，像一个胖孩子孤零零地站在一块表演区，表演一个什么即兴剧给那群惺忪的人看似的。

　　他靠近过去，"怎么了？"

他父亲抬起头来，这时他发现他父亲哭得涕泗滂沱。

"怎么了？怎么回事？"

他父亲像孩子抽泣地说："机，机票……忘了带……"

怎么会呢？他上前帮他父亲翻找。他父亲的整件衬衫都汗湿了。他从他父亲的手上接过来至少二十张的复印机票。他父亲则颤着手脚一直说坏事了、坏事了……

难道真的像哪一出重复宿命的喜剧，五十年前逃难前弄丢了船票；五十年后要回去了，好，轮到飞机票丢了。

"干嘛没事影印那么多机票？"他也急了起来，他发现这是他第一次如此肆无忌惮地上下翻搜着他父亲全身的口袋，"现在好了，反而真的弄没了。"

很多年以后，他才确定，那是他父亲那一整代人特有的怪癖：他们会去军公教福利中心，买一大叠一大叠的平板卫生纸囤积着；好不容易买到合脚的鞋会同一款式买十双；袜子、牙刷、便利刮胡刀、灯泡、酒酿乃至某一种牌子的香港脚药膏……只要在那经历过逃难饥荒的易感世界一过滤（想象一下若又要逃难，身边没带着刮胡刀和你爱吃的甜酒酿，那是多痛苦的一件事呵），马上眉头不皱就把货架上全部的一批货给包回家……

他称之为"逃难性格"：身份证件、毕业证书、国民党证、报费或第四台收据、他的汽车罚单、他母亲去参加"长生学"（一种以气功疗病的民间社团）的上课证、家里四条狗的注射芯片证明……任何跟构成身份联想的单据，他父亲一定拿去统一超商影印个十来份，然后塞在家里书柜床头各处的缝角。

就像从小不断听过的警惕故事：那个某某某，本来在那边是西南联大的，抗日时还组学生剧团弄得有声有色的不是？结果跑的时候把证件全弄丢了，来台湾以后又像中了邪怎么也找不着从前认识的人。结果就只好在这边从头开始：卖包子馒头、到工地卖力气、擦皮鞋，有一阵子听说还跑去捡破烂……后来总算有一笔小小的积蓄，弄了辆二手计程车。有一天载到一位乘客，西装笔挺说你不是某某吗？原来是从前西南联大的同学（且成绩差他很多的），现在在专科当教授了……过去那个谁谁谁、谁谁谁，各自也在哪个大学是系主任喽……

结果几十年就给这样错失了。

说来就是"没好好保管证明文件"的下场。

公厕

突然像他脑海里那一整列的孤岛，那一座一座隐没在黑暗里的孤岛，顺序列啪喳啪喳点亮了它们的灯光。他突然异常清楚它们的名称，以及它们接下来要出现的名称……

我父亲提到在那寂静如梦的夜里，他半像是中蛊半像是梦游地自一列夜车的中途下车。他脚步跟跄地跨下列车的踏板，站在冰冷的陌生月台上。他回头望着自己一脸傻相地映在刚刚他犹在那明亮车厢里的玻璃窗上，他看见自己脸色蜡白眼眶淤黑，他完全不理解年轻的自己此时此刻为何站在这座荒凉小岛的其中一座莫名其妙的火车月台上。

　　我父亲说那时的台湾，入夜后几乎一片黑暗。一入了夜，不管你是在台南、台中、嘉义、高雄……任何一站下车，一出了火车站，只会见到一个黑漆漆的市镇。没有霓虹灯，没有投射灯打上去大楼 hotel 的巨幅广告牌……那是一个没有电力的年代。

　　所以你自一列发着光在夜暗中行驶的列车离开，意味着你没入黑暗，意味着你将被你从不理解的，这个纵贯线上的地名你犹会南北顺序颠倒弄错的，挨挤着日式平房、简陋军营、泥土马路、两层楼房的小旅舍（那可能是唯一微弱的光源）……被这一切（熄了灯后长得一模一样的陌生小镇）给没有边界地吞陷进去。

　　我父亲那时，因为生命里某些不耐烦或无以名状（无厘头）的冲动，像一个战斗机驾驶在一次毫无任何危机的高空飞行训练中，只因一时手痒，突然伸手去揿下那枚驾驶舱弹射逃生按键，把自己弹出高速曳航于几万英尺高空的完好战斗机之外。

只因为他年轻时脑袋里突然出现的一个念头："这按下去（现在按下去），不知道会怎样？"

我是如许好奇：我父亲在他生命中那几次"一时冲动"弹射抛离至骤然失速失重的漂流状态时，是怎样的一个景况？

譬如他几度在回忆中提及：那次在那趟南下（或北上）的火车上，突然地，在中途跳车，穿过月台，攀上了另一列反向行驶的列车。

后来我发现：关于我的家族成员们，一旦他们试图描述自身，或是自身与这个家族里其他人之关系时，总有一种在歧岔巷弄间无尽盘桓打转的印象。

那些巷弄是如许任意穿凿、漫无头绪，使你在每一处弯角再蔓延开的分支巷弄愈陷愈深。一开始你或许会暗自惦记着：噢，我是在这处岔口转进来的……但很快你便会在第七个第八个岔口力气放尽，你不可能由根须般的末端一一逆推回去。

尤其是每一处岔口，都只是他们回忆途中，一次随兴的离题。

我父亲说那一切只因为，车厢上那位年轻曼妙的"本地女子"。老实说我被这样的情节弄得啼笑皆非。许多年后我有机会读到父亲初来台湾那一年的日记残稿，发现事实确乎如此粗鲁无厘头。

这是一个"在黑暗无光的年代里，一个外省小伙子在夜车上和一个本省美妇眉来眼去，最后神魂颠倒跟着她下车"的故事。

从此时间的流逝变得异常缓慢。

我父亲说，仿佛宿命，譬如他自上海搭上一艘小船逃难的过程，颠荡反复，船被台风与逆潮拨弄，在出发点和目的地之间来回，像跳针的唱片。

就像他只是在那一列继续行驶的夜车的某一停止瞬刻跳离，又像他从头到尾并没有离开。之后，由他这个人而延伸张开的其他那些人（我娘、我哥、我姐、我……）仍继续着他始终在场（像他后来那样）的样貌。

像开始启动时所能预想的一切。我后来曾看过他极衰老时的裸身：他的阴囊下垂，自胸口沿腹下至胯间布着老人稀疏的灰色毛丛；他的膝盖彻底变形，使他必须像猿猴那样前屈着腿走路；他的手背和脖子爬满了褐色的老人斑，褶皱的皮肤仿佛回到细胞膜最早的半透明模样。那时我娘也一同老去，变成一个性格刚硬而憎恨他的老妇。他留在大陆的发妻（若珊？我大妈？我娘的情敌？）也已老去，改嫁的第二任丈夫（独眼龙？）早就挂了。她变成一个又痴又傻、疯疯癫癫的老太婆。她的两个不同姓的儿子（她和我爸生的儿子以及她改嫁独眼龙后生的儿子）比邻而住，彼此以兄弟相称。

我哥也已老去，他变成一个患了说谎症和偷窃癖的拾荒老人。我姐也已老去，她的粉彩化妆品自脸上塌落，她的香水变馊变臭，她在一次一次相亲中开始弄错对方的身世，对方父母的名字，对方的身高、相貌、职业，或对方在相亲饭局中说的笑话。当然他们养的那些狗也一只只老去，它们一只只被送进焚化炉和动物灵骨塔。

（这是一个最后所有人都老去的故事？）

当然最后我也无法抗拒那启动之初便不容拖延的坏毁，年轻时美若春花的妻也无辜而困惑地老去。我们后来总像两只搁浅的老海豚安静地衔接在一起。我的小鸡鸡像故事终点那样沮丧而认命地偎靠在她冰凉而干燥的腿胯间。

但我父亲却在年轻的那一瞬刻按下按钮（因为极度的不耐烦？），自这一切由他而起，对位、变奏、重奏、装饰花腔、复返主题的衰老叙事诗弹跳出去。

漂浮在时间缓慢流动、失重的一团晕糊里。

不行，有一个女人正在等我。他说。

许多年后，我仍无法弄清楚，我父亲晚年，始终念兹在兹、喃喃低语，那个"仍在某处，当初约定了在某时相见"的女人，是以怎样的一种形式，像鬼魅一般召唤着，我们这整个家族之外的，我父亲。

（她仍在等我。）

是以一种被隔阻在一大片，迷宫般永远无法穿越的繁杂巷弄的那一端；抑或是以我父亲半途跳车，梦游般地在那个年代恍若异乡的花街柳巷荒唐了一夜（或数夜）后，黑眼眶脸容枯槁地跳回车上。

怎样的一个女人呢（我母亲之外的女人）？

也许是我父亲的母亲（一种超验的无家可归）？

许多年后，我在许多不同的场景，遭遇的那些女人总让我湿湿黏黏地联想起那个，本来可能是我母亲的女人。

某年我曾在京都四条先斗町的高濑川边，见一染银发银皮短裙雪白绒絮边长筒靴的日本辣妹蹲在那水渠边吐酒。我亦蹲在她的面前，静静地看着她。

她的脸上敷着掺了银粉的浓彩妆，我知道那是一种高明的化妆技术，使她本来塌鼻梁单眼皮的扁平之脸，显得暗影纵深神秘莫测。她的眼角下方有一粒银色亮片，像一颗泪珠。

她低着眼，似乎感觉到有人蹲近（她已是烂醉），于是用一种慵靡爱娇的声调说："……井嘶啦嘻嘻？"（干！我不懂日文。）

那时正是初春深夜，乌鸦从天展翅而降，啄食酒店旁一摊一摊呕吐物。一些金发男孩仰睡在停放路边、改装过排气管使引擎咆哮声变大的本田轿车里。我从车旁走过，隔着车窗，像看博物馆玻璃橱柜中的陈列物一般，盯看着蜡像也似他们俊美的脸。

一些应召女郎自木屋町窄小巷弄的那些低矮屋檐里钻出，疲惫至极地上了候在路边的计程车。

这就是我父亲当年眼中见到的幻异场景吧？

我心里激动极了，轻轻地对着眼前这个（可能只有我一半岁数），脸上泛着银色薄光，醉眼迷离傻笑不止的日本女孩说："妈妈。"

妈妈。

那是与我娘完全无关的，我曾听一个老娼的女儿（她的母亲年轻时在中山北路一带的酒家舞厅做）充满孺慕地回忆"妈妈的味道，就是长寿烟混掺着香奈儿五号香水再带着点台湾啤酒淡淡麦香的复杂香味"……那种黑色透明纱衫解开，俗丽的艳红蕾丝奶罩紧绷绷裹住那两粒白腻巨大的奶子，钢丝勒边还挤出周围同样白腻的赘肉……

妈妈。

那就是我早泄的秘密。

高中时有一次周末晚上到 W 家赁租在万华（西藏路？万大路？）的公寓拜访。W 不在。他的母亲（长寿烟、香奈儿香水、带点台湾啤酒白泡沫的酒嗝香味？）要我在客厅看看电视，我们国仔一会儿就回来了，出门讲叫你等他……

只有 W 的母亲一人在家。开了灯却暝暗昏沉的窄小客厅。地板上散堆着漫画和歌厅秀的卡匣。比果盘还大的金漆烟灰缸里半缸茶汤漂着至少十条长寿或万宝路烟的烟尸吧……W的母亲让了一盘酱油瓜子一盘哈密瓜瓣叫我吃……我们国仔讲你是伊最好吧朋友……我们国仔有交女朋友没？这一类零散的打屁。

慢慢散开的鱼尾纹……低沉饧滞带着磁性的嗓音……靠近时带着烟味的香精气味……黑洞洞（她画了极浓的眼影）的眼良善且温柔。W 说他老爸是个俗仔烂痞子。他妈年轻时美如春花，只因为爱玩，姐妹淘随康乐队全省省道跑，被他爸年轻黑狗兄[1]拐到手……

W 的母亲坐在暝暗客厅另一头神龛下的折叠麻将桌旁，静静地自个儿拿着台啤玻璃瓶倒酒到小玻璃杯，静静像品酒那样慢慢酌饮。暗影中她侧坐的身姿将黑碎花洋装的弧线延展得好优雅……

那样在暗影中，粉香摇晃，女人的侧脸流丽迷离，哀愁的身世（W 说他老爸整天打扮得帅帅的出去玩女人）带点轻微酒精中毒的迟钝和茫然。举起酒杯时，会因为最上一层的啤酒沫花而轻轻皱起鼻头……

那是与我娘完全无关的，我父亲初次发现自己确确实实被困在这个南岛上，第一次惊异地张开嗅觉闻到的热带灌木花科的浓郁香味：湿热熟烂的红玫瑰、栀子、茉莉、铃兰、含笑……

W 的母亲不知何时走进屋内。我一个人在昏暗的客厅里焦躁地转着电视遥控器。她会不会早就发现这个幼齿，这个她儿子的高中同学，这个还在青春期还在发育的男生，在这个和她独处的密闭空间里，像那些她熟悉不已的男人身体所发生的细微变化？（她注意到我的呼吸变急促了吗？她倒水来给我的时候，瞥见了卡其裤裤裆了吗？为什么我粗嘎着嗓子别扭无比地向她道谢时，她似笑非笑看了我一眼……）

时间的流逝变得异常缓慢。我自己一人坐在闷热阴暗的

1　黑狗兄：闽南语，形容时髦潇洒的年轻男子。

客厅里。面红耳赤，喘着气呼吸。我站起身，往那堆满杂物的内间甬道走。每一个房门都打开着，每一间里头都黑洞洞的。似乎每一个黑暗的房间里，都抑藏着许多年前让我父亲迷失其中、浓郁香气的热浪，随时席卷而出……

走到最靠近厕所的那个房间，门一样没关，垂着珠拼成孔雀图案的门帘。头一低。我记得我看见，背对着我（可能正更衣到一半），像暗夜百合款款满开的一具白色华丽的女人的裸背。

我这一生再没见过那样华丽丰饶的、女人全裸的背部了。沿双肩挂下的，是勒得紧紧的，女人的艳红奶罩背带。记忆里我错幻地认为，我真的闻到一阵一阵烟草调了挥发的酒精、再掺入香奈儿的强烈香味，从那暗房中发光的白色女体喷散而出……

女人听见了我。

"阿ㄇㄧㄌ丶（伯母），我借个厕所。"

好啊。暗影中那团模糊的白色光雾笑着回答。

进了厕所，才锁上门。绷在卡其裤里，被棉质松紧内裤熨帖包裹住的年轻的茎具，没出息地，一股一股挣跳着，在裤裆里射精了……

妈妈。

他推门进去，门发出很大的声响。这是一间平顶水泥房的公厕，一切像制式标准所有公厕该长成的那个样子。入门处是一盏孤零零的黄灯泡，以及一座用小方块微凸瓷砖砌成的洗手台。公厕内，屋顶一盏变电器坏掉的单管日光灯，沿墙一列洁白像白齿般的尿斗，另一边则是一列的门。

他犹豫着是否要再躲进那些门其中一扇之内（那样他就得和一个马桶、一个抽水箱和一只垃圾桶一道被困在一个像站笼般的空间里），如果追捕他的那些人真的追进这间公厕，他们不可能推门进来看见没人便退走，一定会一扇门一扇门地推开察看吧？难不成在这深夜无人时刻，他们会敲敲门（发现门锁上了），然后他自内也回敲几下，说："有人？"

但是他后来还是挑一间蹲式马桶中没有堆着一坨大便的，躲了进去，并且锁了门。

这还真像是某种指状腔肠分支的最末端哩。

他记得不知在哪里的影集看过：好像有个外国的渔夫，在河的下游钓鳗鱼，他是把一个刚斩下的新鲜马头沉入河里，待一些时间后将马头捞起，于是一尾尾乌黑晶亮的鳗鱼，塞满满地从那马头的嘴里、鼻孔里、耳洞里、眼眶里给掏出来……

他怀疑这幢孤立在夜色中的公厕，是那些人设好的口袋。如果是的话，此刻他不正如他们算计的，看到门便往里钻，里头再有个门便又往更里钻去……

他点了个烟，脑海里出现一些烂电影中看来的画面。也许他们推开门，空荡荡的并没有人在里面（烟头还扔在马桶里）……原来他用壁虎功头抵天花板躲在水箱上面……

那当然都是一些狗屁念头。不过他倒是发现这大便间竟然有对外的气窗，且是老式的绿漆木框纱窗。他被一种突然袭上的怀旧情绪，弄得几乎要一个人在这大便间里落下泪来。

纱窗外竟然一阵阵暗香浮动，那种古早年代的人才会体贴（或无聊）到，在公厕外沿，种下一丛一丛油绿小圆叶、白色甜香的小花。

他凑着鼻头嗅着……是玉兰吗？不……更迷迭更醇厚一点点……栀子？……没那么狂野……嗯……不可能是鸡蛋花……也不是茉莉……茉莉的香味他太熟了。他车上的照后镜还吊着一串和镇澜宫香包扎在一起，向马路上卖花阿婆买来的茉莉。

是含笑。

没错。

含笑花。他真的哭起来了。他想：干他妈的老鸡巴，老子跟你们拼了。他把怀里的点三八手枪掏出来，用拿枪的那手手背擦眼泪。

但他旋即想到这不过是把玩具手枪罢了（虽然是如此逼真）。围捕他，把他一步步逼进这间公厕的那些人，不正就希望最后他被捕的那个凝冻的瞬间，他手中正拿着这把枪？

"因为他持枪拒捕。"他们可以在这个暗夜里，将他像用布袋套住的狗那样作掉之后，无辜地向外头的媒体解释。

后来他决定离开那座建筑（那间夜里孤灯的公厕）。他隐约知道有两种完全相反的意志，在这夜的小镇里互相闪躲、互相纠缠、互相穿过对方。他知道在他这样穿巷绕弄地朝着那团迷雾般的复杂情节里钻进去的同时，有另一个人正忍受着不逊于他的痛苦煎熬，亦正费力地拨开那些洋菜果冻般的墙巷，朝他而来。

等等。他心里想着：这是一个什么样的故事啊？

之前他在一个陌生的车站下车，然后他被困在一间闻得到含笑花香的公厕里，进退不得。之后呢，他心底惦记着要赶去一间学校，那校园里的一切皆暗没在黑夜里，只有一间教室里八盏长灯管的日光灯全亮着，有一个女人正弹着风琴带一群孩子在唱游。他知道她在等他，并且力持镇定保持微笑，那些孩子完全不知道在教室之外的黑暗里，正进行着怎样恐怖的追捕和逃亡。

他只要在他们逮到他之前冲进那间灯光教室就成了，政治庇护、律师、民代、媒体……一切可以进入程序而最终还他清白。但也正因如此，他们在这间公厕（他困在里面）和那间校园之间的路径，来回逡巡，他们也急迫地在那黑暗之中把他逮住，把他撕裂，把他变成一宗失踪的悬案……

他记得他刚从那座陌生车站下车时，心里茫然困惑，完全不知道自己为何置身该处。结果现在他被困在这个公厕里，有一群人在夜里追捕他，有一个女人在一个校园开着灯的教室里等他……

车站。公厕。校园。

他突然弄不清楚，连接着这些地名（或是地点）之间的路径，是一片能将所有东西吞没其中的阒黑，还是一大片走进去便永远将迷失其中的巷弄网络……那是因为他突然决定下车，所以他进入了这个像跳棋又像大富翁的地名接龙。他隐约猜到了校园之后，会有一堆新的情境和事件，逼着他再往下一个地名出发。

你必须跳到这座岛，才能模糊看到下一座岛的轮廓。

校园之后呢？好像是一间医院，有个垂危的女人在那等他，压抑隐藏了一辈子的秘密，必须在生命终止前最后一口叹息吐出时告诉他。

也许他在这之前便被他们抓走了。那她（校园里的女人）或她（医院里的女人）还会像时光静止一直在那悬搁着的状态里等他吗？

车站。公厕。校园。医院……

多像他若没突然秀逗跳车，本来嵌接在铁道上的一个一个站名：台北。桃园、新竹。苗栗。台中。彰化……

（确实在那些车站和车站之间，是他想象力无法穿透的浓稠黑暗。）

然后呢？

突然像他脑海里那一整列的孤岛，那一座一座隐没在黑暗里的孤岛，顺序列啪嚓啪嚓点亮了它们的灯光。他突然异常清楚它们的名称，以及它们接下来要出现的名称……

车站。公厕。校园。医院……

办公室。动物园。超级市场……

那一刻起，他变得非常不专心。分明他正在这个空间里，他的脑海里却模模糊糊地知道：下一个空间里亦正在发生着什么……但他真是两难呵，他没有办法既在这个发生这些事，同时又在另一个空间发生另一些事。他只好在这个空间里，和那些恰好和他待在这个空间的人们，描述"那个空间正在发生的事"。描述的时候，他人并不在那个空间里。但是他愈描述清楚，慢慢地他发现他开始像个跑错照片的幽魂，一个细部一个细部出现在那个（他描述的）空间之中。反而原先他待着的这个空间，人们的脸也糊了，街道建筑的细部也不见了。那种感觉很恐怖，很像有个人当街擤鼻涕，他擤得很用力，乃至于把整张脸低下去，也许他实在擤得太用力了吧，等他抬起头来，我们才发现刚刚他一个顺势，把整张脸给擤掉了。

也许他父亲是这样死去的。

他们之前在一幢灰颓老旧的庞大建筑物里忙碌地穿梭着：他母亲、他哥哥、他姐姐（也许他们在忙着他父亲的后事？）。他在不同的楼层遇见他们，似乎他们总在忙着由某一个部门急急找去另一个部门。他们无暇和他说话（他在这日据时期以细沙搅拌碎石之技术仿西欧大理石材质之老旧建筑内，悠晃的速度，明显和他的家人移动身体的速度不同），总在或远或近混在人群中和他遭遇时，以一种奇怪的眼神深深看他一眼，然后径自往一条廊拱延伸的走廊走去，或是一转身，扶着木漆斑落的楼梯扶手上楼……

他觉得光线被这幢建筑的不同部位切割着：挑高拱顶的弧梁、积满虫尸鸟屎的天窗，可以俯瞰一楼大厅的挑空二三楼走廊条柱装饰的磨石护栏……使得光似乎可以在这建筑物的内部反复折射：某些角落光是以平面的形态，薄薄一层附在那粉上一层漆的墙面；某个转角，光却被切散成一棱一棱，像钟乳石那样，从上面的楼层垂挂下来；有时光在阴暗的长廊尽头那一端停着，好像无法传递到巨鲸咽喉走廊的这一边……

他之所以有一种"父亲或许已不在了吧"的不祥预感，乃因他模糊记得，他似乎在刚刚，在这条走廊的其中一扇门边，听到一群穿着和护士不同制服（同是白色，但某些细微的剪裁不同）的看护妇，在低声讨论着一件惊悚的新闻：

有一位儿子，清理他母亲的遗体，不知是过度哀恸还是疲惫的缘故，竟然将一叠一叠的报纸，像制标本那样塞进他母亲（遗体）的腹腔里。这件事在那具尸体要送进焚化炉之前的某一流程被查出。据说院方的安全检测人员为此愤怒异常：因为在焚化的遗体中塞报纸，当焚化炉内的高温将躯体烧成灰烬时，报纸的灰末会造成那具极精密之高温炉内腔的污染，据说要清除一次得耗资数百万呢。

他模糊地为这群看护妇描述之事件的某些细节疑惑着：即是，一具尸体，如何把成坨成坨的报纸塞进去呢？难道这个儿子的母亲是在外科手术的解剖过程中挂掉的？交到他手中的是一具肚子有开口的尸体？或者这个母亲是死于凶杀？

他眼前浮现一幅画面：即那个一边抽抽搭搭哭着、一边打瞌睡的年轻人，跪在一具膛开肚绽、肠子不断流出来的尸

　　　　　　　　　　　　月球姓氏

体前，用报纸吸着湿糊糊的血水，然后把那沉甸甸灰绿的肠子塞回去……

不知不觉就把报纸塞进去了。

因为这样灵光一闪地想到"父亲也许死了"，且家里的其他人都在这幢建筑物里上上下下地奔忙着。他突然作了一个决定：离开这幢建筑，趁着无人，赶回家去。

那一刻他想的倒不是"趁乱夺家产"，反而比较倾向于小时候家中无人，忍不住会跑去偷开父亲书桌抽屉、父母卧房五斗柜……那种乱翻资料窥探秘密的巨大吸引。父亲那间充满老人气味、光照永远不足的房间，像扑突扑突跳着的什么，让他像不愿意面对"父亲死亡"宣判的孩子，硬想往那死亡的静止暗黑中去掏摸。

漂流的日记簿

他那时是真的不知道，从那一年那一月那一天起，便是他这一生重新归零的另一个计数系统。他将在此度过后来的半个多世纪。

当我试着描述我父亲与他底第一任妻子（就某些较直接不暧昧的关系代名词的择选，我应称呼她为"大妈"）在分别了半世纪后再度重逢的那个画面时，我怀疑某种对时间的妄幻陈述，或是一种以戏剧性手法暗喻晦隐地对"时间"的重新定义，在这个故事前后颠倒错置的网络里呼之欲出。

　　我父亲于一九四九年丢下他那时不满二十岁的妻子（还有一双襁褓中的儿女）逃到台湾。那之后他们各自男婚女嫁，那个女人在我父亲出亡后第二年便改嫁了一位姓刘的低阶共干，那个家伙是个独眼龙。她且替他生了两个儿子。

　　我父亲则在来台十六年后，终于放弃可能会再回去的想头，娶了我娘，生了我哥、我姐和我。

　　我曾在一位天才型的前辈小说家的小说里读到这样一段话：

　　　　……我在特拉法马铎看到的一件最重要的事是，当一个人死去后，他只是在表面上死亡，实际上仍活在过去，因此在葬礼中哭泣是愚不可及的事。所有的时刻，过去、现在、未来，永远存在。特拉法马铎上的人可以看到各个不同的时刻，就像我们可以看到落基山的连绵山脉一样。他们能看到所有时刻是如何的悠长，只要他们有兴趣，他们便可看到任何一段时间中的事……当特拉法马铎上的人看到一具尸体的时候，他想到的只是这个人在此一特定时刻正处不良情况，但他在其他的许多时刻中却活得好好的……

事实上任何意图对这一对在不解事时即被"时代悲剧"（我父亲喜用的术语）拉扯分离的少年夫妻，作出一时间停格的对峙特写（他们对望的眼神、下颏微微抽跳的筋肉、我父亲肥胖而脊骨缩水的身材、女人像烤干橘子皮那样惨不忍睹的脸……），皆无能追逐捕捉那因时间拉得过长，在捶扁拉扯中将故事的结构局限彻底破坏，变得如此黄金水银般柔软而延展性惊人的散焦景框。

是啊，因为时间实在拉得太长了。

许多年过去（我只能这样子写），我父亲又重回故乡，他们两人当初生的儿子（我同父异母的大哥？），如今已是两鬓带霜的五十来岁男人。离家时记忆里估算着该都是老人喽的那些人都死了，如今流着泪哆着手倒酒在面前欢迎你的老人们，都是第二代的孩子们。

一群老人围着我父亲，他们（我的堂哥们）感情真挚又委屈地喊着："老爷，我们想你呵。"

我父亲也讪讪落着泪，像是终于闯进了他从年轻时便反复播放修改细节的梦境里，但怎么样也不想是这般情景。

原来应是他进门（逆光站在门框里），对着慌了手脚（手里正在喂仍在地上爬的我大哥的碗摔落土炕地上）的女人说一句戏剧性的话。

我在我父亲晚年交给我的一本日记上（这日记是我父亲初逃难至台湾，在高雄凤山一间中学暂栖时写下的），看到他像发烧梦呓一般地拟着那想象中"进门的第一句话"。

也许他只是感情节制地说："我回来了。"

或者他说："这些年让你吃苦了"，或是"对不起"。

万一他进门时恰只有女人一人在家，且女人又委屈地哭了，他必得哄慰她："我们可以用以后的日子把这些年补回来。"或者他会像一个出远门见了世面的孩子，夸张又炫耀地描叙他这些年逃难避居的那个热带小岛，岛上的芒果、椰树、南国女孩，还有抽水马桶。

也许他会这样激动地大喊："若珊，这一切像梦一样呵。"

但是时间实在拖得太长了。他后来终于也又结婚了（娶的那个小他和她十二岁的年轻台湾女孩，后来就是我娘）。但是她竟然在他离开才第二年，就改嫁给同在洲上的另一个男人（而且竟然是个独眼龙！）。

这是我父亲在离家五十年后还乡，始料未及地在他那五十岁的老儿子（我大哥）家里，咕咕哝哝地发牢骚的大致内容。据我父亲说，我大哥将房子修得很大（那算是江心洲上第一批盖的水泥房子），屋子里空荡荡的什么家具都没有。我大嫂忙进忙出地端着大闸蟹，自己宰的老母鸡、三堂哥钓的江鳖、绝迹罕见已成为传说的五斤重的鳜鱼……当然还少不了洲上祖父那时就有的老铺的老刀子白酒。我父亲说我大嫂后来迷上了基督教，所以家里唯有的一张祖母的遗像改挂到二堂哥家去了（另一张挂在台北家里我娘佛堂香案旁的祖母肖像，是我父亲用一张祖母较年轻时摄的邮票大小照片，去找人摹画放大的。台北的祖母画像要比南京的祖母肖像年轻许多）。我大侄儿得了轻微的精神分裂症，阴郁失神地隔着那空旷的大厅，坐在我父亲对面的阴暗角落。

我父亲对我那同父异母的大哥说：

"本来分隔两地，害你们母子吃那么多苦头，我也没资格也不该说些什么。但是我还守了十六年才又娶，她怎么第二年就急着嫁出门呢？你奶奶那时还在，这叫你奶奶情何以堪呢？我在洲上的时候，人家也跟着喊她'二先生娘'，也是敬重我的身份。你奶奶疼她，可以说把她当儿子疼了。人家刚杀好的猪，她一定要他们留下最干净的肘子肉给这媳妇，真的是娇贵得……结果她这样，嫁出去的人家离我们家不到一百步远……"

我大妈嫁给那姓刘的独眼龙后，又替他生了两个儿子。其中一个儿子，现在仍和我大哥走得很勤（他们是同母异父兄弟不是？），据说今年春天还帮我二侄儿介绍上了一条船去跑江。

其实从我们懂事以来，我大妈这个人，一直是我父亲、我娘和我们之间的一个灰暗的禁忌。我们从很小的时候就知道了，我父亲在大陆还有一双儿女，我们还有一个哥哥、一个姐姐。但是这对姐弟的母亲呢？我们从来不曾听我父亲或我娘提及。待年纪稍长，才极偶然听我父亲淡淡提过几次。得到的印象不外乎是她是个不识字的旧式妇人，那个婚事是我祖母做的主云云……

一直到我父亲消失了许多年之后，我才嗒然若失。像是我坐在一座老旧街坊的某一幢二楼窗台上，不以为意地看着我父亲在那下面促仄分岔的青石砖巷弄里穿进钻出，我父亲比手画脚，满头大汗，向我解释着那些人物早已不在现场的、扑朔繁错的关系网渠，和他们各自分布在其中的相连意义。

有一些较错抑曲折的关系，我便像是隔着较近一些的街坊牌楼的景框，望过去在较远一些那边街坊牌楼下的父亲表演解说着。于是那些遥远隐晦的人名，便成为我和父亲之间，愈拉愈远，一个景框包住另一个景框，层层叠叠收束的视觉位置。

譬如天际线的远方，小小的，不很能分辨清楚的，我那个像只黑色大鸟的太外祖母；或是那个无为老家，因为忌羡迁移至南京这一支大房的人丁兴旺，而扬言要挑大粪去灌祖坟的二叔祖；或是为了铺陈我父亲在年初二出生，冰天雪地几乎难产，祖母的双脚和我父亲初生的大头皆给冻得一片瘀紫，而淡淡带过的那个在他之前，另一个早夭的男婴（我的二伯父？）；或是那个因为生下即是白子，我父亲每一提及即以"骆家发男不发女"一句话简单评注的，脸孔模糊得像一团白麻糊的，我同父异母的霞霞姐姐……

还有这个，我父亲离家第二年旋即改嫁（害我父亲给人"割了靴子"），从此被我父亲的大叙事给涂抹至几近透明的"大妈"。

一直到我父亲消失了之后，我才嗒然若失地发现，那些空荡荡，在我父亲的串接下如此清晰必然的故事巷弄之网，突然变成断了线索的迷宫，变成各自在残缺记忆角落里愈见萎缩的某一小段截肢、一个坏毁废墟的某一角柱子。

我大妈……

（为什么她必须出现在这个故事里呢？）

（如果故事是由我大妈来从头说起呢？）

因为时间实在拖得太长了呀。

我大妈说，我和你爸爸只做了三年的夫妻；我和独眼，做了四十年的夫妻啊。

我大妈说，你奶奶，是连腌菜坛子都擦洗得晶亮的一个人哪，我大妈说，我父亲要走的前几天，每天晚上家里都有穿着制服的人来，祖母点了油灯让你老爷（她称我父亲为"ㄋㄧˇ ㄌㄠˇ ㄧㄝˊ"）和他们说话，说到半夜才走人。第二天天一亮又来另一批人，每天都添一个人。后来你老爷就躲进麦田里去了。他要走的那天，你哥哥才满月，他走进房里，头发裤脚还黏着麦秆秸屑，他说："我得走了，不走要被杀头了。"

我大妈说，我父亲才走的那年，长江就做大水。洲上老墩子这一片全被淹了。那时乡里人才怀念说还是二先生在的时候好，都是他在组织大家筑堤堆沙袋防汛的。我大妈说，

月球姓氏

那时全洲上的屋顶都淹在水下面，一片看去只是黑汪汪的江水。人挤在筏上，不断看到攀着碎木断梁哀鸣着顺江浪漂下的黄狗、猪只、黑山羊和鸡鸭，还有比人腰还粗的成年江蛇，哭得像人娃一样……

我大妈说，她嫁给独眼都十年了，洲上还是有人喊她二先生娘。她说你爸爸在的时候，人家喊二先生娘，那时候年纪轻，只是觉得好笑。等你爸爸走了以后，被人家这样叫，虽然已经嫁到另个人家了，还是觉得该给你爸爸争气，待人谈吐都不自觉地要求自己要端庄拿得出样子。她说"文革"那些年，你们骆家全给打成了黑五类（因为你爸爸）。有一个反革命分子叫李既的，从广西伪造路条逃回江心洲，给逮着了。小队集合了洲上的黑五类，要他们拿鞭子抽他。全部的人都抽得他皮开肉绽，就你大伯父把鞭子高高举起、轻轻放下。支书说，好骆家龙（我大伯父的名字）你不愿打人你就下来挨打呗……这是你大伯父的为人。后来他们要我大妈掀老账，说是骆家龙调戏弟媳，才逼她改嫁……她死都不肯……

我大妈说，你奶奶是个爱干净的人。她说我奶奶死的那天，就是正蹲在屋后水沟边洗衣服，一个圪垯没站稳，就跌进沟里摔碎了头。她说那天她恰走过老墩子，奶奶那时还蹲在沟边，水清澈得像上下有两个奶奶都冲着她笑。我大妈说，奶奶那天很高兴，招手唤她。然后笑眯眯地告诉她，"家轩（我父亲的名字）从香港写信来，说他明年就要回来了。"后来她才怀疑奶奶是骗她的。我告诉她奶奶确实骗她的，因为我父亲这一生从未曾去过香港一次。

我问我大妈，她可还记得"若珊"这个名儿（那是当年我父亲嫌她的本名难听土气，学着当时那些左派小说里女主角的名，给她另取的），她脸红了一下，啐了口：

"现在谁还记得那些年轻时候的事儿？"

现在想来我那时真是太年轻了。在我父亲和那女人之间迢迢互望穿流过去的时间之河，远超过我全部的生命总和的时间。一个三十岁的生命如何去领会五十年所延展的时间形状？就如同一只三十岁的舌头没有资格去品评一瓶在更长的岁月中醚化且醪稠的五十年老窖。我无法猜想，在我父亲那因年代久远，早已杂乱无章筑建着掩体、暗巷、各处堆放着积尘废物的记忆迷宫里，他真正的把这个女人收藏在其中的形式是如何？

后来你不知道她从何时起成为你母亲暗晦的陈述里，那个如飘忽游魂的灰色脏污……说那个女的，现在已经疯了。你母亲压低了声音说，八九年初次收到美国转来的大陆的来信，她惊骇异常……把仍只是高中生的你，拉到厨房，像宣告一件这个家族终于揭封释出的咒诅原文……你大哥的妈妈，原来还活着哪……愤怨困惑中带着一种受骗者急欲把揭露的真相转述给第三者的欢快。

说已经是个老太太了哪。

说你爸爸走的第二年，就改嫁了啊。

一直都以为她早就死了。把你大哥跟霞霞丢给奶奶，等于是孤儿了，结果是跑去嫁人了……

其实最后我还是弄错了。太年轻的不止是我。刚嫁给我父亲时的我娘（她整整比她的情敌晚了十年才进场）；允诺了那句"我很快就回来"时的我父亲；还有那个没法将年轻的身体与"二先生娘"这个乖异称谓允洽衔接的我大娘……

那都是在好年轻好年轻的最开始的时候呵。

以下是一九四九年十一月十六日起，至一九五〇年四月底，我父亲初来台湾，寄宿冈山高中半年间的日记之摘录，作为任何一个家族史诗臆想中闪耀着黄金光泽的原始手稿，或是衔接我父亲那空洞吹嘘的逃亡诗篇之密码锁钥，我必须承认初次翻阅时逐渐浮起的失望之情。在这本夹塞着大量从当时杂志上撕下的泳装（且是款式老旧之泳装）外国女郎；在流水账地记下一个在动乱迁徙中困惑地窝在一个偏处小岛的南端的一所学校，每天百无聊赖的琐碎小事；以及隔几天便诗兴大发，横跨数页的胡适体怀乡忧国的白话诗……我必须说我挺替这个当时才二十出头的苦闷年轻人感到难过。家族血裔的枝干位置颠倒挪转，我反而以我后来的年纪，以一个中年人的哀悯心境，啼笑皆非地看着这个满纸错别字，孤零零避居荒岛（而不是我们这些子裔日后所见、认识的这个岛），年轻情欲与暗夜孤灯咬着指甲想妈想家乡小妻子（即他日记中屡屡唤名"若珊"的我大妈）纠葛不清的小伙子的内心世界。他那时是真的不知道，从那一年那一月那一天起，便是他这一生重新归零的另一个计数系统。他将在此度过后来的半个多世纪。

十一月十六日　星期三

在十日的那天晚上，我担心而兴奋地在基隆十五号码头登岸。

我怀着满腔的热血，乘火车直抵台北，在扫荡报社，我会见了曹士霖君和郭荣钧君，这时候天哪！我还以为是在梦里呢。

当晚，曹郭二君共陪我吃碗大肉面，有胜锦袍。

夜晚无被，与蚊虫搏击一夜。

次日陶然、薛干生二君来，见面恍为隔世，陶、郭陪我洗浴，陶破钞。

当晚乘车赴冈山，次晨（十三）到达，车中坐睁眼一夜，殊感疲倦。

下车后，至冈中第二宿舍，晤徐子谷、薛文栋、张秉堃诸先生。徐叫吃早饭，会毕复往晤蒋尚为、吴迎棋先生。傍晚往谒沈先生，并得晤杨志巩、关怀珠、金立扬君，百感交集。关并将彼所着衣服馈我。

晚间将何九渊之行李打开睡觉，生活暂告安定。

我被决定在冈校人事管理室服务，案牍工作，颇不习惯，然干事长劝勉我，无可奈何也。

昨日开始办公，下午未去。今晨去稍作杂事后与秉堃兄赴镇买此日记簿。午饭干事长做东，问精神安定些？答以颇安定，干事长莞尔而去。

十一月二十二日　星期二

晴，甚凉爽，夜梦身在家乡，为"匪干"追捕，大哥领我钻入地穴，惊慌无已。梦醒后，即未能入眠，心理失常，影响身体甚矣。

昨夜宴会，吃油腻过多，夜来感冒，至校时仅写了一个文稿，连泻两次，精神顿形委靡，在人谷床上稍卧片刻，阅报纸知李宗仁将军并未变节，心稍乐。后吃饭稍迟，徐、薛先生仍甚不过意，午饭仅吃两碗。

借来"王统照"及"靳以"选集，觉不够看，复在校图书馆借来《边城》（沈从文著）及《古诗选》两册，以供无聊时咏哦。

签领《台湾省立冈山中学三周年校庆特刊》一本，以供回乡纪念品之一。

十一月二十四日　星期四

晴，夜来泻肚，晨起稍歇。

本日有三重要事，一寄信给陶然兄致萧赞育先生托将领好之入台证速寄下，一请马先生发一教育局学经历证明书，一请吴先生写介绍信找临大同学证明学籍。

十一月二十五日　星期五

晴，为要随秉堃同去台南，起身颇早，膳后即起程，经学校过，每人领一张教员身份证。苏托我代打听《教务员须知》价目，本拟买一本送他，但问遍几家书局，皆没有，只得作罢。

马志远同志托代买棉花，买了半斤，秉堃说他近况不佳，只好送给他用，为了我一个人生活容易解决，几个钱不致影响。并将徐子谷先生致周侠兄的信寄邮。

上车后，秉堃买了一包糖，一同嚼着。至台南，下车后，同往台南女中找刘光耀，刘为临大同学，我出吴延祺先生之介绍信，请彼为我具学历证明保结，彼慨然而允，加盖私人私章及台南女中校印，我谢了告辞而出。复与秉堃同乘汽车往新丰彼友王乔处，王为南大同学，另在彼家遇郝姓之夏令营同学，在彼家午膳，饭不够，

月球姓氏

他侄女没有吃，重煮一锅。

郝同学陪我们参观"青联"及"丰警"赛球，我因恐误汽车而走。

下车后买了一个钢漱口缸和一双皮鞋。皮鞋也者，九个月未曾穿过矣，今日复拥一双，真有不尽沧桑之感矣。

店主妇十分谦恭，付钱后尚连称"谢谢你"，此乃日本风习也。店妇并给名片一张。

与秉堃兄在小餐厅各吃一碗肉丝面，台湾口味，并不为人所称之恶。

为徐子谷先生买喘息药一包。

半路，夜景迷离，顿萌思家之念，母亲为何？大哥为何？妻与孩子们怎样了？万绪千头，怅惘不已。

十一月二十六日　星期六

晴。早膳后赴菜场买小菜，与秉堃双手无闲。归时由我将猪肠洗涤干净，由秉堃以"大富贵"手法煮烹了吃。

中午，郭子洵先生在此吃饭，香肠垫菜，我的胃口甚佳，吃了四碗，饭后吃橘三只。

午后赴学校，李觉衡君戏为我看相，云我目前命运由国运转坏，十九岁开运，十五岁即存远游之志，有澄平天下之心，母贤而父早殁，唯使我最伤心者，云我至二十九岁时，我不死则我妻必死，并云我之命硬而我妻之福大，以后事业有成，然须谨慎方无虞，并为我批写。

语虽不足信，不值一笑，然相似处实惊我心，使我中心黯然也。

稍停，赴区党部开会，至晚方归。

开会时沈先生以中委身份训话。

轮流讲话后，每个同志作出身自我介绍，轮我报告出身时，蒋尚为先生向我微笑。

伤情（按：这是同一日之日记后，父亲写的一首诗。这个"诗"，如今读来，令人尴尬地吃吃笑。但因这"诗"的写成，应是该日年轻的父亲听了友人的算命，提及"二十九岁当折妻"，惶惧感伤写下。故我决定乃将此"诗"如实摘录。事实上我父亲于三十八岁始再婚娶我母亲；而我大妈则在这日记书写的第二年，嫁给了独眼刘。当然这一切皆是日后之推算了。）

假如

你真的去了

离开了这寂寞的人间

你知道

我活着还有什么趣味哟

你知道

白发的老母谁人侍奉

活泼的孩子们

谁人管待呵

记得

新婚的不久

我枕着你的手腕

戏问你：

"假如我死了

不幸地奇怪地死去

你会不会把我忘掉

从心里印上另外一个人？"

你

急切地

忙不择手地

掩着我的口：

"不会的

好好的人

怎么随便地可以死去

你要果如此

那我马上就跳下河！"

那时
我知道
你是一个懦弱的女孩子
你是怎样不愿失掉我。

而今呵
我在天南
你在地北
你为我守着活寡
我误了你!
误了你!
我是怎样地误了你

我是个感情之树
我更是一个感情的露雨
我爱这宇宙间的
一草一木
不择何物
甚至于树上掉下来的一片叶子
何况
你是我的妻子
我的灵魂的副体

　　　　　　　　　　　　月球姓氏

你去了

我的

感情之树凋零了

我将接受

人间的寂寞

体验悲伤

全身

积起了

苦难的辞典。

我将疯狂

我会死。

后记：本日，同事李觉衡君戏为我看相，云我二九岁当折妻，语虽荒谬不足信，然彼言之凿凿，殊使我衷心震恐也。倘果成事实，则我为何生存？且我向偏爱读《悲怀》一类之诗，尤酷爱元稹之《遣悲怀》及悲怀二四首（佚名）。此殆为先兆欤？我竟不能与若珊白头偕老乎？兹志之以待来日，但愿莫成谶语为祷。

（按：这一页下贴了一张我大妈的证件照。）

十一月二十八日　星期一

晴，每日天方晓前，即为空军官校之轧轧机声扰醒，不再入眠。

夜来发奇想，倘我能为空军之身，则驾驶飞回南京降于江心洲，看看白发母亲，将若珊载上飞机带来台湾，重组小家庭多好。母亲年老，不能坐飞机，暂留家中，俟胜利后回家奉养，以尽人子之心。

赴学校后，向会计室借支五十元，除付三十元伙食钱外，买钢笔用去十元。

其他人皆得复员费美钞四十元，而我则仅二十元。为此事徐曾往问沈先生。沈云已无办法。然我初并不以为意也。我为奉命而来，非为钱财而来。区区二十元（美钞），何值一顾。而由此我已见所谓"同志"之真面目矣。

十一月二十九日　星期二

晴，早饭后，与秉堃同往菜场买菜，上班稍晏，李觉衡似不乐，然彼不知我之处境也。

黄先生即将我工作介绍好，我却不便去矣，倘去，将如何对得起沈先生对我之关切？

我底心理处于矛盾之间矣。

月球姓氏

午饭，因下女太无礼貌，徐先生发脾气，下女赌气走了。

下午，造具学校党员名册。

晚饭，因下女走了，由秉堃自己下手做饭吃。

灯下读托尔斯泰之《金钥匙》童话，甚有趣。在子谷处借书五本《巨人的脚下》（春勃）、《爱的受难》（利德）、《铁窗末日记》（雨果）及《教育行政公文书牍大全》，预备一读。

本日蒋尚为先生交来定海退回的信。黄通先生及彼二信皆被陆军第八十七军扣留（因语句涵蕴涉嫌），真是笑话一场。

保存在上海二舅父及四表哥家之日记，不知安全否？

此次回家能与若珊窗前偕笑，过新年率群儿放爆竹，向老母拜年，与大哥谈天。再与准弟（按：孙准。后被共军逮捕枪毙。我们幼时每逢除夕，家里皆烧银箔纸元宝包裹。除爷爷奶奶大伯父外，有一只包裹上即写着"孙准君天国查收"）、建坤、有善，齐在涝里挖藕，谈国家事，与洲上青年群开辟运动场，则死无憾矣。

回乡尚不知为何日？倘年过多，小霞、小明皆长成，而我之髭须暴长，且历经辛劳，面颜苍老，诸子侄恐将皆以"笑问客从何处来"对我矣。

倘年久回乡，我与若珊可能演一"王三姐寒窑会"

之喜剧否？志之以待来日。

本日下女阿桂因故为徐先生责骂，赌气下工离去，秉堃临时充了"下男"，我则成为"助手"。

十二月三日　星期六

晴，起身早，辞别徐薛二先生径赴车站，候车时，遇一同乡鲁毅君，攀谈良久，入站时，复遇郑君吴君同学，彼皆往屏东，只我一人往台中。

火车上，无意中见一台女面貌甚似若珊，中心感触，不禁睇视良久，彼女亦多情含意看我不已，但只徒增我伤感思家而已。

错坐了二等车厢，买的是三等票，被查票员逐出。

今天艳遇特多，三等车厢里并肩有一妙女郎，无意中我俩眼光交触，即互生爱恋，我看她时她就含羞把头低下，当我注意别处时，她又含情地偷偷地看着我。

她有时站起伏在车窗间眺外景，那薄衫下肉感的大腿和具有性的诱惑的臀部，真使我心神摇荡。

唉，假使不是"礼教"和"法律"的限制的话，我一定要疯狂地抱着她吻着她，以她对我恋恋不舍的眼神，我想她也一定乐意接受我的爱。啊！她是一个多情热烈的南国少女啊！我为了"现实"的需要和"灵"与"性"

　　　　　　　　月球姓氏

的渴求，我忘记了家里苦难中的若珊。我恨不得把她立刻抱到我的怀中来，但是礼教！法律！可诅咒的！

车厢里，我幸福地沐浴她的多情圣洁的眼神，透出投向我的欲望。我一面贪婪地偷偷地饱餐着她的秀色。她是一个好女子，本地人，我们俩虽谁也不知谁的姓名，但我们的心都印上了另一个的影子。

到了彰化，我下了原车，转车到台中，凄苦地离开了她，我的心里非常空虚、苦闷。

当我在另一部火车上回头看时，我发觉她在原来的一部车上，还在恋恋地怨伤地朝我这边看着，但却被无情的火车把我俩硬生生地拖开。

啊，我多情的姑娘呵！分别了，永久的分别了，我不知道你姓甚名谁，你同样地也不知道我在何处。我们当没有再见面的希望了。我祈祷上帝给我俩再有一个见面的机缘就好了。

至台中站，下车乘三轮车到向上路，黄先生适在家，见面甚欢。

正坐时，值一师长来约黄有事，黄先生乃留我宿，黄太太对我甚客气，照料备至，感激无止。

晚饭后，黄先生与我谈约两三点钟，先生告以目前情势及动向，且询问我在"匪区"受虐情形，次问及冈校诸同志生活情形。

并勉我加倍努力，不少金石之训、明哲之言。

十二月七日　星期三

睁开眼睛，屋里充满着强烈的电灯光，从窗棂里看看外面，天还未亮，看《金钥匙》(托尔斯泰，童话，即《木偶奇遇记》) 消遣，起身早膳。

随徐子谷赴同校女子部，将薛先生自行车取得，买了一个大蹄膀 (二斤半) 和一点小菜，骑车送回，复赴校。

中午，一顿丰餐，吃个大饱，徐先生肉量比我更大，薛先生则不行，齐筷看着我们。

下午，徐薛赴台南，我独自骑车赴校，因酒醉，阅完《孙大总统广州蒙难记》及《蒋委员长西安事变录》。

我写的《新冈中在形成》杨志巩兄颇赞许。

晚间，骑车回来，独自晚餐，菜蔬虽好，但心甚孤单，而生思家之念。

有三四下女来与我们下女玩，歌声不辍，自有得意处，但我却更痛苦不堪也。

寂寞啊！苦闷啊！我可怜的流浪生涯啊！

十二月十三日　星期二

一早至黄通先生处，同乘车，赴济南路，至袁先生会客室，等稍许，袁先生出，谦和彬彬，书生也，询我

　　　　　　　　　　　月球姓氏

甚多,值画家梁又铭昆仲来,持其所作《漫画周刊》谒袁,坐稍久,辞去。

袁嘱我暂住冈山,等彼消息,黄先生偕我辞出。

黄先生勉我甚多,做人、做事、对人、对事,等等,并将我徐送而出。

至何九渊处辞别,乘十二点五十分火车。候车时在餐厅购一饭票,未择座即交女侍。女侍相视而笑,盖因我未择座位也,呜呼,台湾下女之轻薄由此足见矣,倘我为初出门之乡巴佬,岂不殆乎?

饭价颇昂,二文五角钱,食物甚少。

十二月二十日　星期三

阴,未雨,早饭后赴学校,伞兵来借长条桌百桌,校长批准,由我经手付与。

午后与李达陈组长同往女生部调查器具,忙了半天,查器具盖大都日文名辞,颇费了解。

调查后经冈山镇上,我要买西瓜吃没有带钱,结果由李达请客饱啖一顿。

返校经图书馆与子谷等闲话一番。

偶思家乡,肝肠寸断,悲夫!

何日方可回家?

下午与徐薛二先生及秉堃兄四人同在一起照相，由久泉摄制。

后秉堃兄为我一人独摄一张。

十二月二十二日　星期四

晴，将《寄与》抄好，预备寄到《中华日报》海风副刊去。

去学校后即开始登记学校用具，我万没想到我竟当了一个事务人员。

李达在校园里折了一束花，预备送给薛文栋先生，结果插在校长室的瓶里，不敢拿出来，因为被校长看见了。

饭后，与陈组长李达同往第二宿舍调查教职免领用公物。

闻与"匪区"不可通信，颇怅然，呜呼，从此与家乡音信隔绝矣。

颂彦寝室剩余一木床，李达和我抬来用，秉堃之女友刘涵华来，在此晚餐，徐先生与彼颇有"苗头"，但尚需秉堃促成方可。

　　　　　　　　　　　　　月球姓氏

十二月二十四日　星期六

上午，沈先生神色愠然，叫我找秉堃来，当面训了一顿。

仍阅《流离集》。

伞兵所借之条凳，今日汽车送回，由我点数搬入礼堂。

在吴剑平屋内，与李达等坐谈，剑平买了三个肉饼，一个一个分吃。

闻晚间礼堂有戏（伞兵演）为《生死恨》《铁公鸡》，打算去看一次。

晚饭后，在学校礼堂观戏，饰韩玉娘为一女角，唱作皆甚好，伤心处，女角竟泪盈盈下，我亦心酸不已。

后演《铁公鸡》大打出手，甚热闹，观毕归来，中心百感交集。

我被"共匪"逼迫逃亡离家时，非一若玉娘偷出尼庵之情形乎？呜呼！观玉娘之情节，偶感身世，不觉潸然泪下，泫泣久之。

一月三十日　星期一

夜来梦在家中，与母亲话家常甚久，妻恍惚在旁，与三侄以发睡在一起，我尚促他起小便，免遗溺床上也。

俄又心怀恐惧,觉"匪干"来捕,中心彷徨久之,始醒。

上午吴天民夫妇来,倾谈甚久。

将昨日所赊相片报销钱付去。

近来我的思想愈来愈激烈了。这平淡无趣的生活,激得我头脑发胀。

晚饭后,赴礼堂看电影,本晚放映《母性之光》。女主角卢碧云饰,男主角严俊饰。

女主角的面孔甚像我母亲中年时的容貌也(依稀记得)。

很好的一部片子,可惜放映技术太差,以致连连断片,且变成"无声电影",殊杀风景,弄得鸟兽尽散。

归来路上,独走小田径,月光下百感交集,思母情切。

至宿舍门尚锁着,盖徐薛先我而行,而后我而至矣。灯下写完日记,睡觉。

二月一日　星期三

昨晚,鲁毅(无为同乡)君来访,寄宿一宵。

鲁这人,也似脑筋简单,初见面即欲为我介绍工作,昨晚来仍言前事,然我并未注意。在闲谈间,又犯感情上的幼稚病,乱说一顿,但自己亦觉不要也。

徐先生告我对这尚不够了解的人,切莫因同乡关系,

　　　　　　　　月球姓氏

向他说心腹话，我深以为然，但已迟矣。

夜来与鲁同睡，心甚不安。

半夜门首突然一响，疑为窃贼，起视之，乃门首碎一玻璃也。

早晨，徐先生责我幼稚，乱谈革命，不择对象，易为奸人所乘，我心惭愧。应牢牢记住本日所上的这一课。

到学校，写一借条，借了五十元，付三十元伙食，余二十元，付"大胜利"菜金。

下午，小睡一觉，至学校取米，陪中毅诸人去理发。理毕，我又请他们在"大胜利"吃一碗年糕汤，大家还吃了一个肉馒头。

晚间，徐、薛请吴廷祺先生夫妇及我同往空军通校看戏。

剧目为《扫松》、《坐寨盗马》、《十三妹》、《红娘》。

演十三妹者颇差，吴先生之友还请吃一瓶汽水。

月下归来，吴夫妇共骑薛之脚踏车，车胎破。

这样浑浑噩噩的生活，琐记下来，以供他日感慨也。

二月五日　星期日

将徐先生被褥加盖，睡得尚舒服，夜来神思不定，梦遗，脏及被褥短裤，天明始换去。

早餐后，赴学校，又是"财产目录"。集陈、赵、范、许及自己五位在图书馆办公，将昨日所剩"威士忌"及事务处剩余糖花生下酒，互相"牛饮"。

中午，买菜归，自用刀切成丝交下女煮做吃饭。

饭后，阅报纸，稍坐，即上班去，路遇关怀珠，告我下学期可调训导处，且担任一班导师，果为真，甚合我口味也。

为了昨日赴礼堂看电影，被冈山学校挡驾，苏民兄气忿下将礼堂总火门关起，而学校道歉，不够满意。几个人连我在内冲进去将遮光纸撕去几块，稍出怨气。

我们在这死静的环境里，把性情变得这样冲动。唉，可怜的我们这一群野蛮的孩子，人家可能还以为我们是流氓呢。

二月十二日　星期四

天刚亮，起身，伏地挺身十二个，出外呼吸运动，洒扫庭除、早饭。

上班，在图书馆与苏民、永纶同造"财产目录"。

蒋太太向我借米二斗，代从米店取用车拖回。

午饭时，阿金告我云阿桂曾与薛先生有染怀孕，且欲寻事，我心甚惊，唯告伊暂勿扩大声张，俟徐先生自台北归再为计议。

阿金去，骑车赴学校，在宿舍前与刘李两同学谈笑甚久。

归晚饭，崔太太嘱将其女崔媚，用脚踏车带往学校，看电影，我允之。

将崔媚坐车杠上带至礼堂门口即进去。片名《碧血千秋》。唯导演技术颇差，致饰秋瑾一角，使人印象不佳。

二月十五日　星期三

夜里，徐先生及秉堃由台北归来，谈甚多，我夜里失眠。早饭后，赴学校抄理"财产目录"。

明天旧历年，蒋尚为先生叫我们在他家过，吴迎祺先生亦叫关怀珠先生来邀请，志巩兄亦邀。人间温暖，馨现于斯。

马志远先生亦送菜来。

上午，和秉堃同买了一斤半肉、一斤排骨及菜蔬，共费去十余元，归做饭。

吃糖果过多，上颚为之破，台湾之糖，吾已怕矣。

下午，自学校归，买了两瓶菩提酒，晚餐吃一瓶。

秉堃去信台北，嘱其友文铨带枪来，我亦匆写一信给建东，嘱彼来过年，并告彼甚多消息。

信好后，与秉堃同赴邮局寄去。

我在此地唯不知家中如何过年？

二月十六日　星期四

腊月三十日即旧历除夕，吾母在家不知怎样悲哀。

近来因伏地挺身甚勤，胸部已现肌肉，长此下去，吾之体魄好矣。

上午，赴学校抄"财产目录"，并与二十元给中毅、苏民等四人过年，此时心尚无感觉。

薛除张及我等人，欲往"金陵"吃点心，但已因过年休业。

秉堃在街上买一酒精炉及酒精。存文美处托我取回。

赴关怀珠家吃饭，除我们四光杆外，尚有黄建斌、邱启时二君帮关太太忙菜。口味甚好，似家乡味。我不胜感慨。我记得我还是从前在汉口在他家吃过几次饭的。现在又在此地打扰他了。

午后，赴镇上理发，用车载酒精及炉具归。文美苦留吃杯酒，方归。

一人试验酒精炉。崔太太带信吴延祺先生请我过去。乃去，徐薛打沙蟹，我骑车上街买香烟、鞭炮、牌，归。

路上闻爆竹声，中心黯然也。

　　　　　　　　　　　　　月球姓氏

二月十七日　星期五

农历五〇年元月初一日矣。

酷冷，阴雨，夜来伤感时时。

起身运动后，点酒精煮豆浆吃讫。

伤感甚！崔太太叫去他家吃饭。

冈山镇上，寒风凛凛，行人较平日少，唯各店铺门面颇多内地情调也。

台人将对联上下多贴颠倒。买了十二个大"地雷"、一挂小爆竹，归自放，顺便买了两个衣挂子。

啊，我难道要再一年两年地过下去，长为此，我怎能对得起在敌后游击的准弟、有善、建云那些弟兄啊！

二月十八日　星期六

今天是我的生日。

我怀着无限伤感的心情，倘在家里，妈一定叫若珊煮几只鸡蛋和一碗面给我吃，然而，现在呢？叫我从哪里说起！

早晨甚冷，秉堃之友杨文铨君来，我骑车上街买了七斤面和肉丝、菜归。

中午，在吴延祺先生家团聚，吴先生宣布为我做生日，诸人笑喊"寿星入上席"，吴先生亦推劝之，乃觍坐上席。

酒酣中，我分敬诸君酒，五加皮一瓶尽，我复归取菩提酒二，干一瓶有半，我薄醉矣，奈何？奈何？然大家仍笑谑不已。

所剩半瓶，我思半瓶吃完，我必尽其半，不如以其半敬秉堃，俾得一醉友也，半瓶立刻牛饮尽，吾已烂醉，头已天旋地转，不支已矣。恍惚舒风兄给我甚多醋及糖吃，并与我语甚多，扶我倒在吴先生床上。

秉堃跳床上向我开玩笑，我很觉难为情，他们打牌，我就撑持回宿舍自己床上倒下，吴先生送我归后才回去。

我独卧床上，头痛不已，思乡及身世孤独之感，油然涌上心头，煎炽不已。

我狂喊，我喊我的母亲，我独自痛哭，我这一向被抑制住的人性现在能豪爽地发挥了。但我没有对象，没有一个真正了解我的人，我只觉得薛先生和舒风兄对我比较体己。

晚上，我头昏眼花，和病中一样，晚饭是勉强支撑起来吃。吃过了赶快又倒在床上睡。秉堃因将床让给文铨、光群睡，乃和我睡一起，因酒醉身体虚弱，遗精一次。

　　　　　　　　　　　月球姓氏

二月二十四日　星期五

夜来车上，寒冷失眠交迫，感冒，闻人云彼友寄信陷区，为"共匪"将其父头斩断而摄照片寄来台湾者，心震悚而头昏，天乎，吾寄数信回南京，吾家中得无事乎？

黎明，抵台北，匆匆下站，至扫荡报，门犹未开，辗转至昆明街，陶然兄亦不在，扑空。复回扫荡报（衡阳街）晤曹士霖兄，渠约我同在某公园散步，归经"总统府"，复邀我在西餐馆内吃早点，牛奶一杯、蛋糕数块。犹不觉饱矣，唯渴思睡眠不已。

俄顷郭荣钧先生来，执余手，很热情地说："你来了真好，萧先生已实际负责本社，社内人事已预备整个更动，我为总务主任，你来为我负实际责任，不回冈山可乎？"

我答以容后考虑，且不回冈山，于礼貌理情皆说不过去，彼仍不同意。

徐中元先生来，渠与我乃从南京分别至今一年余矣，渠已在某处任少将职矣。

萧先生来社，郭偕我与晤，萧先生嘱我准备来扫荡报可以，唯不一定叫我做事务，可能叫我做别种工作，郭颇颓然！

复至昆明街，晤陶然兄，谈甚久，陶然我去时犹未起也。

步行至和平西路九渊家，九渊外出，彼太太独坐悲泣，因新丧子故也，我正欲辞去，何太太苦留吃饭，坐稍顷。饭后，赴军人福利餐厅李纲处。光群兄在，我将秉堃之信交彼，李纲嘱我睡，有西巢县老乡蒋，与之攀谈，盖亦军校生也。

睡一刻，醒，文诠兄来，我问渠索鸟枪，渠归取来，李纲兄叫我和光群兄吃了两笼包子，各一碗肉丝面，我独携枪返和平西路。

九渊在家，我告彼来此之故，并谈冈中情形，渠不主张我来台北，因台北物价高易花钱，且薪给并不比冈山高多少也。

谈甚久，乃睡，我伤风，咳嗽，九渊云我恐被染肺病，我胆寒伤心不已。

为此，我不已被宣判死刑乎，为此我尚有事业前途乎，伤感久之始眠。

二月二十五日　星期六

晨起，何太太煮面吃，早膳毕，九渊陪我乘三轮车去中山北路看黄书记，扑空，转步行至中山堂、立法院，得晤黄书记。

九渊将我来北故告彼，并征渠意见，来耶？否耶？

　　　　　　　　　　　　月球姓氏

黄颇不主张我来，黄对何云，袁守谦先生对我印象甚深，可能给我别种工作。萧先生可能受袁之影响而找我。

　　黄先生并嘱我在台北留几天，俟彼与萧先生研究得一结果再回凤山，乃辞出。

　　下午，在九渊家下睡，晚间，独赴中山北路晤黄先生，十二时黄仍未归，离去，留一字缘，道明来意，因必须回冈中上课，不能久留台北之故。

　　实则我因九渊云我受染肺病，伤心故也。

　　归，步行，一时许，入眠，咳嗽甚。

二月二十六日　星期日

　　一清早，步行至中山北路，黄先生尚未起，稍晚，黄醒后，我告渠诸事，并特别将徐子谷先生情形向渠报告。渠嘱我回冈山等彼复信，并给我五十元路费。

　　返何处，将猎枪携，辞出。

　　步行至重庆南路，买鱼肝油球四瓶，咳嗽药一瓶，糖果数包，买一军人半价票，上车。

　　我所乘者乃慢车，自正午十二时起，竟至夜十二时方下车，车中疲倦甚，下车后在"大胜利"吃面一碗。秉堃在蒋先生家睡，我喊醒，进去。

俄而徐先生来，稍谈，乃各睡。

夜来甚冷，薄被不能耐寒。

妈妈啊！爱人啊！哥哥啊！

二月二十八日　星期二

早起，洗盥，吃豆浆，匆匆赴校升旗。

上午，补记数日未记之日记。

饭后，至初三下丁上课，乃女生班也。甫上台，女生皆吃吃笑，为我不老练，则真不尴不尬矣。

初作冯妇，讲课为演讲然，声音琅琅，学生听了吃力，自己讲亦吃力。

下班后，与秉堃持枪打猎，枪十数发而未获一鸟，懊丧不已。

晚睡甚早，咳嗽仍甚。

梦魂中，觉与妻拥抱亲昵，醒来伤感几难自持。

（报载）苏北掳妇女三万人，赴舟山前线肉体慰劳，果为此，则不知又造成多少生死恨矣。

若珊妹想不致得罹此难乎，果此，则我何以生！

咳嗽，辗转牵动腹部痛。

　　　　　　　　　　　月球姓氏

代后记：停格的家族史

——《月球姓氏》的写作缘起

骆以军

1

《月球姓氏》大约开笔于一九九九年三四月间，那是犹处于上一本小说《第三个舞者》完成后的巨大厌腻感（《第三个舞者》约于一九九九年一月完稿，但延至该年九月出版），所以始终浑浑噩噩，极难进去那个我想象的文字世界。

当时我的妻子已怀有约六个月的身孕，我刚好失业一年整，惶惶不确定自己、妻子以及妻肚里那孩子的下一步会走往何处。一月底妻例行产检时作一个血筛检测，医院通知说婴孩有极高的危险是唐氏儿。妻在一年前曾人工流产一个停止心跳的胎儿，故此时几陷于崩溃。医院又作了一次羊膜穿刺检验。要过完农历年才知道结果。

有一个画面我将毕生难忘：那年过冬，我们学俗跑去买了一枚天灯（孔明灯。我们住在深坑与石碇之间，那年台北县政府在平溪大办天灯节，所以那一带的杂货店极易买到天灯），我记得妻用毛笔在天灯宣纸上写着："保佑吾儿平安健康，《月球姓氏》顺利开写。"

那是第一次正式定名为《月球姓氏》。之前构想书名皆为《家族游戏》。农历年过完医院通知羊膜穿刺结果：正常。为一男婴。

2

然《月球姓氏》的开写却不很顺利。简单地说，这个故事的构想，源于一个"时间冻结"的小说妄念。如博尔赫斯在《秘密的奇迹》中，那个剧作家在行刑枪队执行枪决的死前一秒，将时间喊停，撬开冻结时间的瞬间接缝，钻进其中是任意悠游漫长的华丽时刻。《月球姓氏》意图以"我"的有限三十岁时间体会，召唤、复返、穿梭"我"这家族血裔形成身世的那个命定时刻。所以我的想象中，每一个章节宛如一个电脑游戏的储存档案匣，每一章节的启动（故事），皆如一二三木头人的咒语解除，皆是一封闭时空内，一组人物由冻结状态解冻、开始搬演"当时"那命定时刻的戏剧现场。那伤害、耽美、误作决定、阴错阳差的一刻。"我"父亲的决定性的一刻。"我"母亲决定性的一刻。"我"上溯的先祖们决定性的那一刻。那些时刻（停格的瞬间）如此迷离，我为之神魂颠倒，反复观看。

它们决定了"我"和与"我"有关的家族成员们如今感伤的境遇。

这是我面对《月球姓氏》这一大团毫无头绪，充满忏情、传奇、伤害性的私小说材料却又似乎撑不起来一辉煌史诗的家族史，无文字无体例以召唤之的沮丧处境。

当时我仿佛可以延误着，同时翻读王小波《黄金时代》、《白银时代》、《青铜时代》;《春申旧闻》;或印度小说家阿兰达蒂·洛伊（Arundhati Roy）《微物之神》。妻的预产期在六月底。我原想在那之前至少起个头，如能先写出四五个章节就好了（先写个三万字）。但却为"无文字"所苦，只能零碎写一些小笔记，一些破散的小场景。（我记得我借记录一个清晰无比的梦境写了"校园"这一章；且记了一段父亲年轻时烹杀乌龟并制蘸酱的段落；还看了Discovery频道有一集介绍动物园内制作大型动物标本的现场而写下了"动物园"这一章的开头。）

3

真正开始进入书写时间反而是在一九九九年七月，妻平安生下一子，取名"方白"。"方"为家谱顺序，我是"以"字辈。"传家以方"。"白"则为妻极喜明永乐帝时一种白瓷唤曰:"甜白"。釉下暗花，薄如蛋壳。白日时我留妻与婴于娘家坐月子，我则开车如穿越梦境薄膜走北二高独自回深坑的家，喂狗、写稿。夜黑时我再锁上空屋，昏沌如梦开车到妻娘家，躺在产后如忧郁母兽的妻的身边。陌生且笨拙地跟着妻、岳母，帮小婴孩泡奶、换尿片、拍奶嗝、唱儿歌（后来发现我会的儿歌竟稀少至此，乃以幼时记得之卡通主题曲或军歌混充）……诸般新生儿父母不值一晒之琐碎小事。

这期间且发生二事，皆在夜里。一为全台大停电，因岳母家为公寓，且值热暑。半夜无冷气，婴孩燥热嗷啕。我记得摸黑里，娘家人在客厅高高矮矮点了七八根蜡烛，人手一块保丽龙片作蒲扇替婴孩扇凉。光曳影摇，仿佛古代场景。

一为"九二一"。又似自梦的景框在灾疫震摇中迷迷糊糊逃了出来。妻自婴孩床把孩子捞起，牵着仍迷糊睡着的我（真是母兽本能的奇幻场景？！）自二楼奔至一楼。有一瞬间我们的廉价烂房子真像要被拆掉一如电影《流浪者之歌》里被不肖舅舅用卡车拖走的吉卜赛铁皮屋。黑暗中全然的恐惧。我记得眼睛适应了黑之后，我盯着我那初睁眼颈脖尚软无法转头的幼孱孩儿，好奇无所畏惧地瞪着那乖异时刻他置身的世界某一角，心想："你会记得那些吗？"（或是："我会记得这些吗？"）

4

我想这些是在《月球姓氏》之外的，我飘浮在"家族时间"里外的片碎时刻。（我还记得儿子满月时，我独自一人开车载着数十盒油饭，在台北街道各处移动，分赠亲友的画面。）

至一九九九年底，我恰失业近一年。手中之稿，亦已推进约十个章节，近六七万字。后来一位我尊敬的前辈作家，约看不下去我的经济困境，介绍我接了一个电影剧本。后来我自己又接了另一个剧本。所以反而《月球姓氏》至二〇〇〇年七月交稿，后半段皆抛置在一暴乱、纷杂，无法控制的"快速"中——生活影片的快速播放。所以我心底隐隐有一遗憾，倘若这书的后半我从头写过。倘若可允我一不为经济拮据所窘，可以静止如我儿在我妻腹中妊娠的最后那三四个月：安静、温暖如液态之梦，心音轻轻地传来，小手指、五官、肝脏、呼吸器、泌尿器官、小鸡鸡、小皮肤和微小的血管慢慢长出。一层覆盖一层。如夜中森林，苗芽悄然生长。

如果可能重写一次，我不知道能否处理得更好些？

在历史的裂隙中

——骆以军《月球姓氏》的记忆书写

杨佳娴

一、重写历史

一九八七年"戒严"终止,长久以来被压抑的众多声音有了宣发的契机,不过十余年时间,不管在学术研究或文艺创作上,针对消失、凹陷或被窜改的历史记忆的反省和揭示,如雨后春草般纷纷冒出,使得文化视野有了多元与开通的面貌。最明显的,便是本土意识从潜势转为显势,成为新时代的诉求,从前不受重视、不能明说或是以各种曲折方式夹带的想法,都已经可以公开倡言。

诚如陈芳明所言,解严后台湾文学发展朝气蓬勃,颠覆既定思维、抗拒主流定位等意识浮出地表,去中心思考俨然成为创作上的共同趋势,尤其表现在本土书写、女性书写和原住民书写方面。他们欲松动的国民党、男性和汉文化的霸权论述，其实在本质上皆有相通之处——一种巨大的家国诉求，以政治为原点而发展出来的在思考上的箝制，使历史记忆趋向单一，也让历史的书写权一直握在某一特定族群手中。

但是，当弱势的声线开始起音，使人注目、承认并思索其存在意义的同时，这种新兴的话语是否也如从前的宰制性意识型态一样，潜藏着二元思考、非此即彼的危险？比如，在不少本土作家的小说作品中，可以看到对于寻回台湾文化主体性的努力，但角色塑造上往往以粗暴的统治者和属于台湾社会的、代表正义的受害者的对抗来营造情节张力和意义诉求，就算这样的划分和塑造是"阶段性使命"、具有"唤醒"作用，也不免有简化与误导之嫌。另外，过去遭到忽视的本土文学地位上升，而特殊历史背景下产生的"反共文学"则被贬抑。

这样的一股寻找主体性、为"台湾"平反的大潮中，被划归为外省作家者也产生了巨大的焦虑；早年的白先勇写上层外省移民在物换星移中的感伤，中坚地位的朱天心、苏伟贞、袁琼琼追索眷村光影，阵列与本土作家所感所见不同的"台湾经验"，这些，不也是台湾历史记忆的板块之一？更年轻的一辈，郝誉翔《逆旅》记录父亲在战争中流离辗转，大块历史与微小个人的叙述交错，带领读者进入那奔徙无定的生命转折内部；而骆以军《月球姓氏》则以更复杂破碎的形式，将童年经验、族群差异、家族与历史、浮荡的情欲和城市的空间等元素结合，纺织出一个我们既熟悉又陌生的图案。

外省籍父亲、本省籍母亲、澎湖妻子的庞大家族，"我"如同不知为何被抛入夹缝的影子，惶然地承受着各式各样的记忆景象。

族裔图谱中拥有外省色彩的新一辈作家，在折射、拼组他们所听来的、间接感受的历史记忆时，当中还带着对上一代的谅解、对己身位置的困惑。就本文所欲讨论的骆以军来说，他似乎就少了朱天心《想我眷村的兄弟们》那种笃定，如王德威所言，《月球姓氏》"夸张外省第二代孤臣孽子的姿态"是为了"死亡叙述，时间谜语"。除了时间所带来的记忆异变，以及政治风水轮转后明显地格格不入的身份和语言，还有原乡追溯与身世构成的模式。骆以军承袭前人，又添加了更多的不安因子，如朱天心在眷村童年中发现的，"没有亲人死去的土地，是无法叫做家乡的"，到了骆以军笔下，则表现为对身世系谱的幻视。对于记忆洞穴的探挖，他只能到达父亲和祖父，而他的妻子，执拗的澎湖血液内里，却是绵延不绝，仿佛可以不断伸长直到永远——同样的土地上，他外省籍父亲的记忆是断绝的，而妻子的家族却如千年巨树的根，牢牢盘错；或者是每个外省老人讲起自己在彼岸的家世或逃难的历程，总是会出现相类似的背景和情节元件，这当中是否有怎样的潜脉相连通？

作为历史记忆回溯浪潮中的产物，骆以军想探触的核心，决不是"再呈现"而已，而是在凌乱的记忆材料中挖掘被忽略的故事杂音、铺展抒情诗意——那陈述、遗忘、追忆的动作，如慢格画面,在骆以军笔下形成华丽的割裂。而叙述者不断介入历史记忆的重组活动(或者说是历史记忆不断介入叙述者的视界),语气诙谐,姿态忧伤,甚至不惜将记忆作丑怪的处理,看似驳杂纷呈,实则有着要将所有杂音与奇想笼摄到诗意底下的企图,而这份诗意则是来自于时间的破折、死亡的诱引。因此,骆以军《月球姓氏》和其他亦将前代记忆作为底本的小说不同之处,乃在于诗化了伤痛破绽的历史,写彷徨,写尴尬,重要的是彷徨尴尬背后,透过其独树一帜的夹缠且美丽的语言所透显之"家庭剧场",即使充满了嬉闹讪笑,那笑的本身也意味着哀悼与反省。

二、追索系谱,发现身世

诚如陈丽芬在批判、析解周蕾的论述策略时候说的:"要消解五四作为现代性代表的神圣地位,并非以另一套历史取代之,而是重新发现历史里那些暧昧的时刻。"我以为骆以军在《月球姓氏》中采取的书写策略,与此是相彷佛的,即使他们所要发掘的历史暧昧时刻与被屏除的内容不尽相同,但精神是一致的。且由于骆以军是作家的身份,所以更着重从私人经验出发,辐射一波动不安的时空图景。

不论是"解严"前对于一个虚悬的国族空间的集体建构,以及对一"偏安"政权的"中原"性质的想象设定,或者是"解严"后对于湮灭之台湾历史重构的风潮,以及对于本土文化主体性的热烈讨论，事实上，都还是以政治的要求为基点，前者的不容辩驳和后者的悍然态势，不免令人有种模式相仿之感。当本土作家以大河小说铺叙"台湾人对统治者与周遭环境无穷无尽的反抗"并填补历史空缺，外省籍作家借着回溯眷村经验或更古早的日据台湾，建构出另一套历史景观以资对话；同样是以被遗忘的记忆、被遮蔽的声音作为题材，骆以军《月球姓氏》却在上述两种路径外，另辟战线。从小说中，可以发现作者并未循一清晰的时间脉络来重建历史，《月球姓氏》的追索颇有规模，父亲、母亲、妻子，均各拥繁复的家族谱式，时空交会混融，有现实，有魔幻：

> 那个受托的庙祝……用他老人家生前那样听不出悲喜底浓痰嗓音说："以后，我的坟，汝就免去上了，我已经不在位了。"
> 包括我岳父，众人皆惊问是怎么回事？
> 那阿公说："免惊！我要做官去了。"原来他老人家在阴间被派了个小官，官职是对面大陆淮阴县一个什么地方的土地公。这天把儿孙亲族找来一聚，即日就要上任去了。

> 那女孩脸上化着浓妆（她真是个美人），眨着睫毛想了一会儿，然后，她从嘴里说出了一串标准得不能再标准的河洛话：

"伊一大阵人好像跟着阿嫂去观音亭摄相。"

（她不是印尼人吗？）

（原来这里的异乡人就只有我而已？）

　　幽灵的挪移，空间的转换，早已停滞的"地面上"时间转入"地面下"，此岸与彼岸在死后世界原来竟是一统的吗？而当骆以军在妻族当中，因为语言和文化的隔阂，自伤为一异乡人，并且怜惜起那远嫁来的印尼新娘，以为二人是和妻那边相对的同一族类，却发现印尼新娘熟谙闽南语，甚至还可跟妻族那方牵扯出远亲关系。骆以军一方面在看似荒谬的死者升官事件中，看见时空分割又重合，妻族的祭典上甚至会使用咬字韵脚极难辨认的古汉语；另一方面，看来身世遥远的印尼新娘，原来竟然可以上溯出和妻族的同样亲源，反倒是在台湾出生成长的自己，还常常因为外省的血脉，被置放在尴尬的位置上，不知所措。

　　又或者是面对当前本省外省的判定与归类，有着外省父亲本省母亲的骆以军，对于被划为外省第二代的作家，他应当是有不尽以为然的矛盾吧？在所谓的"第二代"身上，他们所面对的决不仅仅是外省本省在历史包袱下的分化对立，而是更复杂的情况——外省移民如何地被打上原罪的烙印，即使努力融入此间的语言和生活习惯，仍轻易被认出"非我族类"：

　　……后来我父亲的闽南语已经说得非常轮转了，事

　　　　　　　　　　　　　　　　　月球姓氏

实上他已经说得比我要好了。但还是常被人从计程车上赶下来，他一开口人家就认出他来了。他总是纳闷着人家是从哪一点认出他是老芋仔？他总是问我："儿啊，我这不变成为好好搭一趟车而学闽南语吗？他们怎么就是嗅得出来？"

这种"区辨同异"的技能隐含着丰富的指涉，历史与政治的伤害，扩大增衍为族群之间的摩擦；四十年一党专政中力图抑制的部分，实则悄悄滋长，当政治权力发生变化，那被抑止的部分就以庞沛的姿态爆发出来。如同他在最近一部小说《遭悲怀》中说的："像宿命性的伤害在那时便已埋下伏笔。"伤害并不凝固于发生的时候，反而延展渗透，以历史特定时刻为核心晕开，内化成一种排斥力。

从骆以军对父亲及其同辈友人生命故事的描述，对童年时代的回顾，对于家庭内其他成员某些使他灵魂颤栗时刻的绘说，甚至是和妻族相处的细部，在在可以发现他对于个别存在样态的注重，毕竟，种种家国、历史、欲望的想象，都是以人的活动为起点的。正是因为将镜头调到琐细处，小说家得以关照历史大旗下被阴影遮没的暧昧处，个人小历史如同大时代缩影，又往往是大时代的歧出，也许不那么符合我们对某个时刻的普遍认知和价值取向。《月球姓氏》的暧昧是自觉的选择，骆以军没有像朱天心那样清坚绝决地，以为自己是被大陆和台湾双方永恒放逐的徒众："不是真的，不是真的，我们来此居住，我们只是来睡觉，只是来做梦。"他固然意识到身份上的尴尬，却是努力想适应本土气候，同时在适应的过程中逐步"证实"自己确实在政治变化中成了"异族"，对父祖的时空经验疏远，在此间出生成长到了将近中年，突然被抛入一个受排斥的框框中，形成"内部流亡"的状态。

曾有论者认为，骆以军的历史书写扬弃了政治性的切入角度，而以小块组装的方式，拼凑出"我"——一个"集体私领域"的焦虑和孤寂；这样"拼装"的书写方式是和前行代"全景式"写作相对的。我想这里的差异，来自于写作动机和历史观的转变。回顾八十年代，政治文学大行其道，有其特殊背景，因为政治事件而意外得到若干解放的言论空间，描写政治伤害与历史记忆的作品大量涌现，甚至到了"作家可以说是全面动员投入政治文学的写作行列"的地步。再者，由于过去的压抑，使得本土作家怀抱着强烈的历史热情，想重建被抹黑或被忽视的记忆，这当中的使命感不言而喻，控诉与批判的色彩相当明显。到了九十年代后期，政治环境的折转使得这样的历史记忆重建工程不那么迫切了（就文学来说），年轻一代的作家开始有余裕去更深入反省身份认同与族群记忆的问题。"身份"乃是文化情感和现实策略的综合物，承继了上一代的精神余绪、身临台湾经验，加上政治变迁与族群交混等过程，"台湾人"早已是一个成分复杂的组合；骆以军有感于此，借着对家族谱系的考掘揭示"身份"、"历史"的不确定与含混。那么，任何欲清晰界定"身份"、划分"族群记忆"、重构"历史"的动作与结论，都是可被质疑的。

但是，骆以军想表现的不只是埋根久远的族群裂隙。更往前推，人是如何进入某一族群并成为其中一员，彼此分享着相同近的知识基础和话语？以省籍划分、以血脉因缘来作为区辨的基准，当真是可靠无误的吗？而对于一方土地的情感，和族群认同之间的关系又是怎样的呢？

也就是说，历史记忆并不是单线的，而是立体的、驳杂的，数不清的故事以各自的速度进展与交缠。台湾的历史记忆并非本省与外省族群的对立而已，人的姿态往往随境遇而屈曲，被贴上同样标签的群落内部也各自有差异，所谓"历史"这概念模糊地笼罩在分明是歧错甚大的每个人的时间历程上。如同骆以军在小说中指出的："我总以为那是一个外省男人和一个本省女人的相遇。后来我发现事情并不如此单纯。"骆以军在《月球姓氏》内所考掘出来的身家，委实复杂到了极点：

> 妻的父系家谱祖先来自荥阳，他们是从宋代即自福建迁移到澎湖的纯种汉人。妻的母系是可能混了荷兰人血统的汉人。我父亲的父系（据我父亲说）是三国时吴武将骆统的后裔，我祖母项氏据说是从山东迁至安徽的一族。我母亲是在台北大龙峒长大的养女。生父母世系不详。养母（阿嬷）亦是人家的养女，且有一些证据显示她继承了平埔族的血统……这还不提后来持续加入的印尼人、泰国人、越南人……

"所有书写历史的行为，不论是小说虚构或史实叙述，其实都是不同程度上不在场的叙述"，但骆以军在《月球姓氏》中搭建的历史景观，他却在小说形式面上予以意义面的介入。也就是说，在那些辗转听来的记忆，那所谓"时间被附会到外省家族迁徙史和本省外省家族联姻史"之中，骆以军是不在场的；当他补加上自身在这城市中度过的岁月、他所淬取的和家族记忆核心相关的体验，铺陈出繁花绚丽的故事图景，时时来上一段戏谑式的议说，这种破碎扞插的方式让人无时无刻都意会到作者的"在场"——骆以军不只是小说的书写者，他也和所有不在历史现场的读者一样，歪着头、困惑地望着那庞大的细节城堡。

三、"孤儿"意识的延续与变异

同样是展现外省族群在政治变动后的孤立处境，朱天心的关怀可以说是相当"阳刚"的，颠覆企图强烈，有明显的"明志"色彩，批判政治，哀悼"去圣悠远，宝变为石"，还带出对后现代社会扁平境况的愤懑；骆以军却是在同样的核心主题上，显出"阴柔"的气质，语调如诗，姿态丑怪，而他带出的流域和朱天心不同，是内向的、探索时间与灵魂的角力场。小说中都触及了少年时光，朱天心写来都是美好的，骆以军写来倒充满了各种"怪谈"，被丢弃的经验，迷路的经验，偷窃的经验……虽然处理方式各异，其中所透露的"孤儿"意识却颇有共通处，"外省第二代"在历史转折之处发现父国原是虚幻，本土的乳汁虽曾或深或浅地哺育过他们，但代替大中国想象而起的台湾想象，却也将其斥于圈外——正是一无父无母、不知所应向之的孤子。

曾有论者指出，鲁迅《狂人日记》以"救救孩子"一语开启了现代中国文学对于"下一代"的关怀，以为"三十年来台湾小说对于这一群孩子的观察或想象，不妨看做此一传统的延伸与变奏"。亦有论者循此思路，论述吴浊流、白先勇、张大春等人的某些小说，认定"这自喻为'孩子'的想象模式，基本上仍不脱五四文学'救救孩子'之说的流风遗绪"。这样的说法将两岸的文学流脉相接，我当然不否认有如此的潜在作用，然而，细察台湾诸多"孤儿"意识的小说，是否真能担当这样的"承传"？

作为台湾文学孤儿文本的原型，吴浊流《亚细亚的孤儿》透过胡太明的飘荡的一生揭露了台湾人的历史命运。这里的"孤儿"隐喻的是认同危机，而非五四时代"救救孩子"反传统意味强烈的启蒙。再看王文兴《家变》、白先勇《孽子》，前者颠覆传统父子家国观，质疑伦理的必然性；后者图绘同志王国内的爱恨纠葛，而同性爱欲本就对男女阴阳的家（国）秩序形成一胁毁力量，遂带出对于父权的反思和松动。或是王德威所谈的郭筝《好个翘课天》，写青少年的反叛与向往，故作成熟其实纯真。这些作品当中有族群身份的认同危机，也有对传统社会理性与个人存在价值的质疑，其复杂性与讨论面向，和当年的"救救孩子"仿佛相关，事实上概念滋生的社会背景已大不相同。不同的社会背景皆引发孤儿意识，却不是传承的关系。

台湾特殊的历史经验，使得从这当中产生的"孤儿"文本也带着鲜明的特色。若以台湾历史经验为底轴，《亚细亚的孤儿》所揭露的"台湾（人）"位置的尴尬与飘摇，日后化变作意识型态的纤维，在草根复兴运动的论述中加强了本土历史的悲剧性格。七十年代乡土文学论战至今，"台湾民族主义"俨然成形，吴浊流笔下的孤儿形象，在创作上早已被各种包容性或闭锁性的描写台湾的作品取代，那个在两种（或更多）族群文化间彷徨踯躅的经典身影，反而是在"解严"后，成为外省第二代作家的拿手好戏。至于鲁迅"救救孩子"的呼声，以反传统与改造国民性为要，却与台湾孤儿左右皆非的"蝙蝠"命运相去甚远了。

殖民地文化本是混血杂种，各种意识力量彼此冲撞，从中诞生的文学自然有意无意地折射出"悬疑与正反两面的政治诡谲"。骆以军《月球姓氏》不像朱天心总有"不吐不快"的激烈陈辞姿态，"国民党莫名其妙把他们骗到这个岛上一骗四十年，得以返乡探亲的那一刻，才发现在仅存的亲族眼中，原来自己是台胞，是台湾人，而回到活了四十年的岛上，又动辄被指为'你们外省人'"固然使人惶惑，骆以军却不像朱天心直面诡谲政治、指控政治的虚无，而是换个角度，去探究在历史的大幕下，个人遭遇所投影出的某个族群的记忆是怎样的面貌——这里头并不是如此截然地，可以被二分成外省本省，毕竟，也一同在这岛屿上生活了数十年，曾经一同遗忘，一同记忆。骆以军的孤儿姿态是有转折的：

> 我至今仍将一口闽南语说得蹩脚无比，实在无法想象那样的时光，一对言语不通的老人和小孩是如何对话（我阿嬷不会说国语）？大人回溯的那个笑话，是有一个下午，我阿嬷在灶脚忙，我一个小人儿，歪歪斜斜地走到她身边，扯扯她的衣角，说：
>
> "ㄚㄇㄚ，ㄨㄛㄧㄠㄏㄨㄟㄑㄩㄩㄥㄏㄜㄌㄜ。"
>
> 我阿嬷照例听不懂这外省小孩呀呀呜呜地说些什么，她便慈祥地笑着敷衍："好，好。"
>
> 而那个小孩以为他将正常发音的平上去入取掉，便是他想象中的阿嬷平常在说的闽南语了，像我们后来游戏里模仿着外星人说话：
>
> "阿嬷，我要回去永和了。"

"外省人"小孩模仿想象中"本省人"的腔调，却和后来模仿"想象中"的外星人如此相似，就台湾历史而言，本土文化曾经像是"外星人"般地被拒斥于官方主流之外，风水轮转，现下反倒是外省人像"外星人"般地不见容于复苏且转而强硬的本土意识了。那么，童年一个无意的模仿，不但成为流传不衰的家族笑话，也成为小说书写中族群位置的寓言。再者，因为亲情的支撑，语言完全不同的祖孙也可以有某种程度的沟通，虽然成年后已无法追溯、理解那种沟通的真实情况，但这是否也暗示着，操不同语言的两个族群，其实并不一定要如此对立，其实是有沟通靠近的可能？是否，骆以军在认知"外省人"变成"外星人"的前提下，仍旧念兹在兹地揭示"外省—本省"看似对立的关系内，其实还有层层吊诡与翻转的契机？

《月球姓氏》内的孤儿们：《办公室》中那个始终在父亲情妇身边等待着父亲回来的孩童，《升官》中无意间发现连印尼新娘都说得一口流利闽南语的"唯一的异乡人"，《黑色大鸟》中骆家太外祖母如一只黑色大鸟般携着一双孤儿逃亡、开启了流徙的历史……最典型的大概是《中正纪念堂》中"察哈尔人"的故事：

> 许多年后我曾遇见一位学弟，瘦削的脸留着一小撮山羊胡子，我记得他在闲聊中苦笑地告诉我：他从小学到大学，各种身份资料的籍贯栏皆是填写着"察哈尔"。他说："我是察哈尔人。"他是到很后来才知道：现在中国的行政区里，已经没有"察哈尔"这个地方了。察哈尔省早已被并入松花江省还是嫩江省里去了。
>
> ……
>
> 但是那个学弟（察哈尔人）却苦笑地告诉我："我

不记得了。"

他说他的父亲在他高一那一年就病死了。现在想想其实一个十五六岁的高一学生根本还是个孩子嘛。他说他父亲临死之前的那半年，确曾抓着他像要迫他记下他（他父亲）这个人一生全部的故事。他说他印象中他父亲在那半年里，总是眼神晶亮，不断地谈着自己的身世。

……后来这么多年过去，他发现无论他怎么回想，他都想不起一丝一毫他父亲当初究竟曾对他们说过些什么了。

这位"察哈尔人"不仅仅是失去父亲的现实中的孤儿，他的身世"名称"也由于（政治）地图的变动而失去线索。面临双重的遗弃，同时也不复父亲的记忆；比如骆以军，他还能在父亲所掷出的繁花错锦般的故事纸团中拼凑些什么，这位察哈尔籍学弟无论如何是完全无所依傍了。一度被压抑的本省人的记忆还有回复、追索的可能，丧失了"父亲"、"籍贯——父亲的出生地"、"父亲的历史"的人，还能在哪里找回"家乡"？

再推而广之，骆以军描绘的母系、妻系历史，童年时代，以及自身压抑又勃发的情欲经验，读者时时可以发现，总有人被"置于度外"，总是有那么一个人无法融入大多数人的共同记忆之中，"没有人记得他描述的一切"，但小说家又汲汲营营拼凑藏宝地图（时间地图？）。这过程揭示的，正是"他者"

无所不在，人人都可能遭逢边缘人的存在困境。

在各式各样的"孤儿"情境的展示中，骆以军提醒读者，那被简化的事象表面下所隐藏着的，是既相类又有所悖异的"真相"。历史的书写永远是被选择过的，政权转换也许带来的只是"中心—边缘"模式的重复操作，永远有事物处于压抑的状态。吴浊流"亚细亚的孤儿"的原型，被借位到不同族群的书写中，成为带有悲剧意味的手势。

四、彼岸此岸，新旧世界

《月球姓氏》中的记忆书写，除了作者的追索，还有父亲的声音与影像始终呶呶不休地穿插其间。那以父亲为轴心而开展并隐隐对立着的，一个是台湾这边的外省移民世界，另一个则是分隔四十年后返乡探亲，却发现一切早已偏离了旧日记忆。

小说中，骆以军营造了一个外省移民的独有天地，往来的人不是有奇怪的姓氏比如月伯伯、揭伯伯，就是大家约好了一起改成相关联的名字，比如朱建东、熊建坤、赵建云、刘建农之类，这命名的动作就是一种身份的印记，让他们时时记得自己的"由来"与"关系"。围绕着这些流徙者所开展的，是共同的流亡记忆，以及来此陌生岛屿后彼此扶持相通声气，既是肝胆相照，背地里又有许多怨言不解。他们的独特天地中的景象是这样的：

他一直到初中毕业前，还每年年初二，跟着父亲参加一个叫"南京旅台同乡会"的新春团拜活动。他记得有一年在"老银翼"，有一年在济南路口的侨福楼，有一年在中华路南站的"国军英雄馆"地下楼……

他母亲总会去巷口美容院烫一头上大卷子的蓬松鬈发，画极浓的眼影和腮红，穿那种康乐队女主唱才会穿的紫缎镶金线的开衩旗袍。初时他陌生极了，不解母亲为何作此装扮。后来到了会场，发现全部的太太都作此打扮。且这些珠光宝气的太太，总在开席前嗑着瓜子炫耀着彼此儿子女儿的在校成绩。而筵席最后的那几道菜（也许是一条醋溜黄鱼，也许是蛊鸡汤），便架胳膊卡位地向同桌人宣示她打算要打包这道菜了。而那些带着一家妻小的×建×和另一个×建×，则是脸红脖子拿着绍兴酒用晚辈听不懂的家乡话在大声吆喝着……后来他便不愿意去了。

在这"同乡"聚会中，女人打扮艳丽如康乐队歌手，男人则杯光酒影以家乡话宣示着"身份"（我们都是某某地来的人），似乎每个人都像是舞台上的演员，在这陌生岛上，一年一次地，以夸张悖常的姿态演出。这样的景象，使人想起白先勇《台北人》中的客居者群像。但是，骆以军刻画出来的世界，没有白先勇笔下人物虽然时不我予、仍保有一种过时的贵气，而是世俗的、做作的，致使在此地长大的下一代感到疑惑，甚至不愿意同往的变形的嘉年华场面。这当中是否隐隐渗出酸腐的气味？张扬夸诞的面目背后，不正证实了"家乡"已成为庆典的影子，只能在脱离日常的时刻中还魂？

关于这些"台北人"，除了夸张出演的时刻，骆以军还把读者领入一个他自己也说不清楚的梦幻境地：

> 官邸、老糖厂宿舍、紫藤庐、温州街、临沂街、博爱路底植物园后面出来有宪兵站岗的小巷，铜山街围着细石子拌水泥的高巍外墙……
>
> 我拼凑着那些隐匿在曲折巷弄里所有可能的关于一栋老房子的印象。
>
> 总有一些太太在榻榻米的房间里打麻将，你不晓得她们是搬张小几并折着肉色丝袜的双腿坐在地板上打，还是拉了四张椅子凑着一张上海花樟木方桌在打。
>
> ……
>
> 就像墙上总会挂着数十人和"蒋总统"合照排排列列只见一颗颗小人的相框。必然挂着姚苏容或谁谁谁明眸皓齿笑睇远方的明星月历。
>
> 我从来不曾在这房子变成废墟前进去过一次……
>
> 我不知道壁上的挂钟停掉之前，那里面的人们在干些什么？
>
> "真正活生生事物的逝去。"
>
> 总是有一些装腔作势，像黑白默片沙沙叠频地播放。

月球姓氏

空袭警报响，皮影戏偶一样的人群摆着没有肘关节的手。

"真正活生生事物的逝去"，这些外省族群的生活场景，无声的，模糊的，像黑白相片般留存在叙述者的记忆内，人们依旧活动着，但他们所象征的文化却逐渐遭到侵蚀，注定在这岛上被遗弃、被渗透甚至被同化。和"蒋总统"的合照像一个庄严的配件，隐喻着永不重来的时光，月历上的明星可是代替屋内人眺望远方？而这一切终究要成为废墟，并且逐渐稀释，终于在叙述者回想的时候，"失去关节"宛若装腔作势的戏偶。

而在彼岸，这些消逝中的族群所系挂的、当年自己抛舍下的父母兄弟妻小，并未凝冻在分离的那一刻；隔着政治的海峡，时间与命运并未停止作用。外省第一代在开放探亲后回到家乡，等待着他的，不一定是苦守寒窑、咬牙熬过"文革"而快速衰老的妻子，和引颈盼父、充满孺慕之情的儿女：

> ……我父亲前脚逃离开江心洲，我大妈（我大哥和霞霞的亲娘）后脚就跑去嫁了个独眼龙，把一对姐弟扔给了我祖母。九一年父亲第一次返乡，据说也亲眼见了那位怎么说呢他的绿帽兄我大哥的继父我父亲几只记忆钟面串接时最令他震怒的一个时差一个漏裂的齿轮（他说他来到台湾一直守身如玉守了十五年，直到熊叔叔他们从香港出来写信骗他说我大哥的妈过世了，他才敢认

真和我娘谈婚姻大事）。那时家里养了一只黑狗，一只眼从小就被对面的小孩戳瞎了，父亲本来也挺疼这条狗。回大陆时来信写道："见到那个女人的丈夫，不觉令我想起家里小黑。"回来每看到独眼小黑从跟前走过，父亲总无来由地一脚踹去。

我娘便会小声地跟我们笑着说："又想起他那位情敌了。"

这完全不同于人们熟悉的回乡探亲戏码，妻子早就改嫁，反而是丈夫在这头"守节"十五年；这一边的妻子呢，"忐忑地谨慎地经营着她的角色"，也就是"被迫唱了《四郎探母》那出戏里代战公主这个角色"，一方面精刮算计着如何在扮演宽宏大量的"后妻"和顾及自身家庭利益之间取得平衡，还能以轻松的面孔嘲笑丈夫的忿忿不平。这一"失序"的探亲故事，似乎比那些壮烈的现代王宝钏更来得具有现实感，从中我们看见了某种叙事模式富有隐喻意味的倒转——两岸情事不见得是悲情，有时候反而可能变成一种具有悼亡姿态的家庭喜剧。

在流徙者的内心，其所记忆的"家乡—彼岸"还停留于旧日景观，不得已逃难而至的此岸则是个不见得美丽的新世界。但现实的情况是，彼岸早已流年偷换，景观丕变，自己的旧人做了别人的新妇，此岸则因为与一群旧弟兄自筑天地、相濡以沫，还能保有一丝丝故时气息。彼岸此岸，新旧之间，其尴尬与错置，追本溯源，均来自破裂的历史与政治。骆以军叙述自身家族传奇的同时，其实仍一再重复时间谜题，一如黄锦树所言："相对于较早的迁徙者本土大河小说建国史诗拟历史主义的大写历史，或相对于张大春膨风的外省族群的迁徙史（《城邦暴力团》），骆以军的《月球姓氏》所体验的历史，赫然是历史形形色色的裂缝。"小说内的人物们跨海演出，追寻到的却是使人错愕的谜底，倾斜的不是历史，而是从历史裂缝中生长出来的记忆。

五、结论：逃难从未结束？

叶石涛曾经批判六十年代现代主义文学"'放逐与无根'的文学主题脱离了台湾民众的历史与现实"。"放逐与无根"用来看《月球姓氏》里的外省族群也很合适，吊诡的是，这却已经成为"台湾民众的历史与现实"之一。外省第二代生于斯长于斯，文化的浸染与混合不在话下，一旦政治生态剧变，他们依旧被划入隔离区。逃难的旅程是否从未结束？从中华民族主义到台湾本土论调，"差异"往往被视为"偏差"，于是流徙者与他们的后代，在这方岛屿上深深体会"忍把异乡作家乡"及"此乡即他乡"的忧伤。

骆以军在《逃难》的最后一句话写着："他到底说了什么？"我们看到他在《月球姓氏》内叙述父亲从大陆流徙到台湾的艰辛路程，"他们的船像手足球在国共两支不同编制的侦缉艇间被踢来踢去","以种种伪装、谎言、变身等宛如梦幻的逃脱方式",因此这趟逃难之旅,就像他们这个族群命运的隐喻一般,充盈着无所适处的彷徨。当"史述私人化"、"在各文化族裔圈,溯史寻根,透过重塑历史来重新界定个人及族群的认同已蔚为风潮",骆以军追溯家族系谱,不无以之反观自身在认同政治当中位置的企图,《月球姓氏》当然是在"重写历史",但他从未试图替外省人第二代的位置提供参考答案,他更有兴趣的,恐怕还是历史破缝所引逗而出的差异景观内,那饱溢的抒情和绽隙处处的叙事。

（原文刊登于台湾《中外文学》第三十二卷第一期,2003 年 6 月,109—125 页。）

图书在版编目（CIP）数据

月球姓氏 / 骆以军著 . —桂林：广西师范大学出版社，2016.11

ISBN 978-7-5495-7681-4

Ⅰ.①月… Ⅱ.①骆… Ⅲ.①长篇小说－中国－当代

Ⅳ.①I247.5

中国版本图书馆 CIP 数据核字 (2015) 第 298616 号

广西师范大学出版社出版发行

桂林市中华路22号　邮政编码：541001

网址：www.bbtpress.com

出 版 人：张艺兵

全国新华书店经销

发行热线：010-64284815

山东鸿君杰文化发展有限公司

山东省淄博市桓台县　邮政编码：256401

开本：850mm×1168mm　1/32

印张：13.5　字数：180千字

2016年11月第1版　2016年11月第1次印刷

定价：56.00元

如发现印装质量问题，影响阅读，请与印刷厂联系调换。